박선미 동시를 읽는다

어른을 위한 어린이책이야기 20

박선미 동시를 읽는다

2024년 2월 20일 1판 1쇄 인쇄 / 2024년 2월 28일 1판 1쇄 발행

엮은이 박선미 / 펴낸이 임은주
펴낸곳 도서출판 청동거울 / 출판등록 1998년 5월 14일 제2023-000034호
주소 (12284) 경기도 남양주시 다산지금로 202(한강 DIMC 현대테라타워) B동 317호
전화 031) 560-9810 / 팩스 031) 560-9811
전자우편 treefrog2003@hanmail.net / 네이버블로그 청동거울출판사

북디자인 서강
출력 우일프린테크 | 인쇄 하정문화사 | 제책 정성문화

ISBN 978-89-5749-234-5 (03800)

박선미 시인 근황

◀2007년 부산일보 신춘문예 시상식을 마치고.
◀▼1999년 부산아동문학 신인상 수상 수감하는 모습.
▼2008년 제7회 오늘의 동시문학상 수상소감을 하는 박선미 시인.
▼▼오늘의 동시문학상 시상식을 마치고 기념 촬영.

▲2010년 서덕출문학상 수상.
▶▲2014년 봉생문화상 수상.
▶2018년 제38회 이주홍문학상 수상.

▲2019년 스승의 날 유공교원표창 대통령상 수상.
▲▶2021년 부산아동문학상 수상.
▼2022년 한국아동문학상 수상(시상식을 마치고 박상재 · 함영연 · 김옥애 · 배익천 · 이정석 선생님들과 기념 촬영).

▲2020년 진도 운림산방에 조성된 〈나이테〉 시비.
▶▲2016년 모교(토성초)에 조성된 시화.
▶2021년 대학원 박사학위 수여식을 마치고.
▼2018년 국어 수석교사들 저서 출판기념회.

▲2023년 부산아동문학인협회 집행부와 함께.
▶동동숲의 박선미 나무.
▼봉생문화상 시상식에서 가족들과 함께.

어른을 위한 어린이책이야기 20

박선미
동시를
읽는다

박선미 엮음

청동거울

올해는 42년 동안 아이들과 함께했던 학교를 떠나는 해이기도 하고, 등단한 지 25년이 되는 해이기도 합니다.

쉬지 않고 열심히 달려와 결승점에 무사히 도착한 마라토너처럼 편안하게 땀을 닦으며 그동안 달려온 길을 되돌아보았습니다.

'그래, 박선미. 참 수고했다.'

저는 최선을 다한 저에게 선물을 주고 싶었습니다. 그리고 여기까지 오는 길에 저를 응원하고 따뜻한 마음 나누어 주신 분들에게도 선물을 드리고 싶었습니다.

1999년 등단한 이래 여러 잡지나 신문에서 저를 조명한 평론, 서평, 기사들과 6권의 동시집 머리말과 해설 또 그동안 받은 문학상의 심사평과 수상 소감을 모았습니다. 그리고 저의 삶을 엿볼 수 있는 선후배님들의 글을 보태 책을 엮었습니다.

글을 모아 보니 인간 박선미도, 시인 박선미도 지닌 것보다 과분한 사랑을 받은 것 같아서 가슴이 뭉클했습니다.

지난 42년을 되돌아보니 제 성격상 교사가 아니었다면 뭘 하고 살았을까 싶고, 학교야말로 저의 가치를 실현할 수 있도록 도와준 곳이라 여겨져 교직은 천직이었다는 생각이 듭니다. 또 문학의 여러 장르 중 아동문학도 저의 성정에 잘 맞았다는 생각이 들어 가보지 못한 길에 대한 미련을 편안하게 접을 수 있었습니다.

이제 산뜻한 바람에 땀을 식히고, 다시 시작하는 길 위에 섭니다. 새롭게 주어지는 시간, 시간을 소중히 여기고 새로운 시의 길을 걸어 보겠다는 약속을 드립니다.

그동안 저의 부족한 작품에 채찍과 위로로 격려해주시고, 귀한 원고 주신 여러 선생님, 워드 작업하느라 고생한 우리 딸에게도 감사의 인사 전하며 이 책을 바칩니다.

2024년 2월
박선미

| 차례 |

화보 ● 3
머리말 ● 10

제1부_박선미 동시의 미학
　　박선미 동시의 특징과 변모 양상_황수대 ● 16
　　'마음의 힘'과 실험의식_전병호 ● 35
　　가족이나 이웃 간의 진정한 사랑의 성찰_김용희 ● 48
　　가슴을 파고드는 짜릿한 시_노원호 ● 61
　　'마음의 키'가 크는 어린이를 위해_이정석 ● 74
　　한바탕 울음 쏟아낸 후 만나는 새 길_김종헌 ● 93
　　깨달음과 성장으로 삶의 지평을 여는 시심_김경흠 ● 107

제2부_내가 읽은 박선미 동시
　　동시의 매력_노여심 ● 128
　　시의 씨앗 뿌리기와 거두기_정두리 ● 134
　　공사 중인 '예쁜' 세상과 착상의 상승작용_박일 ● 149
　　지금 한창 공사 중인 동시집_노원호 ● 161
　　솔직함과 부끄러움으로 둘러본 우리들의 모습_김종헌 ● 165
　　시인의 최대 덕목인 깨끗하고 따뜻한 시선을 지닌 시인에게_정두리 ● 168
　　마음이 따뜻해지는 시_노원호 ● 176
　　정직과 성실, 그리고 사랑_공재동 ● 179
　　삶터와 일터에서 건져 올린 울림의 동시_하청호 ● 194
　　멀리 갈수록 가까워진다_이도환 ● 197
　　낮은 곳에서 사랑 찾기_ 박일 ● 203
　　마음 들여다보기_조윤주 ● 206
　　단정한 언어의 그릇에 담긴 일상 속 이야기_성환희 ● 209
　　동시 한 편의 여운_ 이준관 외 ● 212

제3부_내가 아는 박선미

꼿꼿한 사도의 삶 애오라지 사른 선생님_최성아 ● 230

감자 캐는 날_강정규 ● 233

특별한 제자, 영원히 살아남을 꽃_신헌재 ● 239

애덤스의 납작해진 코_공재동 ● 243

보석처럼 영롱하게 박혀 있는 울음_배익천 ● 247

맑고 깊다_백승자 ● 252

그가 가는 외길에 봄꽃 흩날리소서_이승희 ● 263

나를 안아준 그녀_김금래 ● 266

선생님은 역시 선생님이다_박혜선 ● 270

아름다운 사람 하나_백승자 ● 274

데이지를 닮은 선생님_장그래 ● 277

선미야, 퇴임을 축하해!_장영우 ● 281

샬롯과 윌버와 같은 소중하고 깊은 인연에 감사하며_김묘정 ● 286

내 인생의 등대가 되어주신 박선미 수석 선생님_황성희 ● 290

사랑하고 존경하는 박선미 선생님의 정년퇴임을 축하하며_한지은 ● 293

삶으로 가르치는 선생님_김태환 ● 296

추운 겨울 맞잡은 손처럼 든든한 선생님_옥정은 ● 301

유일한 저의 스승_이승용 ● 303

따뜻한 마음, 열정이 넘치시는 수석 선생님께_고보현 ● 307

회장님, 우리 회장님_강기화 ● 310

제4부_박선미 자료

동시집 서문 모음 ● 314

문학상 수상소감과 심사평 ● 326

신문에 소개된 주요 기사 모음 ● 351

연보 ● 361

찾아보기 ● 366

제1부

박선미 동시의 미학

박선미 동시의 특징과 변모 양상_황수대
'마음의 힘'과 실험의식_전병호
가족이나 이웃 간의 진정한 사랑의 성찰_김용희
가슴을 파고드는 짜릿한 시_노원호
'마음의 키'가 크는 어린이를 위해_이정석
한바탕 울음 쏟아낸 후 만나는 새 길_김종헌
깨달음과 성장으로 삶의 지평을 여는 시심_김경흠

박선미 동시의 특징과 변모 양상

황수대

1.

　시인 박선미는 1961년 부산에서 태어나 1982년 부산교육대학을 졸업했다. 이후 2002년 한국교원대학교 대학원에서 석사학위를, 2021년 동아대학교 대학원에서 문학박사 학위를 취득했다. 그는 대학 재학시절 교지《한새벌》의 편집위원과 위원장으로 활동했으며, 초등학교 교사 임용 후 오랫동안 문예부 지도 교사로서 아이들의 독서 및 글쓰기 교육에 힘써『창의학습동화』(공저, 2003)와『학급경영의 이론·연구·실제』(공저, 2004) 등을 펴냈다. 그 결과 부산시 교육감상, 교육부장관상, 스승의 날 기념 대통령상, 한새스승상을 받았다.

　또한, 그는 1997년 한새문학상 동시 당선을 시작으로 1999년 부산아동문학 신인상 동시 당선, 1999년 창주문학상 동시 당선, 2007년 부산일보 신춘문예 동시 당선 등 뛰어난 시적 재능을 선보였다. 그는 지금까지 다섯 권의 동시집을 펴냈는데, 그 가운데 첫 동시집인『지금은 공사 중』(2007)이 제7회 오늘의 동시문학상에 선정되었다. 아울러 두 번째 동시집인『불법주차한 내 엉덩이』(2010)로 제4회 서덕출문학상을, 네 번째 동시집인『햄버거의 마법』(2015)으로 제38회 이주홍문학상을 수상하기도 했다.

이처럼 시인 박선미는 그동안 교사와 시인으로 활동하며 두 분야에서 각각 뛰어난 성과를 보여주었다. 특히 「지금은 공사 중」, 「우리 엄마」, 「나이테」, 「택배」, 「비상구」. 「용서」 등 여러 편의 동시가 초등학교 교과서에 수록되거나 여러 문학단체로부터 우수 동시로 선정되어 평자는 물론 독자들에게 많은 사랑과 관심을 받았다. 지금까지 그의 동시에 대한 평가는 크게 두 방향으로 진행되었다. 하나는 동시집에 실린 해설이고, 다른 하나는 문예지에 실린 작품론과 시인론이다. 이들은 그의 동시를 이해하는 데 적지 않은 도움을 준다.

하지만 그 접근 방법이 주로 내용에 국한되어 있고, 논의도 개별 동시집에 한정되어 박선미 동시의 전모를 파악하는 데는 한계가 있다. 따라서 더욱 깊이 있는 논의가 진행되기 위해서는 그의 동시에 대한 기존의 평가를 바탕으로 내용과 형식을 모두 포함하는 새로운 접근이 이루어질 필요가 있다. 또한, 그의 동시는 초기 작품과 후기 작품 사이에 상당한 시적 변모를 보여주고 있다. 이 글에서는 그 점에 주목해 지금까지 나온 다섯 권의 동시집을 중심으로 박선미 동시의 특징과 의의에 대해 살펴보려고 한다.

2.

그동안 발표된 박선미의 동시에 대한 분석 및 평가에서 자주 발견되는 단어는 '모성애', '성찰', '가족', '친구', '이웃' '배려', '고발' 등이다. 실제로 이들은 그의 동시를 관통하는 핵심어라고 할 수 있다. 이 가운데 모성애가 본능적이고 무조건적인 사랑일 뿐만 아니라 넓은 의미에서 상대방에게 느끼는 측은지심이나 보호 본능을 포함한다는 것을 고려하면, 박선미의 동시는 내용상 크게 '모성애'와 '성찰', 그리고 '고발' 이들 셋으로 범주화할 수 있다. 그러한 성격 때문인지 그의 동시는 대체로 따뜻하면서도 진솔한 느낌을 준다.

　박선미의 동시에서 가장 많이 다루어지고 있는 소재는 가족이다. 그 가운데 특히 어머니와 관련한 내용이 유난히 많다. 그의 동시집에 어머니(엄마)가 시어로 등장하는 작품만 하더라도 적게는 10편, 많게는 20편에 이른다. 보통 한 권의 동시집에 50~60편의 작품이 수록되는 것을 고려할 때 이는 결코 적은 숫자가 아니다. 그래서인지 정두리는 "박선미 시의 중심은 당연히 어머니다."(정두리, 《열린아동문학》, 2009년 여름호)라고 말하기도 한다. 그만큼 모성애는 박선미의 동시에서 지배적 정서로 작용하고 있다.

　　감자 캐는 날
　　가진 것 다 주고
　　빈껍데기로 남은
　　어머니를 만났습니다.

　　삼월에
　　재를 묻혀 심은 씨감자
　　가진 것 다 주고
　　쪼그라진 씨감자

　　썩은 보람으로
　　더 많은 감자를 거두게 만든
　　씨감자를 보며
　　만난 어머니

　　감자 캐는 날

줄기에 주렁주렁 매달린
주먹보다 굵은 감자를 보며

철없던 나는
어머니의 눈물
가슴에 안고
돌아왔습니다.

—「씨감자」전문

모성애 하면 가장 먼저 떠오르는 것이 바로 '자기희생'의 이미지이다.
첫 번째 동시집『지금은 공사 중』에 실려 있는 이 작품은 2007년 부산
일보 신춘문예 당선작으로 '씨감자'를 통해 어머니의 희생을 노래하고
있다. 이 작품에서 화자인 '나'는 어느 날 감자를 캐다가 "가진 것 다 주
고/빈껍데기로 남은" 씨감자를 발견하고 어머니를 떠올린다. 그리고 보
니 자식을 위해 기꺼이 자신을 희생하는 어머니의 모습과 "썩은 보람으
로/더 많은 감자를 거두게 만든" 씨감자의 모습이 참 닮았다는 생각이
든다. 자칫 감정의 과잉을 불러올 수 있는 소재임에도 시적 대상을 "빈
껍데기", "쪼그라진", "어머니의 눈물" 등과 같은 비유를 통해 적절히 드
러냄으로써 시적 효과를 높이고 있다.

이 외에도 "약 챙겨주고/이마에 물수건 올려주고/밤새 따뜻한 불 환
히 켜놓는/안방 응급실"(「우리 엄마」) 등이 모성애를 기반으로 해서 창작
된 작품들이다. 이들은 첫 번째 동시집부터 다섯 번째 동시집까지 두루
포진되어 있다. 그뿐만이 아니라 "아기 너구리 찾아 헤매고 있을/너구
리 엄마가 떠올라"(「목격자를 찾습니다」), "가족에 대해 배울 때/나들이 가
는 가족들 볼 때/친구들이 엄마 이야기할 때//경준이는/얼음이 된
다."(「얼음」), "몸 안에/소나무 씨앗/꼭 품어/엄마처럼 키워준 걸 보면"(「바
위」), "여기저기/가득 널린/들꽃들/밟을까 봐서//앞으로도 가지도/뒤로

가지도 못한 나리는/까치발하고 섰어요."(「까치발」) 등과 같이 비단 가족에만 국한되지 않고 친구나 이웃, 동물이나 식물에까지 확대되어 나타난다.

어제는 미안해
별것 아닌 일로
너한테 화를 내고
심술부렸지?

조금만 기다려 줘
지금 내 마음은
공사 중이야.

툭하면 물이 새는
수도관도 고치고
얼룩덜룩 칠이 벗겨진 벽에
페인트칠도 다시 하고
모퉁이 빈터에는
예쁜 꽃나무도 심고 있거든.

공사가 끝날 때까지
조금만 참고
기다려 줄래?

—「지금은 공사 중」 전문

그다음으로 박선미의 동시에서 눈여겨볼 것은 성찰과 관련한 내용이다. 이 동시는 첫 동시집의 표제작으로 초등학교 교과서에 수록된 작품이다. "어제는 미안해/별것 아닌 일로/너한테 화를 내고/심술부렸지?"
에서 보는 것처럼, 이 동시에서 화자는 친구와 다툰 일을 반성하고 있
다. 자신의 성숙하지 못한 마음을 "툭하면 물이 새는/수도관", "얼룩덜
룩 칠이 벗겨진 벽", "모퉁이 빈터"와 같이 사물에 빗댄 것도 재미있지
만, 그와 같은 성찰의 시간을 "지금 내 마음은/공사 중"이라고 표현한
것이 무척 인상적인 작품이다. 더욱이 마지막 연의 "공사가 끝날 때까
지/조금만 참고/기다려 줄래?"에서 보듯이, 여느 작품들처럼 섣불리 시
적 상황을 마무리 짓지 않은 점도 매력적으로 다가온다.

잠자고 있는데
술 냄새 풍기며
꺼칠꺼칠한 수염 마구 비벼 대서
아빠가 싫다고 할 때
경준이는 부럽다고 했다

일어나기 싫은데
간지럼 태우며
아침 운동 가자고 깨워서
아빠가 싫다고 할 때
경준이는 부럽다고 했다

내게 귀찮은 일이
부러운 일이 되기도 한다는 걸
처음 알았다

—「처음 알았다」 전문

우리는 흔히 자신을 중심으로 생각하고 판단한다. 그 때문에 종종 다른

사람들과 갈등을 겪기도 한다. 따라서 불필요한 오해를 사지 않기 위해서는, 혹은 자신의 잘못된 신념이나 지식을 바로 잡기 위해서는 평소 다른 사람의 처지에서 생각하는 습관을 들이는 것이 중요하다. 세 번째 동시집에 수록된 이 동시는 바로 그와 같은 문제를 다루고 있다. 이 작품에서 화자는 "잠자고 있는데/술 냄새 풍기며/꺼칠꺼칠한 수염 마구 비벼" 대거나, "일어나기 싫은데/간지럼 태우며/아침 운동 가자고" 깨우는 아빠가 싫다고 말한다. 그런 화자에게 친구인 경준이는 부럽다고 말한다. 더 이상의 설명이 없어 자세히 알 수는 없지만, 정황상 친구인 경준이는 아빠가 없거나, 아빠와의 사이가 썩 좋지 않은 것으로 생각된다. 이 일을 통해 화자는 "내게 귀찮은 일이" 남에게는 "부러운 일이 되기도 한다는 걸" 깨닫는다. 즉, 다른 사람의 처지에서 생각하는 일의 중요성을 알게 된다.

이처럼 박선미의 동시에 등장하는 아이들은 착하고 생각이 깊다. 「가끔은 고마운 감기」나 「카톡 놀이터」와 같이 더러 일탈을 꿈꾸는 아이들이 나오긴 하지만, 대체로 순수하고 선한 모습을 지니고 있다. 그래서인지 상대적으로 재치 있고, 발랄하고, 장난기가 가득한 아이들의 모습은 그리 많지 않다. 아마도 이는 공재동의 지적처럼 "교사로서의 교육적 소명 의식과 깊은 상관관계"(「정직과 성실. 그리고 사랑」,《시와 동화》 2015 봄호, 330쪽)가 있는 것으로 보인다.

박선미 동시의 내용상 특징 가운데 마지막으로 살펴볼 것은 사회의식 또는 사회 문제를 담아낸 시편들이다. 이들은 그의 작품에서 시적 변화가 가장 뚜렷하게 나타나는 영역이다. 실제로 첫 번째 동시집과 두 번째 동시집의 경우 그와 같은 내용을 다룬 작품은 거의 찾아보기 힘들다. 또한, "남의 땅도 제 것이라 우겨대는/이웃 나라 사람들"(「일어나세요」)과 "보금자리 잃은/도요새에게/꼬마물떼새에게/노랑부리저어새에게/사과합니다"(「하굿둑의 반성문」)처럼, 그 비판의 대상이 제한적이고, 비판의 수위도 그리 강한 편이 아니다. 그런데 세 번째 동시집인『누워 있는 말』을 기점으로 그 이후에 발표한 작품들의 경우엔 이전과는 사뭇 다른 양상을 보인다.

2014년 4월 16일 이후
내 일기 제목은
놀라다
걱정스럽다
안타깝다
답답하다
슬프다
불쌍하다
비참하다
어이없다
괘씸하다
원망스럽다
미안하다
　.
　.
　.

—「아직도 흐림」 부분

　박선미의 동시에서 그와 같은 시적 변화를 불러온 까닭이 무엇인지 정확히 알 수는 없다. 다만, 이 작품을 통해서 그 이유를 대략 짐작할 수 있을 뿐이다. "2014년 4월 16일 이후/내 일기 제목은"에서 보듯이, 이 동시는 세월호 사건에 관한 내용을 담고 있다. 이 작품에서 화자는 "감정 일기쓰기가 숙제"인데, 세월호 사건이 일어난 이후로는 "하늘은 맑고/햇살은 따뜻한데도/내 일기 제목은/아직도/흐리다."라고 자신의 마음을 토로하고 있다. 세 번째 동시집에는 이외에도 「똑같다」, 「그것도 모르고」와 같이 세월호 사건을 다룬 동시가 두 편 더 실려 있다. 또한, "김밥 천국"과 같은 상호를 활용해 부조리한 현실을 노래한 「천국과 뉴스」, 층간 소음의 문제를 다룬 「전쟁 선포」, 숲의 경제적 가치를 통해 환경의 중요성을 그려낸 「숲」 등 그의 사회의식을 엿볼 수 있는 작품이 다수 등장한다.

뉴스를 보면
○당
△당
날마다 다툰다.

뉴스를 보던
할아버지는 ○당
아빠는 △당
우리 집도
날마다 다툰다.

—「정정당당」 부분

향유고래의 뱃속에서 나온

밧줄
그물
페트병
비닐봉지
플라스틱 컵
100kg

우리가 써야 할

반성문의 무게

—「반성문」 전문

　박선미의 네 번째 동시집인 『햄버거의 마법』 4부에는 환경, 장애인, 정치 등의 사회문제를 다룬 다양한 작품들이 수록되어 있다. 「정정당당」은 그 가운데 하나이다. "뉴스를 보던/할아버지는 ○당/아빠는 △당/우리 집도/날마다 다툰다."에서 보듯이, 이 작품은 동시로서는 보기 드물게 아이의 눈에 비친 우리 사회의 이념 갈등, 세대 갈등의 문제를 담아내고 있다. 다섯 번째 동시집에도 네 번째 동시집 못지않게 사회 문제를 형상화한 작품이 많다. 「반성문」은 최근 전 세계적으로 관심을 불러일으키고 있는 해양 생태계의 오염 문제를 다루고 있다. "향유고래의 뱃속에서 나온//밧줄/그물/페트병/비닐봉지/플라스틱 컵"에서 보는 것처럼, 이 작품은 우리가 무심코 버린 쓰레기들이 바다 생물들에게 얼마나 큰 피해를 주고 있는지를 잘 보여준다. 특히 향유고래의 뱃속에서 나온 쓰레기의 무게 "100kg"을 "반성문의 무게"에 빗대어 표현한 것이 무척 인상적이다.

　이처럼 박선미의 동시에서 사회문제를 다룬 작품은 세 번째 동시집 이후 부쩍 증가한다. 또한, 비판의 대상도 이전보다 훨씬 광범위하고, 수위도 한층 더 강화된다. 이에 대해 전병호는 "우리 사회에 만연했던 뿌리 깊은 부정부패와 처참하게 몰락하는 사회지도층을 보면서 어린이들에게 이젠 가만히 있으면 안 된다는 강한 현실비판의식을 길러주고 싶었던 것이 아닐까."(「'마음의 힘'과 실험의식」, 《아동문학평론》, 2018년 여름호)라고 말한다. 아프리카의 속담처럼 '한 아이를 잘 키우기 위해서는 온 마을이 필요하다'는 점에서 이는 상당히 설득력 있는 분석이라고 생각한다.

3.

　시작품의 분석 및 평가에서 내용만큼이나 중요한 것이 표현과 형식이다. 하지만 그동안 발표된 동시 비평문을 보면 제대로 시의 표현과 형식을 분석한 글은 많지 않다. 그 점은 박선미 동시의 경우도 마찬가지이다. 일반 시의 경우 시어와 운율, 행과 연, 표현 기법 등에 관한 분석 및 연구가 활발하게 이루어지는 데 반해 동시의 경우는 주로 내용 분석에 치중하고 있다. 이는 일차적으로 단순하고 소박한 것을 주된 특징으로 하는 동시의 성격에서 비롯된 것이기도 하지만, 연구자와 평자들의 무관심도 크게 한몫하고 있다.

　그런 점에서 더 깊이 있는 논의에 이르지는 못했지만 "이번 동시집의 시들은 종전의 시에 비해 길이도 짧고 생각을 압축시켜 시의 느낌이 더 나는 것도 특징입니다."(노원호, 「가슴을 파고드는 짜릿한 시」, 『누워 있는 말』 해설)와 "우리말과 한자어와 외래어 · 외국어와 이의 합성어를 시어로 과감하게 사용함으로써 시인이 나타내고자 하는 메시지를 강력하고 효과적으로 표출하고 있음을 확인할 수 있었다."(전병호, 앞의 글)와 같은 접근 방식은 그 자체만으로도 의미가 있다고 생각한다. 이 글에서는 박선미 동시의 표현과 형식을 크게 셋으로 나누어 그 변모 양상을 살펴보려고 한다.

　　"너 참 예쁘다."
　　그 말 들으면
　　함박꽃처럼 웃음 지었지.

　　"너 참 똑똑해."
　　그 말 들으면
　　구름 위를 걷는 것 같았어.

아니야,
이젠 아니야.

이 세상엔
착하다는 말도 있는걸
이 세상엔
바르다는 말도 있는걸

—「기쁨 두 배」 부분

어제까지 어둡던
뒤뜰이 환하다.
추운 겨울 이겨내고
분홍빛 꽃 피운
매화나무 덕분에

할머니 돌아가시고 어둡던
우리 집이 환하다.
첫 돌 맞이한
늦둥이 내 동생
재롱 덕분에

—「환하다」 전문

　박선미 동시의 특징 가운데 하나는 대구 형식으로 이루어진 작품이
유난히 많다는 점이다. 이 동시는 첫 번째 동시집에 실려 있는 것으로
말의 소중함을 노래한 작품으로 1연의 "너 참 예쁘다."/그 말 들으면/함
박꽃처럼 웃음 지었지."와 2연의 "너 참 똑똑해."/그 말 들으면/구름 위
를 걷는 것 같았어."가 대구를 이루고 있다. 또한, 4연의 "이 세상엔/착

하다는 말도 있는걸/이 세상엔/바르다는 말도 있는걸"에서 보는 것처럼, 1, 2행과 3, 4행이 서로 대구를 이루는 형식을 취하고 있다. 「환하다」는 2연 10행으로 이루어진 작품으로, 1연과 2연이 서로 대구를 이루고 있다. 즉, 1연의 "뒤뜰", "매화나무"가 2연의 "우리 집", "내 동생"과 각각 마주 보고 있다. 이를 통해 "할머니 돌아가시고 어둡던" 집의 분위기가 "첫 돌 맞이한/늦둥이 내 동생/재롱 덕분에" 환하게 변화된 모습을 노래하고 있다. 이처럼 박선미의 동시에서 대구법은 어느 때는 단어나 구의 단위로 나타내기도 하고, 또 어느 때는 문장이나 문단 단위로 병렬되어 나타나기도 한다.

이러한 대구법은 비슷하거나 같은 문장 구조를 짝을 맞춰 표현하는 것으로 흔히 어떤 뜻을 강조하거나 음악적 효과를 높이기 위해 사용한다. 박선미의 동시에서 대구법은 초기 시에서 집중적으로 나타났다가 후기 시로 갈수록 드물게 나타나는 양상을 보인다. 즉, 첫 번째 동시집에 수록된 60편 가운데 35편의 작품이 대구의 형식으로 되어 있으나 두 번째 동시집에는 14편, 세 번째 동시집에는 9편, 네 번째 동시집에는 2편, 다섯 번째 동시집에는 1편으로 점차 그 수가 현저히 줄어들고 있다.

아무리 큰 잘못을 저질렀어도
너그럽게 용서해 주지
아무리 투정 부려도
따스하게 안아 주지
얼굴빛만 보아도
무슨 일이 있나 금방 알아차리지

언제나 급하면
달려갈 수 있는 비상구

우리

어머니

—「비상구」부분

다음으로 살펴볼 박선미 동시의 표현과 형식상의 두 번째 특징은 특별한 시적 기교 없이도 충분한 효과를 얻고 있다는 점이다. 실제로 그의 동시는 기발한 발상이나 뛰어난 상상력, 화려한 문학적 장치와는 어느 정도 거리가 있다. 이 동시는 첫 번째 동시집에 수록된 것으로 "언제나 급하면/달려갈 수 있는 비상구//우리 어머니"에서 보듯이, 어머니를 비상구에 빗대어 표현하고 있다. 이 밖에도 첫 번째 동시집에는 비유를 통해 시적 대상을 노래한 작품이 더러 등장한다. 하지만 '벚꽃'을 "분홍빛 꽃눈"에 비유한 「봄눈」이나 '눈 내린 세상'을 "은빛 궁전"에 비유한 「새하얀 아침」에서 보는 것처럼, 표현이 아주 감각적이거나 세련된 느낌은 들지 않는다. 그런데도 이들 작품은 독자의 마음을 끌어당기는 묘한 힘을 가지고 있다. 아마도 그것은 사물이나 세상에 대한 시인의 열린 마음과 애정이 작품에 고스란히 담겨 있기 때문이 아닐까 싶다.

하늘에서

밥이 내려온다

조록조록

은빛 밥이 내려온다

겨우내

목말랐던 나무들

허겁지겁

밥을 먹는다

축구하고 돌아와

엄마가 차려 주는 밥

맛있게 먹는 나처럼

이제 곧

하양 분홍

기분 좋은 웃음

터뜨리겠다.

—「봄비」 전문

하지만 두 번째 동시집에 오면 양상이 사뭇 달라진다. 비유를 사용해 창작된 작품의 수가 부쩍 늘어날 뿐만 아니라, 그 발상이나 기법이 이전보다 훨씬 세련되고 참신하다. 이 동시는 그 대표적인 사례이다. "하늘에서/밥이 내려온다/조록조록/은빛 밥이 내려온다"에서처럼, 이 작품은 봄비를 "밥"에 비유하여 생동감 넘치는 봄날의 풍경을 노래하고 있다. 여기에 "조록조록", "허겁지겁", "하양 분홍"과 같은 음성상징어와 색채어를 적절하게 사용하여 분위기를 한층 더 밝고 건강하게 만들어내고 있다.

이와 더불어 엄마를 "밤새 따뜻한 불 환히 켜놓는/안방 응급실"에 비유한 「우리 엄마」, 시골 할머니 집을 "세상에서 제일 인심 좋은 마트"에 비유한 「인심 좋은 마트」, 컴퓨터 게임에 빠진 형의 모습을 "거북이"에 비유한 「우리 집 거북이」, 오월의 숲을 "돈 내지 않고도/마음껏 맡을 수 있는/향기 백화점"에 비유한 「무료 백화점」 등도 모두 비유를 통해 시적 효과를 높이고 있는 작품들로 한 번쯤 눈여겨볼 필요가 있다.

친구와 싸웠다고

선생님께 혼나고 난 뒤

거꾸로 서면

화나고 미운 마음

주르르 쏟아지겠지.

동생이 잘못했는데

언니라서 더 야단맞은 뒤

거꾸로 서면

속상하고 서운한 마음

주르르 쏟아지겠지.

공부 안 하고 텔레비전 본다고

꾸중 들은 뒤

거꾸로 서면

짜증나고 귀찮은 마음

주르르 쏟아지겠지.

—「물구나무서기」부분

　마지막으로 분석해 볼 박선미 동시의 형식상 특징은 시행 즉, 작품의
길이와 관련한 것이다. 작품에서 시행의 길이는 곧 사상의 표현 및 시의
미학과 밀접한 관련이 있다는 점에서 결코 소홀히 할 수 없는 문제이다.
이는 박선미도 예외가 아니어서 그가 지금까지 펴낸 동시집을 살펴보
면 첫 번째 동시집과 다섯 번째 동시집 사이에 시행의 길이가 상당한 차
이를 보인다는 것을 알 수 있다. "친구와 싸웠다고/선생님께 혼나고 난
뒤", "동생이 잘못했는데/언니라서 더 야단맞은 뒤", "공부 안 하고 텔레
비전 본다고/꾸중 들은 뒤"에서 보듯이, 이 동시는 첫 번째 동시집에 실
린 것으로 꾸중을 들은 아이의 심리를 노래하고 있다. 1연, 2연, 3연이
각각 5행씩 대구를 이루고 있고, 작품의 길이도 총 25행으로 동시치고

는 상당히 길다. 그 때문에 작품을 통해 전달하려고 하는 내용은 선명하지만, 그에 비해 시의 맛은 조금 덜한 편이다.

실컷 울고 나면
먼 길 떠날 수 있다.

—「먹구름도 환하게」 전문

반면에 이 동시는 다섯 번째 동시집의 표제작이자 대미를 장식하고 있는 작품이다. "먹구름"과 "환하게"라는 서로 모순된 이미지 즉, 역설적 상황을 통해 희망의 메시지를 노래하고 있는데, 지금까지 발표된 박선미의 동시 가운데 길이가 가장 짧은 작품이다. 마치 삶의 교훈이나 신조, 원리 등을 간결하게 압축해서 나타낸 아포리즘을 보는 듯한 느낌을 준다. 시적 상황이나 분위기 등 자세한 설명을 생략한 채 그저 화자의 전언으로만 이루어진 탓에 소통에 다소 어려움이 있지만, 그런 만큼 상상력이 크게 작동한다는 점에서 시의 미학을 가장 잘 보여주는 작품이라고 할 수 있다.

이처럼 박선미의 동시는 발표 시기에 따라 시행이 현저하게 차이가 난다. 지금까지 발표한 다섯 권의 동시집 가운데 15행이 넘는 작품의 수를 보면 각각 47편, 24편, 16편, 10편, 11편이다. 또한, 길이가 10행 미만의 작품 수는 각각 0편, 6편, 15편, 8편, 9편으로 후기 작품으로 올수록 시행이 급격하게 줄어들고 있다. 그래서인지 "어둠이 길을 삼켰다//달님도 별님도 없는//그런 날/작은 손전등 하나가/길을 만든다//빛으로/길을 만든다"(「손전등」), "봄산에 가득한/들꽃들/밟을까 봐서//여기저기/가득 널린/들꽃들/밟을까 봐서"(「까치발」)에서 보는 것처럼, 문장이 짧아지고 불필요한 수식이 크게 줄어들면서 시의 맛이 훨씬 잘 드러나고 있다. 즉, 초기에 발표된 작품보다 후기에 발표된 작품의 형식미가 더욱 뛰어나다.

4.

　지금까지 살펴본 것처럼 박선미의 동시는 기본적으로 모성애를 그 바탕에 깔고 있다. 이러한 모성애적 상상력은 비단 가족에 국한하지 않고 이웃이나 동식물에까지 적용되어 나타난다. 여기에 교사로서의 소명 의식이 더해져 그의 동시에 등장하는 아이들은 대체로 밝고 건강하며, 작품의 분위기도 무척 따뜻하게 다가온다. 또한, 후기로 올수록 사회문제를 다룬 작품이 부쩍 증가하고, 비판의 수위도 한층 강화되어 나타난다. 그 때문에 메시지가 분명한 작품이 많다. 그런데도 그의 작품은 깊은 울림을 주고 있는데, 이것은 사물이나 세상을 대하는 시인의 태도가 무척 진솔하기 때문이다.

　아울러 박선미의 동시에는 대구법을 활용해 창작된 작품이 유난히 많다. 첫 번째 동시집의 경우 그 수가 절반을 넘어섰다가 이후 두 번째 동시집부터 점차 줄어드는 양상을 보인다. 또한, 초기에는 특별한 기교를 사용하지 않다가 후기로 올수록 비유를 활용한 작품이 부쩍 증가한다. 그에 따라 불필요한 수식이 크게 줄어들면서 작품이 이전보다 훨씬 간결해진 느낌을 준다. 그뿐만이 아니라 문학적 성과 면에서도 크게 향상된 모습이다.

　이처럼 박선미의 동시는 내용과 형식 모두에서 시간이 흐를수록 상당한 시적 변모를 보여주고 있다. 이는 그가 현실에 안주하지 않고 더 좋은 시를 쓰기 위해 끊임없이 노력하는 시인이라는 것을 알게 해준다. 사실 우리 동시에서 이와 같은 시적 변화를 보여주는 시인은 그리 많지 않다. 그렇다 보니 서로 다른 시인이 펴낸 동시집인데도 내용과 형식에서 별반 차이가 없다. 바로 그 점이 박선미의 동시가 지닌 가장 큰 미덕이라고 할 수 있다.

　"헌 옷 수거함은/버리는 곳이 아닙니다./따스한 마음이/하나둘 쌓이는 곳."(「헌 옷 수거함」)이라는 말처럼, 지금까지 박선미 시인이 펴낸 다섯 권의 동시집은 어떤 면에서는 "헌 옷 수거함"과 같은 존재인지도 모른다. 하지만 다른 관점에서 보면 그것은 "따스한 마음이/하나둘 쌓이는 곳"이기도 하다. 즉, 하나의 과거가 아니라 미래를 예비하는 준비과정이라는 생각이 든다. 이것이 벌써부터 박선미의 다음 동시집이 기다려지는 가장 큰 이유이다.

《아동문학사조》 2022년 5호)

황수대 ● 2007년 제5회 푸른문학상 새로운 평론가상 당선. 평론집 『동심의 눈으로 바라보는 세상』 『직관과 비유의 힘』 외. 이재철아동문학평론상 수상.

'마음의 힘'과 실험의식

—박선미 작품론

전병호

1

박선미 시인의 동시집을 읽다 보면 재미있는 것(?)을 발견할 수 있다. 동시를 쓸 때 대개는 한자어를 피한다. 부득이한 경우에 한하여 최소한으로 사용한다. 그런데 무슨 이유일까. 박선미 시인은 '상용'이라고 해도 될 만큼 한자어를 시어로 사용하고 있다. 먼저 첫 번째 동시집 『지금은 공사 중』을 통해 살펴보자.

'수도관, 신호등, 현관문, 비상구, 영수증, 연주회, 입장료, 학예제, 정기연주회……' 등은 한자어이지만 구체어이다. 일상생활에서 많이 쓰고 있으니까 어린이들에게 낯설지 않다. '우리말+한자어'로 한 단어처럼 쓰고 있는 '헌 옷 수거함, 어린이 보호구역, 이단뛰기' 등도 마찬가지이다. 어린이들이 충분히 이해 가능하다. '행복, 비밀, 전학, 역사, 소원, 필기, 연주, 역사……' 등은 어떨까. 추상어이지만 일상생활에서 많이 쓰고 있으니까 이 한자어도 어린이들이 충분히 받아들일 수 있다. 그렇다면 두 번째 동시집 『불법주차한 내 엉덩이』에서는 어떨까.

'불법주차, 견인차, 배식판, 급식당번, 종합선물세트, 사고다발지역, 유희왕, 급수 중단, 종합검진, 주사 처리 중, 접근금지, 산소호흡기, 절대

안정, 면회 금지, 편의점, 연립주택 반지하, 노숙자, 대합실, 천연기념물, 전자우편, 전기요금 청구서, 학원 광고지, 신입생 모집 광고…….'

한자어가 오히려 늘었다. 한자어를 의도적으로 사용하고 있는 것이 분명하다고 판단된다. 세 번째 동시집『누워 있는 말』과 네 번째 동시집 『햄버거의 마법』에서도 똑같다.

'쓰레기 분리배출, 삼투현상, 농도, 용액, 야동, 불량 식품, 통제구역, 휴식년제, 경로 이탈, 사업부도, 목격자, 현수막, 입시준비, 침몰사고, 전쟁 선포, 추모 미사, 생태교란식물, 유해식물…….'과 '초강력 소화제, 난리법석, 최강, 폭염주의보, 전기세 폭탄, 국가대표, 삼한사온, 무법자, 학생부군신위, 천일염, 만성콩팥병, 동포학생초청, 정정당당, 동창회, 주식 투자, 무료급식소, 생명존중…….' 등.

이 네 권의 동시집에서 사용된 시어와 관련된 특징을 살펴보면 다음 몇 가지 공통점을 찾아낼 수 있다. 먼저 한자어와 관련된 사항이다.

첫째 가정이나 학교에서 일상적으로 쓰는 한자어를 시어로 사용하고 있다. 어린이들에게 낯설지 않다. 실제로 시어로 사용해도 자연스럽게 받아들이게 된다. 예를 들어 보자. '삼투현상, 농도, 용액'은 고학년이 수업 시간에 배우는 과학 용어이고 '학예제, 종합연주회, 배식판, 급식당번, 신입생 모집 광고' 등은 학교에서 사용하는 말이다. '불법주차, 견인차, 응급실, 연립주택 반지하' 등은 일상생활에서 듣는 말이고 '학생부군신위'는 제사 때 듣는 말이다. 심지어는 '주식투자, 무료급식소' 등 직접 관련 없는 것 같은 말에도 어린이들은 노출되어 있다.

둘째 한자어 중에서 추상어보다는 구체어를 주로 사용하고 있다. 구체어는 마음속에 형상을 그릴 수 있기 때문에 어린이들에게 이미지를 떠올리게 한다. '수도관, 신호등, 현관문, 비상구, 영수증…… 등이 그것이다.

셋째, 한자 합성어를 한 단어처럼 사용하고 있다. 동시「사고다발지역」을 예로 들어 보자. 이것은 '사고+다발+지역' 3개의 한자어로 '추상어+추상어+추상어'의 결합이다. 하지만 결과적으로는 실제적이고 구체적인 어떤 장소를 가리키게 된다. 그렇기 때문에 '사고다발지역'을 한 개의 단어로 인식한다. '생태교란식물, 산소호흡기, 전기요금청구서……' 등도 마찬가지이다. '헌 옷 수거함, 머피의 법칙, 현실적인 선물'에서 보듯 '우리말+한자어', '외래어·외국어+한자어'와 같은 언어의 조합도 어린이들은 한 단어처럼 읽고 인식한다.

다음은 외래어와 외국어 문제이다. 이것들도 한자어와 같은 원칙으로 시어로 사용하고 있다. '원피스, 크리스마스트리, 산타클로스, 텔레비전, 콜라, 주스, 컴퓨터, 블록, 카메라, 프로그램, 게임, 내비게이션, 가스레인지, 다이어트, 프라이팬, 햄버거, 볼륨, 마트, 스티커……' 등은 이미 일상어가 되어버렸다. '라운드, 아바타, 스파랜드, 인터폰, 래퍼, 링거, 풀코스, 애피타이저, 메인…….' 등 사용 빈도수가 적은 것도 시어로 사용하고 있다. '알레르기 비염, 레지오 단장님, 붉은 악마 티셔츠, 썰렁 개그, 대형마트, 원 프라스 원, 계란 프라이…….' 등 '우리말+외래어·외국어'로 하나의 이름이나 관용구처럼 쓰이는 말도 시어로 사용하고 있다.

살펴보면 어린이들은 일상에서 한자어 이외에도 수많은 외래어·외국어에 노출되어 있음을 알 수 있다. 우리나라 말에서 일반명사 70% 이상이 한자어라고 하니까 한자어를 쓰지 않을 수 없다. 또 역사도 오래되었다. 한자어는 이미 우리말이라고 보는 것이 타당하다. 외래어·외국어역시 요즘 들어 급격히 우리말로 유입되어 상당수가 일상어로 자리 잡고 있다. 때로 일반인도 의사전달 과정에 부담을 느낄 정도다. 그때문일까. 시인은 일상에서 사용하는 한자어와 외래어·외국어 모두를 시어로 사용할 수 있다고 생각하고 있는 것 같다. 시인의 생각은 충분히 고려해 볼 만한 가치가 있다고 생각한다. 그렇다면 먼저 이와 같이 일상어를 시어로 사용하면 어떤 장점이 있을까를 생각해보지 않을 수 없다.

첫째 일상어를 시어로 사용하면 어린이의 일상과 생활을 자연스럽게 드러내어 보여주게 된다는 점이다.

둘째 한자어와 외래어와 이들의 합성어를 시인은 학교 현장에서 이미 어린이의 특징적인 행동을 비유하는 시어로 사용하고 있다는 점이다. 다시 「사고다발지역」을 예로 들어 보자.

영한이 옆에 상민이
상민이 뒤에 동찬이
동찬이 옆에 민성이
우리 반 사고다발지역

공부시간에 만화책보다
경고 한 번 받았는데
—원더걸스 최고!
—소녀시대 최고!
종 치는 줄도 모르고 다투다가
벌점 받고
숙제 안 한 사람 조사할 때는
또
우르르 단체로 일어나는

순한 우리 선생님도
뿔 돋게 만드는
우리 반 사고다발지역

―「사고다발지역」전문

교실에서 말썽쟁이들이 앞뒤로 앉아 있는 분단을 떠올리게 된다. 이 말썽쟁이들은 경고 받고 벌점 받고 그것도 모자라서 숙제 안 한 사람 조사할 때면 다같이 우르르 일어난다. 좀처럼 행동 수정이 되지 않는다.

그러니까 선생님의 감시와 꾸중이 집중될 수밖에 없다. 이때의 상황과 장소와 경고와 각성의 의미를 담아 비유적으로 표현한 말이 '사고다발 지역'이다. 어린이들은 어렵게 한자어 풀이를 하지 않아도 그 말이 무엇을 뜻하는지 직설적으로 받아들인다.

2

일반적으로 동시는 초등학교 3, 4학년 어린이의 사고 수준에 맞는 언어를 시어로 사용해왔다. Piaget의 인지 발달론에 의하면 이 시기의 어린이는 7~12세로 구체적 조작기에 해당한다. 이 시기의 어린이는 자기중심성 사고에서 벗어나 있고 가역성의 원리를 터득해서 보존개념을 갖고 있다. 그렇기 때문에 구체적인 대상에 대하여 논리적 사고가 가능하다. 일부 고학년 어린이의 경우 관념어가 섞여 있어도 간단한 논리적 사고가 가능하다. 형식적 조작기와 겹치는 연령대이기 때문이다. 박선미 시인의 시어 사용은 바로 이런 이론을 배경으로 삼고 있는 듯하다.

또 있다. 1915년에 채택 발표된 이미지즘 시의 강령이다. 첫 번째 강령이 일상적인 언어를 정확하게 사용하자는 것인데 시인은 바로 이 말에도 크게 영향을 받고 있는 것이 아닌가 한다.

한자어를 시어로 '상용'하는 것은 분명히 파격적이고 실험적인 것이다. 그럼으로써 동시는 곱고 아름다운 말로 꿈꾸는 듯한 세상을 보여주는 것이 아니라 어린이의 일상과 관련된 감정과 생각들을 있는 그대로 진솔하게 보여주는 것이라고 말하는 듯하다.

그때문일까. 박선미 시인의 시는 메시지가 강하다. 선이 굵다. 첫 시집부터 제4 시집까지 일관되게 유지되고 있는 시적 특징이라고 할 수 있다. 이와 같은 메시지 지향성은 박선미 시인의 또 하나의 실험 코드라고 할 수 있는 해체시적인 경향을 보이는 시에서도 찾아볼 수 있는 특징이다.

「용용 죽겠지」에서는 계란 프라이를 만들기 위한 레시피를 1, 2, 3, 4, 등 개조식으로 진술한다. 낯선 표현 방법이다. 「못 말리는 기태」, 「학생 부군신위」, 「지구를 위하여」 등에서는 글상자 안에 문자를 표기함으로써 안내문이나 표어를 읽는 것 같은 시각적 효과를 재현한다. 「풀코스」에서는 엄마를 위로하기 위한 방법으로 메뉴판을 펼쳐 보듯 1, 2, 3, 4 등 개조식으로 정리한 레시피를 제시한다. 이런 시도들이 낯선 듯하지만 새롭고 재미있다. 어린이들의 흥미와 관심을 끌기에 충분해 보인다. 그러나 아직 본격적인 실험이 아니라 조심스럽게 탐색해가는 단계처럼 보인다.

3

박선미 시인의 시는 이런 언어적 특질 때문에 저학년보다 고학년에게 더 적합하다.

어제는 정말로 미안해
별것 아닌 일로
너한테 화를 내고
심술부렸지?

조금만 기다려 줘
지금 내 마음은
공사 중이야.

툭하면 물이 새는

수도관도 고치고
얼룩얼룩 칠이 벗겨진 벽에
페인트칠도 다시 하고
모퉁이 빈터에는
예쁜 꽃나무도 심고 있거든.

공사가 끝날 때까지
조금만 참고
기다려 줄래?

—「지금은 공사 중」 전문

　화를 냈지만 자신의 잘못을 알고 있으니 기다려달라는 화자의 속내가
복잡하다. 툭하면 물이 새고 칠은 얼룩덜룩 벗겨졌고 모퉁이 빈터처럼
아무것도 심겨져 있지 않지만 고치려고 한단다. 그러니까 이해하고 기
다려 달라는 것이다. 너와 결별하겠다는 것이 아니라 너에게 더 가까이
다가가기 위해 노력하겠다는 메시지이다. 자기의 속마음을 보여준다는
것은 믿는 사람에게만 할 수 있는 행동이다. 그렇기 때문에 앞으로 화자
와 청자에게 전개될 상황은 희망적일 것이라고 기대하게 된다.
　이처럼 그의 초기시는 '마음 공사 중'인 것이 많다.

　나는 내 시가 마음의 힘을 기르는 데 쓰였으면 좋겠습니다.
　내 시를 읽는 아이들이 운동회날 사서 기르던 병아리의 죽음에 눈물 흘릴 줄
아는 마음, 나뭇가지를 꺾으면 나무도 아파할 거라고 생각하는 마음, 내가 일
등을 할 때 꼴찌의 마음을 헤아릴 줄 아는 마음을 가졌으면 좋겠습니다.
　　　　　　　　—「지금은 공사중」 머리말 「디딤돌과 의자가 되었으면」 일부

　이 글의 핵심은 '마음의 힘' 기르기이다. 이것이 박선미 동시의 지향

점이 된다. 그 구체적인 방법으로 그의 동시는 생명존중 사상을 비롯하여 역지사지하는 마음, 약자에 대한 배려심 갖기 등을 담아내고자 한다. 그렇기 때문에 그의 시는 '화목, 소통, 이해, 포용, 성찰 등의 메시지를 담아내게 된다.

누군가
마음을 그려보라면
동그랗게 그릴 거예요.

온누리에 골고루 사랑을 나눠 주는
해님 닮은
동그란 마음

—「마음 그리기」 일부

"너 참 착하구나."
내가 건넨 한 마디에
예쁜 보조개 살짝 보여주었지.

그날 이후
너와 나 사이 또 한 뼘 가까워졌어.

이젠 알아
마음에도 다리를 놓을 수 있는 걸.
너에게로 가는 징 · 검 · 다 · 리
기분 좋은 칭찬 한 마디.

—「징검다리」 일부

착한 마음 가진 사람

바른 생각 가진 사람

찾을 수 있어.

내가 가진 기쁨

누구에게라도 나누어주는

그 사람 눈에만 보이는

보물쪽지

—「보물찾기」일부

「마음 그리기」에서는 온누리에 골고루 사랑을 나누어주는 '동그란 마음'을 지향한다. 「징검다리」에서는 칭찬 한마디가 너에게로 가는 징검다리가 된다고 알려준다. 「보물찾기」에서는 착한 마음 바른 생각 가진 사람 눈에만 보물쪽지가 보인다고 한다. 모두 마음의 힘을 기르기 위한 방법을 알려주는 시들이다. 다시 말하면 마음의 힘을 기르기 위해서 어떻게 해야 하는지 그 구체적인 방법으로 관계의 미학을 담아낸 시들이다. 이 동시집에서 가장 많이 사용된 시어가 '마음'인 것은 그 때문이다.

제2동시집 『불법주차한 내 엉덩이』 머리말을 보면 시인은 스스로 싸움대장이 되겠다고 한다. "자기보다 약한 친구를 괴롭히는 친구/자기보다 가난한 친구를 무시하는 친구/자기보다 공부 못하는 친구를 얕보는 친구/그 어린이들 마음과 싸우는 대장"이 되겠다고 한다. 자신의 무기인 '아름다운 우리말로 빚은 시'로 어린이들을 감동 감화시켜 바람직한 행동 변화를 이끌겠다는 선언인 것이다. 이 역시 '마음의 힘'을 기르기 위한 것이다.

눈이 나쁘다고

비싼 안경 맞췄던 우리 형

은혜의 집에
봉사활동 다녀오더니
시력을 되찾았다.

엄마가 묻는 말에 고분고분
시키지 않은 방 청소도 하고
내 운동화도 빨아줬다.

안경을 써도 보이지 않던
엄마 주름살
이제야 보이나 보다.

늘 혼자이던 내가
이제야 보이나 보다.

—「시력」 전문

중의적으로 쓰이고 있는 시력이란 말에 주목하게 된다. 안경을 씀으로써 보이지 않던 것을 보게 되었다는 것은 표면적인 의미에 불과하다. 시력이란 말이 궁극적으로 말하고자 하는 것은 내면의 변화로 바람직한 행동 변화를 이끌어내야 한다는 것이다. 이것이 시인이 원하는 것이다. 이 시기에는 이처럼 나를 넘어 타인을 이해하고 소통하는 '마음의 힘'을 기르고자 노력하는 모습을 보여준다.

세 번째 동시집 『누워 있는 말』의 머리말에서 시인은 자신의 시집이 "마음이 헐벗은 어린이들을 따스하게 안아줄 수 있는 집"이기를 소망한다. 표현이 달라졌을 뿐 시인이 말하고자 하는 근본적인 생각은 변함이 없다. "따스한 집에서 따스한 밥을 먹고 따스한 사랑을 받고 자란 어린이들은 자신을 사랑할 줄 알고, 가족을 사랑할 줄 안다"고 하였다. 이런 어린이야말로 "친구도 사랑하고, 이웃도 사랑하고, 자연도 사랑"한다고 하였다. '마음의 힘'을 기르는 것이 곧 사랑임을 말하고 있다.

네 번째 동시집 『햄버거의 마법』에서는 내면적으로 적지 않은 변화가 감지된다. 나 아닌 타인을 향한 시선의 확대가 그것이다. 겉보기에는 잘 나가는 타인들의 어두운 내면을 읽어내기 시작했다. 그 대표적인 시가 「오해(海)」다.

> 잘생기고
> 공부도 잘하고
> 큰 아파트에 사는
> 우리 반 반장 은수
>
> 쉬는 시간
> 화장실에서
> 폭력 쓰는 거
> 봤다.
>
> 공부 잘하면
> 착하다는 오해(海)
>
> 나는 그동안
> 세상에서
> 제일 무서운 바다에
> 빠져 있었다.
>
> ―「오해(海)」 전문

오해(誤解)가 아니라 오해(海)로 굳이 뜻을 밝혀 적은 것은 '세상에서/제일 무서운 바다에/빠져 있었다.'는 발언을 하기 위함이다. 부와 지위와 권력을 다 가진 상징적 존재인 반장 은수가 폭력을 쓰는 것을 보고 크게 놀란 마음의 충격파가 그대로 전해진다. 공부 잘하면 착할 거라는 오해에 빠져 있었다는 화자의 반성적 성찰은 마음을 아프게 한다. 그것은 타인에 대한 재인식과 함께 강력한 비판의식을 불러일으킨다. 알다시피 박선미 시인은 현재 교육현장에서 어린이들을 직접 가르치고 있는 선생님이다. 우리 사회에 만연했던 뿌리 깊은 부정부패와 처참하게 몰락하는 사회지도층을 보면서 어린이들에게 이젠 가만있으면 안 된다는 강한 현실비판의식을 길러주고 싶었던 것이 아닐까.

제4 동시집 『햄버거의 마법』에서 사회를 향한 목소리가 부쩍 커진 것도 이 때문이라고 생각한다. "지금/우리나라에/제일 필요한 것은/○도 △도 아닌/정정당당"이라고 정치 현실에 대한 비판의식을 노골적으로 드러낸 동시 「정정당당」이 그 대표적이라고 할 수 있다.

4

박선미 시인이 등단 초기부터 꾸준히 실천해오고 있는 실험 정신을 잘 인지하지 못하는 사람도 많은 것 같다. 1999년 부산아동문학과 창주문학상을 받으며 작품 활동을 시작해서 시력 20년을 바라보는 중견임에도 그의 시에 나타난 실험의식을 거론하는 사람을 아직 보지 못했다. 그만큼 그의 시적 실험은 조용히 진행되어 왔고 앞으로도 그럴 것 같다. 그동안 시인을 선생님과 어머니로서의 입장과 역할에 초점을 맞추어 그의 시를 바라보았던 것이 아닌가 싶다. 이것 역시 버려야 할 프레임이라고 생각한다.

『햄버거의 마법』에서 우리말과 한자어와 외래어 · 외국어와 이의 합성어를 시어로 과감하게 사용함으로써 시인이 나타내고자 하는 메시지를 강력하고 효과적으로 표출하고 있음을 확인할 수 있었다. 그만의 표현 방법을 터득했다고 할 수 있다. 하지만 아직은 하나의 작은 개성적인 표현방법에 머물고 있는 것 같다. 우리가 원하는 것은 보다 근본적인 변화이다. 그래서 한 가지 권하고자 한다. 그것은 이미 내보인 실험의식을 더 과감하게 드러내 보였으면 하는 것이다. 파격적이라고 할 만큼 과감하게 말이다. 그것이 박선미 시인의 동시를 한 단계 더 끌어올리는 계기가 되지 않을까 기대해본다.

《아동문학평론》 2018년 여름호)

전병호 ● 1982년 동아일보 신춘문예 동시 당선. 동시집 『들꽃 초등학교』 『아, 명량대첩!』 『비 오는 날 개개비』 외. 방정환문학상, 세종아동문학상, 소천아동문학상, 열린아동문학상 등 수상.

가족이나 이웃 간의 진정한 사랑의 성찰

김용희

어린이들의 진솔한 일상적 체험 이야기

『불법주차한 내 엉덩이』는 첫 동시집 『지금은 공사 중』(21문학과문화, 2007) 이후 꼭 3년 만에 선보이는 박선미 시인의 두 번째 동시집입니다. 박선미 시인의 동시는 일관되게 어린이들의 진솔한 일상의 이야기를 시화한 특성을 보여줍니다. 어린이들의 생활을 일기 쓰듯 진솔하게 털어놓으며 그들의 심리나 감정을 섬세하게 포착해낸 것이지요. 박선미 시인의 동시가 어떤 특별한 시적 기교 없이도 미소 짓게 하고 또 가슴 뭉클하게 하는, 수긍의 힘을 지닌 것은 그런 까닭입니다.

이번에 세상에 내놓은 두 번째 동시집 『불법주차한 내 엉덩이』에도 어린이들의 일상적 체험이 담겨 있기는 마찬가지입니다. 그러나 이 동시집은 어린이 화자의 일상 체험이나 생각의 깊이에서 첫 동시집과 또 다른 면을 보여줍니다.

『지금은 공사 중』은 「마음 그리기」, 「마음의 신호등」, 「두고 간 마음」 등의 제목에서 쉽게 알아차릴 수 있듯이, 주로 어린이들의 마음속 추이를 독백처럼 표현해낸 것이 특징이었습니다. 어린이들은 아주 작고 사소한 것에도 삐치고 토라지고 심술부리고 후회하고 기뻐하는 등 자신의 속내를 가감 없이 드러냅니다. 첫 동시집은 그런 어린이들의 마음을 섬세하게 포착하여 그들의 심리를 그려내는 데 주력했던 것입니다.

하지만 『불법주차한 내 엉덩이』에서는 보다 더 어린이들의 생활 속으로 깊숙이 들어가 그들이 품고 있는 생각의 깊이에 주목합니다. 곧 가정이나 교실에서 일어난 일, 이웃이나 자연 생태에 대해 그들이 품은 생각들을 진솔하게 이야기하면서, 그 안에 가족이나 이웃 간의 관계성을 진지하게 살피고 있지요. 그런 후 시인은 가족과 공동체라는 가장 친밀한 그들의 생활공간 안에서 이루어지는 관계성을 통해 진정한 사랑이 무엇이며 그들에게 숨겨진 희망이 무엇인가를 우리에게 나직한 목소리로 들려주고 있습니다.

가족 간 유대 속에 얼비친 사랑의 의미

『불법주차한 내 엉덩이』는 진솔한 자기 고백으로부터 시작됩니다. 그 고백은 학교 앞 오락실에 불법주차하다 엄마에게 끌려갔던 부끄러운 일에서부터 숨기고 싶은 이성에 대한 관심에까지, 마치 일기를 쓰듯 가식 없이 털어놓고 있지요.

산속에서
길을 잃어도
나이테를 보면 알 수 있다지.
해님을 많이 보려고 길어진 쪽
그쪽이 남쪽이랬지.

내 마음에
나이테가 있다면

그쪽은 동쪽일 거야.

내가 좋아하는 그 아이
거기 앉아 있거든
동쪽 창가
앞에서 세 번째 자리

—「나이테」 전문

　「나이테」는 시적 화자의 속내를 고백하고 있는 동시입니다. 나무를 가로로 자르면 짙은 색의 동심원이나 타원 모양이 나타나는데 이를 나이테라고 부르지요. 나이테는 연중 날씨가 일정하여 나무의 생장속도에 큰 차이가 없는 더운 열대지방에서는 드러나지 않지만, 계절의 변화가 뚜렷한 지역에서 자라는 나무에는 잘 나타납니다. 그 나이테는 항상 가운데를 중심으로 한 동심원 모양으로 그려지는 것은 아닙니다. 기후나 환경 등의 조건에 따라 너비가 달라져서 타원 모양이 되기도 합니다. 이 동시는 이러한 나이테의 특성을 끌어들여 자기가 좋아하는 이성 친구에 대한 마음 향함을 진솔하게 고백하고 있습니다. 내 마음의 나이테는 동심원 모양이 아니라 "내가 좋아 하는 그 아이"가 앉아있는 "동쪽 창가/앞에서 세 번째 자리"를 향한 타원 모양이라는 것이지요. 이같이 화자의 속내를 진지하게 털어놓는 표현 방식은 첫 동시집에서 잘 보여준 박선미 시인의 시적 특성 중 하나였습니다.
　하지만 이번 동시집에서는 여기에 머물지 않고 적극적으로 타인과의 관계성을 이야기합니다. 그 관계성은 내 동생, 아버지, 어머니, 할아버지, 할머니 등 가족 원리에 기초되어 있습니다. 가족 원리는 우리나라 전통 사회를 강력히 유지한 원리이자 전통 사회를 구성한 핵이었기 때문입니다. 우리의 전통 사회는 가족 중심적 가치를 사회 통합의 한 구심점으로 삼아, 개인이나 국가의 가치관도 가족이라는 거룩한 단위에 용해될 만큼 절대적인 가족 가치관으로 이루어져 있었습니다. 무엇보다 가족은 나에게 가장 친밀한 유대이자 갈등을 자유롭게 표출할 수 있는, 최초의 관계이며 소통의 통로이지요. 이 『불법주차한 내 엉덩이』는 가족 간의 유대와 갈등을 진솔하게 드러내면서 그 속에 얼비친 사랑의 진정성이 무엇인지를 이야기하고 있습니다.

다른 집 동생은
누나 말도 고분고분 잘 듣는데
내 동생은 맨날 대들고

다른 집 동생은
입던 옷 물려받는다는데
내 동생은 맨날 새 옷만 입고

그래서
동생 없는 하정이에게
공짜로 가져가라 했는데

깜빡 잊고
숙제 공책 안 가져온 날
호랑이 선생님 생각만 해도
가슴이 두근거리는데

빼꼼 열린 교실 문 사이로
낯익은 주근깨 얼굴
"선생님, ……이거 우리 누나 숙제장……"
얼마나 뛰어왔는지

볼이 빨갛다.

하정아, 그 말 취소야

　　　　　　　　　　　　　—「하정아, 그 말 취소야」전문

「하정아, 그 말 취소야」는 가족 간 갈등과 유대를 가장 쉽게 드러낼 수 있는 대상인 동생과의 관계성을 잘 보여준 동시입니다. 평소 아빠 엄마를 믿고 누나인 나에게 대들거나 항상 새 옷만 입는 동생을 보면 그렇게 미울 수가 없었겠지요. 얼마나 얄미웠으면 동생이 없는 친구 하정이에게 공짜로 주고 싶다고 했겠어요. 그런데 숙제장을 깜박 잊고 학교에 온 날, 곤경에 처한 순간에 동생이 그 숙제장을 들고 구세주처럼 불쑥 나타났다면 무슨 생각이 들까요. 그것도 누나를 걱정하며 볼이 빨갛도록 뛰어온 동생을 보았다면, 나도 모르게 콧등이 시큰해지며 "하정아, 그 말 취소야" 하는 말이 툭 튀어나올 수밖에요. 이 동시의 의미는 "내 동생은 맨날"이라는 시어에 있습니다. '맨날'이라는 부정어는 얄밉다는 뜻을 아주 강하게 강조하면서도 그 속에 사랑스럽다는 의미가 내포해 있기 때문이지요. 이 동시집에 의하면, 집은 '맨날' 동생과 토닥거리는 장소이고, 학교는 '사고다발지역'입니다만, 그 속에서 가족이나 친구 간에 도타운 정을 쌓아갑니다. 그만큼 어린이들에게 집과 학교는 자연스럽게 갈등을 표출하고, 또 해소하는 장소인 것입니다.

　이 동시집의 시적 의미는 대가족이라는 범주 안에서 보다 더 확실하게 드러납니다. 아버지, 어머니, 내 동생이라는 핵가족 관계에서 할아버지, 할머니의 대가족 관계로 확대되면서 가족 간의 사랑을 새롭게 일깨우고 있기 때문이지요.

시골 계신
할머니가

꽁꽁 묶어서 보내온 택배상자

풀기도 전에
참기름 냄새 먼저 나와
"너거들 잘 있었나?"
솔솔 안부를 묻고

곱게 빻은 고춧가루
잘 말린 무말랭이
봉지 봉지
앉은뱅이 걸음으로 나와
"요건, 고추장 담아 묵고, 요건 밑반찬하고."
집안 가득 할머니 목소리
풀어놓는다.

경상남도 하동군 화개면 용강리
김복남
우리 할머니
택배로 오셨다.

—「택배」전문

　누구나 간혹 집에서 택배상자를 받아본 경험이 있을 것입니다. 그때 보낸 사람을 확인하는 순간 택배상자를 받은 기쁨과 호기심이 넘쳐나지요. 그것이 시골에 계신 할머니가 보내주신 물건이라는 것을 알았을 때, "너거들 잘 있었나?" 하며 안부를 묻는 할머니 목소리가 들리는 듯할 것입니다. 상자를 열고 내용물을 하나씩 꺼낼 때마다 "요건, 고추장 담아 묵고, 요건 밑반찬하고", 일일이 그 용도를 자상하게 일러주시는 할머니를 직접 대하듯 정겨울 것입니다. 그런 친근감은 할머니가 택배로 물건을 보내신 것이 아니라 할머니 자신이 직접 택배로 오신 것 같은 느낌이 들도록 하겠지요. 이 동시는 할머니의 온정을 택배로 비유하여 가족 간 사랑의 유대를 다시금 확인시켜줍니다. 무엇보다 할머니의 구수한 사투리가 정겨움을 더해주고 있지요.

저녁 8시만 되면
텔레비전 연속극 속으로
들어가시는
우리 할머니

"할머니, 볼륨 좀 줄이세요."
서울서 내려온 사촌동생 말은
들은 척 만 척
"할매, 소리 좀 줄이라카이."
내가 하는 말에는
"오냐오냐."

우리 할머니 귀는
사투리 귀
내 말만 알아듣는
사투리 귀

—「할머니 귀」 전문

「할머니 귀」는 사투리에 묻어난 할머니 삶의 연민을 진솔하게 보여주는 동시입니다. 할머니 귀가 아무리 어두워도 귀에 익은 내 사투리는 잘 알아듣지요. 말의 뜻이란 말귀에는 '남이 하는 말의 뜻을 알아듣는 슬기'라는 의미도 담겨 있습니다. 사촌동생의 말을 '들은 척 만 척'하는 할머니 말귀는 낯선 서울 말씨 때문이 아닙니다. 교감의 차이 때문이지요. 늘 한집에서 살며 할머니의 사랑을 먹고 자란 손녀, 곧 귀에 익은 손녀의 말과 할머니 말귀 사이에는 보이지 않게 교감되는 무엇이 있다는 뜻입니다. 그래서 화자는 "저녁 8시만 되면/텔레비전 연속극 속으로" 빠져 들어가 자신의 삶과 연속극 주인공을 동일시하는 할머니에 대한 삶의 연민도 함께 교감할 수 있었던 것입니다. 그것은 할아버지가 돌아가시고 난 그 빈자리에 대한 연민이기도 합니다.

틀니를 빼면
호물호물
쪼그라드는 할머니 입

"할머니, 이상해요.
얼른 틀니 끼세요."
철없는 동생의 말에

"그려. 흉하쟈?
있을 땐 몰라도
없으면 표 나는 게 세상살이인 겨."

할아버지 계실 땐 몰랐는데
할아버지 돌아가신 지금
쓸쓸해 보이는 저 자리

틀니를 빼면
호물호물

쪼그라드는 입 같은

할아버지 빈자리

―「빈자리」 전문

「빈자리」는 할머니와 동생의 대화를 통해 할머니에 대한 연민을 직접적으로 표출한 동시입니다. 그것은 "그려. 흉하쟈?/있을 땐 몰라도/없으면 표 나는 게 세상살이인겨"라고 한 할머니의 반문 속에 잘 나타나 있습니다. 화자는 할아버지 가신 '빈자리'를 "틀니를 빼면/호물호물/쪼그라드는" 할머니 입으로 비유하면서 그런 연민을 드러냅니다. 「콩알만 한 혹 하나가」에서 살필 수 있듯, 할아버지는 머릿속에 콩알만 한 혹 하나가 하늘나라로 데리고 갔습니다. 그때 할아버지의 그 작은 혹 하나가 지진이 난 듯 온 집안을 뒤흔들어 놓았었지요.

「아주 특별한 동생」에서는 할머니마저 치매라는 무서운 병에 걸려 "아기처럼 잘 보살펴야 할/아주 특별한 동생"이라고 이야기합니다. 그동안 노인의 치매는 가족과 한데 어울릴 수 없는 소외의 차원을 넘어서 가족 간의 갈등과 불화를 조장하는 인식의 대상으로 여겨왔던 것이 사실입니다. 하지만 박선미 시인은 치매를 아기처럼 보살펴 주며 가족의 유대를 더욱 견고히 결속시키는 새로운 관계로 설정해 놓았던 것입니다. 이같이 동시집 『불법주차한 내 엉덩이』는 대가족의 범주 안에서 일어나는 유대와 갈등 속에 얼비친 사랑을 통해 가족 간의 진정한 사랑이 무엇인지를 진지하게 이야기하고 있습니다.

불우한 이웃의 연민을 통해 꿈꾸는 가슴 떨리는 희망

이 동시집에서 보여준 사랑의 성찰이 이웃의 가정으로 확대해 가면 그 연민은 더욱 깊어집니다. 한 예로 「들꽃 학습원」에서 보듯, "술만 취하면 때리는 아빠 때문에/집나간 엄마 보고 싶은/영준이"와 같은 이웃들 때문이지요. 가족 간의 유대는 간혹 아버지의 폭력이나 가출한 어머니로 인해 돌이킬 수 없는 관계가 되기도 하고, 실직이나 가난 등으로 시련과 고통을 겪기도 합니다. 그런 가족의 우울한 풍경은 분명 우리 사회의 냉기를 반영하는 것이지요. 불우한 이웃들에 대한 박선미 시인의 연민은 가슴 떨리는 희망의 꿈을 꾸게 합니다.

은혜의 집에서 사는
우리 반 영우
엄마 생각하며 엎드려 있는
내 옆 자리

직장 잃고 집을 나온
노숙자 아저씨들
신문지를 이불처럼 덮고 잠자는
부산역 대합실

자식도 없이 혼자 사는
목포댁 할머니
종이 상자 모으는
빈 수레 위에

봄님을
초대합니다.

아무리 바빠도
꼭 와 주세요.

—「초대합니다」전문

영우는 무슨 일로 엄마가 집을 나갔는지 은혜의 집에 맡겨져 있습니다. 화자는 공부 시간에도 엄마를 생각하며 엎드려 있는 영우 걱정에 마음이 아픕니다. 영우뿐 아니라 부산역 대합실에서 신문지를 덮고 자는 노숙자들이나 종이 상자를 주워 어렵게 생계를 꾸리며 사는 독거노인 목포댁 할머니 등을 보면 가슴이 아려옵니다. 그 불우한 이웃들에 대한 연민은 봄님을 기다리는 애타는 마음으로 증폭됩니다. 여기서 '봄님'이란 불우한 이웃들이 처한 냉혹한 시련을 몰아내줄 희망을 뜻하며, 봄님의 초대는 가난 때문에 잃어버린 공동체의 복원을 의미하는 것입니다. 박선미 시인은 그런 이웃들의 아픔을 껴안은 가슴 떨리는 희망을 꿈꾸었던 것이지요. 그 희망은 "김치도 잘 먹고/된장국도 잘 끓이는/필리핀에서 온 우리 숙모//고향 생각에/간혹 눈물 글썽이고/우리 말 조금 서툴러도/이젠 한국사람 다 되었다."고 한 「다 되었다」에서처럼, 다문화가정에도 그대로 나타나 있습니다.

이처럼 대가족의 범주뿐 아니라 불우한 이웃들의 가정, 다문화가정에 이르기까지 박선미 시인의 그 깊은 연민에서 우리는 진정한 가족과 공동체의 사랑이 무엇인지를 생각하게 됩니다. 그것은 곧 관계성 속에서 우러나오는 연민이었지요. 그렇다면 박선미 시인이 왜 두 번째 동시집에서 이 같은 가족 간, 이웃 간의 관계성을 진지하게 성찰해왔는지 궁금해지지 않을 수 없지요. 우리는 그에 대한 대답을 「무서운 말」에서 찾을 수 있습니다.

게임 아바타 빌려주고
떡볶이 얻어먹으며
"야, 세상에 공짜가 어디 있어"
쉽게 말했는데

아빠 어릴 적 이야기 들으면

콜라와 주스 얻은 대신

구수한 숭늉 잃고

컴퓨터게임 얻은 대신

골목길 친구들 웃음소리 잃고

편리한 자동차 얻은 대신

푸른 하늘과 맑은 바람 잃었다.

이 세상에 공짜는 없다는 말

참

무서운

말이다.

―「무서운 말」 전문

　현대문명이 우리에게 가져다 준 혜택은 참으로 큽니다만, 그에 대한 폐해도 만만치 않습니다. 그 악영향은 인간관계에까지 미치게 되었지요. 박선미 시인은 그것을 한마디로 '이 세상에 공짜는 없다는 말'로 대신합니다. 바로 우리가 살고 있는 이 세상은 주는 대로 되받는 관계성으로 이루어진 '공짜 없는 세상'이라는 것이지요. 이 「무서운 말」이 우리가 가족 간, 이웃 간에 진정 어떻게 살아야 현명한 삶인지를 되묻고 있습니다.

　이렇듯 『불법주차한 내 엉덩이』는 나의 진솔한 고백에서부터 가족으로, 또 이웃으로, 사회로 그 관계성의 의미를 확장해가며 시적 의미를 드러내준 동시집입니다. 그 관계성의 중심에 가족이라는 사랑체가 놓여 있습니다. 그것은 인생이란 여행길에서 가장 오래, 가장 멀리까지 우리를 배웅해 주는 사람은 바로 가족이라는 데 있습니다. 가족은 비정한 사회로부터 우리를 보호해주는 마지막 은신처라는 데 있습니다. 가족의 사랑을 배운 사람은 이웃과 사회도 사랑할 수 있다는 데 있습니다. 그래서 박선미 시인은 가족과 이웃 간 관계성의 성찰을 통해 '봄님' 같은 희망을 찾고자 했던 것입니다.

바로 『불법주차한 내 엉덩이』는 더불어 살아가야 할 공동체란 공짜 없는 관계성으로 이루어진 실체라는 사실을 아프게 인지시키면서 가족과 이웃 간의 진정한 사랑이 무엇인지를 진지하게 이야기하고 있는 동시집입니다. 그래서 우리는 이 동시집 속에서 박선미 시인의 불우한 이웃에 대한 애틋한 연민과 따뜻한 사랑의 마음도 함께 엿볼 수 있는 것이지요.

(『불법주차한 내 엉덩이』 해설, 아이들판, 2010)

김용희 ● 1982년 《아동문학평론》 평론 등단. 평론집 『동심의 숲에서 길 찾기』 『디지털 시대의 아동문학』, 동시조집 『실눈을 살짝 뜨고』 『아차!마스크』 외. 방정환문학상, 한국아동문학상, 이재철아동문학평론상 등 수상.

가슴을 파고드는 짜릿한 시

노원호

1. 가슴을 파고드는 시

박선미 시인의 세 번째 동시집 『누워 있는 말』에 실린 작품들은 읽으면 읽을수록 가슴을 파고듭니다. 자연이든 사물이든, 아니면 친구와 가족의 이야기이든, 그가 시로 빚은 것은 꼭 사람과 관계를 짓고 있습니다. 사물을 이렇다 저렇다 하고 설명하는 것이 아니라, 그 사물의 형태나 특성을 사람의 행동이나 습성에 빗대어 나타내었습니다. 그래서 작품을 읽으면 '바로 우리 얘기구나'하고 눈이 번쩍 뜨일 때도 있고, 마치 내가 그런 일을 당한 것처럼, 내가 그런 일을 겪은 것처럼 나도 모르게 작품에 빠져들 때도 있습니다.

무엇보다도 작품에 담긴 시의 세계를 모두 밝고 아름다운 눈으로 바라봤다는 것이 특징입니다. 어렵고 힘든 일도 마음을 합하면 거뜬히 해결할 수 있고, 사람이 해야 할 도리가 무엇이며 참된 삶이 어떤 것인지를 시로 명쾌하게 나타내었습니다. 따라서 그의 시는 무엇을 말하려 하는지, 무엇을 나타내었는지가 분명합니다. 그래서 어린이들이 읽으면 쉽게 이해하고 감동을 느끼게 될 것으로 보입니다. 때로는 한참 생각하게 하고, 때로는 '어쩜 이런 생각을 했을까' 하고 감탄을 할 때도 있습니다. 마치 부드럽고 고운 색실로 짠 말의 비단 같은 시들입니다.

이번 동시집의 시들은 종전의 그의 시에 비해 길이도 짧고 생각을 압축시켜 시의 느낌이 더 나는 것도 특징입니다. 시가 복잡하거나 설명을 해 놓은 것은 없습니다. 짧으면서도 내용이 깊어 감칠맛 나는 시들이 대부분입니다. 52편의 시를 총 네 부로 나누어 '나와 나에 얽힌 이야기', '할머니와 가족에 대한 이야기', '친구에 대한 이야기', 그리고 '자연에 대한 이야기'로 나누어 놓았습니다. 이런 이야기들이 시로 어떻게 나타나 있는지 궁금합니다. 그럼, 이 동시집이 펼치는 시의 세계로 여행을 떠나볼까요?

2. 나에 대한 작은 반성

1부는 주로 나에 대한 반성과 나에 얽힌 이야기들로 짜여진 작품입니다. 몰래 PC방에 갔다가 가지 않았다고 오리발을 내민 일이나, 깜빡 잊어버리고 나팔꽃에 물을 주지 않았다가 뒤늦게 반성한 일들이 시로 표현 되어 있습니다.

토요일
일요일
나를 기다리느라
어깨가 축 쳐진 나팔꽃

월요일 등교하자마자
물을 듬뿍 주었더니
첫째시간 지나자
다시 살아났다

지난 금요일
축구 시합한다고
물주는 거 잊어버린 나를
미워하지도 않고

뚜뚜따따
신나게
나팔 분다

나를 용서해줬다.

—「용서」 전문

　이 시는 자기 반성을 담은 작품입니다. 축구 시합 때문에 물을 주지
못하고 집에 와 버린 것이 걱정이 되었습니다. 월요일 등교하자마자 물
을 듬뿍 주었더니 축 쳐져 있던 나팔꽃이 다시 살아나고 있습니다. 물을
주지 않고 와버린 나를 원망할 줄 알았는데, 나팔꽃은 조금도 원망하지
않고 오히려 신나게 나팔을 부는 듯했습니다. 내가 용서를 빌어야 하는
데 오히려 나팔꽃이 나를 용서하듯 꽃을 활짝 피운 것입니다. 용서는
'남의 죄나 잘못에 대하여 화를 내거나 처벌을 하지 않는 것'을 말합니
다. 물을 주지 않은 나팔꽃을 통해 '용서'라는 참뜻을 스스로 느끼게 해
주고 있는 시입니다.

등교시간
4층까지 계단 오르기 싫어서
선생님 오시는지 살핀 후
얼른 탄다.

점심시간
빨리 축구하고 싶어서
아픈 척 배를 잡고
슬쩍 탄다.

> 잠깐!!
> 꼭 타실 분인가요?

엘리베이터 벽에 붙은 말에
마음 한쪽이
콕
찔린다.

—「양심은 살아있다」 전문

이 시도 자기 잘못을 뉘우치게 하는 작품입니다. 등교시간 4층까지 계단 오르기 싫어서 슬쩍 눈치보고 엘리베이터를 탑니다. 점심시간 빨리 축구하고 싶어서 계단으로 내려가지 않고 또 배 아픈 척하면서 엘리베이터를 탑니다. 그런데 그 순간 엘리베이터 안에 붙어 있는 글이 눈에 확 들어옵니다. '잠깐! 꼭 타실 분인가요?' 이 한마디 말에 그만 가슴이 철렁 내려앉는 듯합니다. 그제야 자기 잘못을 크게 뉘우치는 것이지요. 양심이 살아있었다면 그렇게 급한 일도 아닌데 엘리베이터를 탈 일이 아니라는 것을 스스로 느끼고 있는 것입니다. 이렇게 1부의 작품들은 대부분 시 속 화자(나)의 행동이나 다른 사람과 얽힌 일들이 시의 글감으로 되어 있어서, 마치 내 일인 듯 가슴을 되짚어 보게 됩니다.

3. 가족 간의 따뜻한 정

　가족은 세상에서 가장 귀한 존재입니다. 어느 누구도 가족을 외면하고서는 혼자 살아가기가 힘이 듭니다. 그래서 가족이 더 소중합니다. 같이 있을 때는 얼굴 붉히고 다툴 때도 있지만, 막상 떨어져 있으면 누구보다도 보고 싶은 것이 가족이지요. 할머니, 할아버지 그리고 부모님, 누구 한 분이라도 소중하지 않은 분이 없습니다. 그래서 우리의 시에 가족의 이야기가 많이 나옵니다. 이 동시집 제2부도 할머니, 할아버지, 엄마, 아빠의 이야기로 빛을 내고 있습니다. 특히 할머니에 대한 그리움이 가득 담겨 있는 작품들이 눈길을 끕니다.

　　하얀 재로 남으신 할머니
　　바다에 묻었다.

　　그날부터 바다는
　　그냥 바다가 아니다.

　　철썩철썩 파도 소리는
　　할머니 목소리
　　짭짜름한 갯내음은
　　할머니 냄새

　　그날부터 바다는
　　할머니가 보고 싶으면
　　찾아가는

　　푸른

집이다.

—「바다」 전문

할머니가 돌아가시고 난 뒤, 하얀 재로 남은 할머니를 바다에 뿌렸습니다. 그때부터는 바다가 그냥 바다가 아닙니다. 파도 소리 철썩철썩 들릴 때는 마치 할머니가 부르는 목소리 같습니다. 또한 짭짜름한 바다 내음은 할머니 냄새처럼 풍겨 왔습니다. 어쩌면 할머니가 바닷물에서 불쑥 걸어 나올 것 같은 생각도 듭니다. 할머니가 보고 싶을 때는 언제나 바다로 나갑니다. 마치 할머니가 사는 집처럼 느껴지기 때문입니다. 할머니가 얼마나 보고 싶었으면 이런 간절한 마음을 담았을까요.

할머니 입원하시고
집 비울 때가 많아
비밀번호 바꿨는데

그것도 모르고
하늘나라로 떠나신
우리 할머니

바뀐 번호 몰라
우리 할머니
집에 못 들어올까 봐
옛날 번호로 다시 바꿨다.

—「할머니 제삿날」 전문

할머니가 세상을 떠나서 다시는 돌아올 일이 없겠지요. 그런데도 시인은 할머니가 집에 못 들어올까 봐 옛날 비밀번호로 다시 바꾸었다고 했습니다. 할머니 제삿날, 할머니가 얼마나 보고 싶었으면 이런 생각을 했을까요? 박선미 시인의 시에는 이런 애절한 마음이 가득 담겨 있습니다.

작은 물고기 수천마리가 떼를 지어
상어를 물리치는 것처럼

아빠 사업 부도난 후

할아버지
할머니
아빠
엄마
누나
나
똘똘 뭉쳐

아끼고
참아서

빚이라는 괴물
이겨냈다.

—「가족」 전문

가족의 따뜻한 정이 느껴지는 작품입니다. 어려운 일도 가족이 힘을 합치면 해결 못할 일이 없겠지요? 아빠 사업이 부도난 후 가족들이 힘겹게 지냈구나 하는 생각이 듭니다. 오죽하면 빚을 괴물이라고 했을까요. 그런 괴물도 가족들이 똘똘 뭉쳐 이겨낼 수 있었다니, 가족의 힘이 얼마나 센지 짐작이 갑니다. 기쁜 일이 있을 때는 같이 기뻐해주고 슬픈 일이 있을 때는 같이 슬퍼해주는 것이 가족이라는 것을 다시 한 번 느끼게 해줍니다.

4. 힘든 이웃을 생각하는 마음

우리 이웃에는 힘들어하는 사람들이 참 많습니다. 바로 여러분 친구 중에도 힘들어하는 사람이 있을 것입니다. 겉으로 드러내진 않아도 생각보다 훨씬 많은 친구들이 힘들어하고 있을 거예요. 박선미 시인은 그런 친구들을 놓치지 않고 시로 죄다 표현하여 마음을 달래어주고 있습니다. 어느 누가 손을 잡아주지 않더라도 이런 시를 읽는다면 괴롭던 마음이 조금씩 풀릴 수 있을 것입니다.

아빠 돌아가시고
엄마 집 나가시고
할머니랑 사는 거
아무도 모르는데

가족에 대해 배울 때
나들이 가는 가족들 볼 때
친구들이 엄마 이야기할 때

경준이는
얼음이 된다.

—「얼음」 전문

아빠가 돌아가시고 생활이 어려워지자 엄마까지 돈을 벌기 위해 집을 나갔습니다. 갑자기 아빠·엄마가 없으니 집이 텅 빈 것 같습니다. 그래도 경준이는 할머니와 둘이 꿋꿋이 살아갑니다. 그러나 친구들한테는 차마 아빠·엄마가 없다는 말을 하지 못합니다. 마음 한편으로 부끄러운 생각이 들기 때문입니다. 특히 학교에서 가족에 대해 배울 때는 벙어리처럼 입을 꾹 다물고 있습니다. 친구들이 엄마 이야기를 할 때는 더욱 그랬습니다. 간혹 가족끼리 나들이 가는 모습을 보면 한없이 부럽기도 했습니다. 그럴 때면 마치 몸이 얼음장처럼 굳어져 아무 생각도 나지 않습니다. 부모가 없이 살아가는 힘든 모습을 '얼음'에 비유했습니다. 경준이의 힘든 일은 이것만이 아니겠지요? 힘든 이웃을 보듬고 함께 어려움을 나눈다면 세상은 더욱 밝아지리라 봅니다. 박선미 시인의 이런 시들도 어려운 이웃에게 작은 희망을 안겨 주리라 믿습니다.

지하철 승강장 입구에
학교 앞 횡단보도에
엘리베이터 앞에

말이 누워 있다

—지하철 승강장이니 조심하세요.
—오른 쪽으로 가면 길을 건널 수 있답니다.
—엘리베이터를 타려면 여기로 오세요.

노란 색
따스한 말이
올록볼록 누워 있다.

까만 안경을 낀 아저씨

지팡이 끝으로

말을 듣고 있다.

―「누워 있는 말」 전문

　지하철 승강장이나 횡단보도, 또는 엘리베이터 앞에는 앞이 보이지 않는 시각장애인들을 위한 노란색 점자블록이 깔려 있습니다. 약간 울룩불룩하게 만들어져 지팡이로 쉽게 감지하도록 해놓았지요. 박선미 시인은 이것을 시각장애인을 위한 말이라고 했습니다. 지팡이 끝으로 노란 점자블록을 읽고 횡단보도 앞인지, 지하철 승강장인지 알 수 있게 해놓은 것입니다. "지팡이 끝으로/말을 듣고 있다"는 표현이 정말 멋지지 않습니까? 어떻게 노란 블록이 말을 한다고 했을까요. 이런 것은 아무나 할 수 있는 게 아닙니다. 밝은 눈과 맑은 생각을 가진 시인만이 표현할 수 있는 것이지요. 박선미 시인이야 말로 힘든 이웃을 생각하는 마음이 남달라 보입니다. 4부의 작품은 모두 그런 내용의 시들로 채워져 있습니다.

5. 자연과의 대화

　꽃과 나무, 물과 공기, 이러한 자연들은 우리와 깊은 관계를 맺고 있습니다. 하늘에서 내리는 봄비조차도 우리에겐 없어서는 안 될 귀중한 존재이지요. 박선미 시인은 하늘에서 내리는 봄비를 '은빛 밥'이라고 했어요.

하늘에서

밥이 내려온다.

조록조록

은빛 밥이 내려온다.

겨우내
목말랐던 나무들
허겁지겁
밥을 먹는다.

축구하고 돌아와
엄마가 차려주는 밥
맛있게 먹는 나처럼

이제 곧
하양 분홍
기분 좋은 웃음
터뜨리겠다.

—「봄비」 전문

봄비가 오고 나면 산과 들의 나무들은 새잎을 돋게 하고 꽃을 피우게
됩니다. 겨우내 목말랐던 나무들은 봄비가 오면 배가 고프다는 듯 허겁
지겁 비를 맞습니다. 마치 축구하고 돌아와 엄마가 차려주는 밥을 허겁
지겁 먹는 것처럼 나무도 배가 고픈가 봐요. 시인은 나무도 밥을 먹어야
멋진 꽃들을 피운다고 생각했습니다. 봄비를 나와 비유해서 마치 친구
처럼 다정한 모습을 보인 것도 재미있습니다.

치킨 집 앞에
가로수로 서 있는
나는

가끔은 미안하다.

이파리마다
황금빛 곱게 물들이고
가을을 알려주지만

노랗게 잘 익은 열매
차 지붕에 떨어질 때 미안하다
양념통닭 좋아하는
철이 머리 위에 떨어질 때
더 미안하다.

밥 먹는데 방귀뀐 것처럼
정말정말 미안하다.

—「은행나무의 반성」 전문

　　가을날 은행잎이 떨어진 가로수길을 걷다 보면 코를 찌르는 냄새가
날 때가 있습니다. 은행나무 열매가 떨어져 마치 고약한 방귀 냄새처럼
풍깁니다. 그래서 은행나무는 사람처럼 미안해하고 있습니다. 차 지붕
위에 떨어져 냄새를 풍길 때는 차 주인한테 미안하고, 길 가는 사람 머
리 위에 떨어질 때는 더욱 미안하다는 생각을 갖습니다. 은행나무가 뉘
우치고 반성한다는 생각이 참 재미있습니다. 박선미 시인은 이렇게 나
무나 풀들도 사람처럼 행동하고 생각한다고 느끼고 있습니다. 이것이
남들이 갖지 못하는 시인의 예쁜 마음일 것입니다.

6. 생각 다지기

박선미 시인의 시는 읽을수록 마음이 따뜻하고 자기 행동을 되돌아보게 합니다. 앞서 펴내었던 동시집 『지금은 공사 중』과 『불법주차한 내 엉덩이』보다 시의 길이는 짧아졌지만, 생각할 여운은 더 많이 주고 있습니다. 그래서 한 편을 다 읽고 나면 뭔가 생각하게 되고 가슴이 짜릿해짐을 느낍니다. 나의 행동을 스스로 반성하고, 가족을 소중히 여기고, 이웃의 어려움을 안타깝게 생각하는 마음이 시 속에 고스란히 담겨 있습니다.

따라서 우리는 이 동시집을 읽는 동안 한 편의 시가 달콤한 말보다 더 진한 감동을 준다는 것을 스스로 느끼고, 큰 기쁨을 간직할 수 있을 것입니다.

이제 우리 모두 이 동시집이 어떤 맛을 내고 있는지, 그 참맛을 한 번 느껴 봐요.

(『누워 있는 말』 해설, 청개구리, 2014)

노원호 ● 1974년 매일신문 신춘문예, 1975년 조선일보 신춘문예 동시 당선. 동시집 『바다를 담은 일기장』 『e메일이 콩닥콩닥』 『꼬무락 꼬무락』 『공룡이 되고 싶은 날』 외. 대한민국문학상, 소천아동문학상, 방정환문학상, 이주홍아동문학상 등 수상.

'마음의 키'가 크는 어린이를 위해

이정석

동시집 『햄버거의 마법』은 박선미 시인의 네 번째 시집입니다. 그동안 그는 동시집을 발간할 때마다 수준 높은 작품집으로 아동 문단에 큰 울림과 함께 관심을 받으면서 의미깊은 상도 여러 번 수상하였습니다. 첫 번째 동시집 『지금은 공사 중』(2007)은 한국동시문학회 주관 '올해의 좋은 동시집'으로 선정되었고, 또 제7회 오늘의동시문학상을 수상하였습니다. 두 번째 동시집 『불법주차한 내 엉덩이』(2010)는 제4회 서덕출문학상을 수상하였으며, 세 번째 동시집 『누워 있는 말』(2014)은 그 해 《새싹문학》 화제의 책으로 선정되었습니다. 네 번째 동시집 『햄버거의 마법』(2017)은 한국동시문학회 주관 '올해의 좋은 동시집'에 선정되었고, 아르코의 문학나눔 도서 선정에 이어서 드디어 제38회 이주홍문학상을 수상하는 쾌거를 이루었습니다.

박선미 시인은 이 동시집 서두의 '시인의 말'을 통해 "네 번째 집을 지어 세상에 내놓으며/나는 이 시집이/(어린이) 마음의 키가 자라는 데 쓰이길 바랍니다"고 소망을 빌었습니다. 그가 말하는 '마음의 키'란 무엇일까요? 이 동시집에서 보여주고 있는 남을 위해 배려하는 마음, 남에게 양보하는 마음, 아픈 친구를 위로해 주는 마음, 지구 환경을 염려하는 마음, 가족을 위한 따뜻한 마음 등 세상을 올바르게 살아가는 데 필요한 여러 가지 덕목임을 알려주고 있습니다. 이처럼 동시는 어린이들의 마음을 튼튼하게 살찌우고 마음의 키를 크게 하는 맛있고 향기로운 음식이라고 할 수 있습니다.

이 글에서는 동시집『햄버거의 마법』의 특성을 첫째 남을 배려하기, 둘째 올바른 삶의 태도 가지기, 셋째 할머니에 대한 관심 가지기, 넷째 사회와 지구 환경 문제에 관심 가지기 등 네 가지로 나누어 자세히 살펴보고자 합니다.

1. 남을 배려하기

배려란 관심을 가지고 남이나 상대방을 도와주거나 마음을 써서 보살펴 줌이라고 사전에 풀이되어 있습니다. 배려는 역지사지 즉 상대방의 입장을 먼저 헤아려 주는 것입니다. 상대방이 어떤 처지에 있는지 또는 내가 어떤 행동이나 말을 해야 그를 도와주고 보살펴 주는 것인지 따뜻한 마음으로 접근하는 것입니다. 박선미 시인은 이런 따뜻한 마음을 가지고 있는 어린이를 '마음의 키가 큰' 사람이라고 하였습니다. 그는 "성적은 안 좋아도/조금은 엉뚱해도/이런 친구들이 참 마음에 든다'고 하였습니다.

　　학원에서 파티하는 날

　　수업 마치자마자
　　학원차 타러 뛰어가는데
　　우리 반에서 달리기 제일 잘하는 병철이
　　웬일로 속도가 느리다.

―야! 빨리 안 가고 뭐해?

앞질러 갔더니
목발 짚은 아저씨
한 발 한 발 천천히 걷고 있었다.

―「병철이를 좋아하는 까닭」 전문

돈을 훔치기도 했다
가끔 멍이 들어 있었다.
쉬는 시간에 엎드려 있었다.
점심밥도 허겁지겁 마구 퍼먹었다.

그것이
아프다는 말이란 걸
힘들다는 말이란 걸
도와 달라는 말이란 걸
몰랐다.

소리 내지 않아도
자세히 보면
들린다는 걸
그 애가 전학 가고 나서 알았다.

내가 그 애가 되고 나서 알았다.

―「또 다른 말」 전문

햄버거가 마법을 부린 게 틀림없어요 깨가 개미로 변했어요 꼬물꼬물 개미

들이 햄버거 위에 올라 앉아 글자를 만들었어요 온몸으로 한 자 한 자

　'당신을 위한 100% 소고기 햄버거'

햄버거를 만지는 아저씨 손이 떨려요 손끝에 햄버거가 보인대요 환하게 보인
대요 햄버거를 한 입 베어 먹은 아저씨 입꼬리가 올라가요 활짝 웃어요 세상에
서 제일 맛있는 햄버거를 먹고 나온 아저씨 발걸음이 가벼워요 함께 걷는 지팡
이도 룰루랄라 신이 났어요

—「햄버거의 마법」 전문

「병철이를 좋아하는 까닭」, 「또 다른 말」, 「햄버거의 마법」 등 세 작품
은 상대방의 입장을 먼저 헤아려 주기를 바라는 동시들입니다. 「병철이
를 좋아하는 까닭」에서는 절뚝거리며 걷는 목발 아저씨의 입장을 헤아
려 주기, 「또 다른 말」에서는 평소와 달리 행동하는 친구에 대해 관심
가지기, 「햄버거의 마법」에서는 시각 장애인에 대하여 불편 덜어주기
등 따뜻한 마음으로 남을 배려하고 있다고 할 수 있습니다.
　「병철이를 좋아하는 까닭」은 제목에 있는 것처럼 이 작품의 주인공
병철이에게 초점이 맞춰져 있습니다. 병철이가 빠르게 뜀박질을 할 수
밖에 없는 날입니다. 첫째로 학원에 파티가 있는 즐거운 날입니다. 둘째
로 학원차가 어서 타라고 대기하고 있습니다. 셋째로 달리기를 제일 잘
합니다. 그런데 병철이의 달리는 속도가 너무 느렸던 것입니다. 병철이
눈앞에 '목발 짚은 아저씨'가 걸어가고 있었던 것입니다. 아차 하고 학
원 파티보다 목발 아저씨의 아픈 처지를 헤아리게 된 것입니다. 병철이
는 속이 깊은 아이, 남을 배려할 줄 아는 아이, 마음의 키가 큰 아이였던
것입니다. 「또 다른 말」은 평소와 다르게 말과 행동을 보여주는 친구에
게 따뜻한 관심을 가질 것을 권유하고 있습니다. 가족이나 친구 중에 문
제 행동을 하거나 어려움을 호소하는 경우가 있다면 차분히 경청하고

관심을 가질 필요가 있다는 것입니다. 돈을 훔치거나 몸에 멍이 들어 있다거나 책상에 엎드려 있다거나 점심밥을 마구 퍼먹는다는 등 이상 행동을 보이는 것은 분명히 그 친구의 주위, 가정에 심각한 문제가 발생하였다는 것입니다. "소리 내지 않아도/자세히 보면/들린다는 걸" 알 수 있습니다. 친구를 위한 작은 배려를 강조하는 작품입니다. 「햄버거의 마법」은 이 네 번째 동시집의 표제작이며, 박선미 시인의 동시 창작 관점이 어디에 있는지 알 수 있는 작품이라고 할 수 있습니다. 이 작품은 남아프카공화국 햄버거 가게 윔피(Wimpy)에서 시각 장애인을 위해 깨를 사용하여 점자 햄버거를 만들었다는 실화에 배경을 두고 있습니다. 시각 장애인들의 고통이나 아픔을 헤아려 주는 햄버거를 만들었던 것입니다. 바로 시각 장애인의 입장을, 그들의 처지를 배려하는 아름다운 실천이라고 할 수 있습니다. 이 작품을 읽다 보면 '마법'이란 상상의 세계가 아닌 그저 우리가 사는 평범한 곳에서 일어나는 것임을 알 수 있습니다. '손이 떨려요', '환하게 보인대요', '활짝 웃어요', '발걸음이 가벼워요' 등 시각 장애인의 말과 행동, 마음에서 작은 기적이 일어났던 것입니다.

2. 올바른 삶의 태도 가지기

일반적으로 어린이들의 일상적인 생활 속에 필요한 올바른 삶의 태도는 가정적으로나 사회적으로 매우 중요한 의미를 가집니다. 세 살 버릇이 여든까지 간다는 속담이 있듯이 어린 시절에 형성된 일정한 삶의 태도는 그 사람의 평생을 지배하는 것입니다. 개인의 이익 추구, 개인주의 주장, 이기주의, 독선적인 행동, 사리사욕 추구 등은 인간관계를 병들게 하고 우리 사회를 파괴하게 됩니다. 그래서 가정에서나 학교에서는 미래 사회의 주인공이 될 어린이들에게 올바른 삶의 태도를 강조합니다.

함께 살아가는 사회에서는 존중과 사랑, 양보와 봉사, 나눔과 동행, 공감과 소통, 질서와 규율, 연대와 통합 등이 소중한 가치라고 할 수 있습니다. 박선미의 네 번째 동시집에는 어린이로서 올바른 삶의 태도가 무엇인지를 알려주는 작품들이 상당히 많이 실려 있습니다.

추석인데
고모와 고모부만 오고
사촌 형은 안 왔다.
고 2라서 공부해야 한다고

고 3인 우리 형
갑자기 머쓱해졌다.

―행규야, 괜찬데이
　니는 대학보다
　더 큰 공부 하러 왔다 아이가

할머니 말씀에
머쓱했던 우리 형아
움츠렸던 어깨
활짝 펴졌다.

―「큰 공부」 전문

태어난 지
73일 된 아기가
만성콩팥병을 앓는 아줌마에게
신장을 기증하고

하늘나라로 갔다는
뉴스를 들었습니다.

최신 폰 안 사준다고
방금까지 투덜거리던 말이
쏙 기어들어 갔습니다.

태어난 지
13년이 된 나는
엄청 부끄러웠습니다.

—「부끄러운 13살」 전문

「큰 공부」, 「부끄러운 13살」 두 동시는 가족 관계의 소중함과 이타적인 삶을 강조하는 작품이라 할 수 있습니다. 「큰 공부」에서는 우리 형과 대조적인 고종사촌 형이 등장합니다. '사촌 형'은 고등학교 2학년인데 공부한다는 핑계로 추석날 할머니 댁에 오지 않았고, '우리 형'은 고등학교 3학년인데도 할머니 댁에서 추석을 지내려고 가족과 함께 왔던 것입니다. 사실은 고3 우리 형이 대학 진학을 위한 수능시험이 코앞에 닥쳐 더 촉박하다고 할 수 있습니다. '갑자기 머쓱해졌다'는 것은 우리 형이 괜히 참석한 것이 되어 무안을 당한 것처럼 쑥스럽고 어색하다는 것입니다. 그러나 '더 큰 공부 하러 왔다 아이가'라는 할머니의 말씀에 분위기는 달라졌습니다. 할머니가 개인적인 시험공부보다는 가족 간의 유대가 더 중요함을 강조한 것입니다. 따뜻한 가족 간의 유대가 올바른 삶의 태도이고, 바로 '큰 공부'라고 가르치고 있습니다. 저절로 형의 어깨가 환하게 펴질 수밖에 없습니다. 「부끄러운 13살」에서도 태어난 지 '73일 된 아기'와, 또 태어난 지 '13년이 된' 시적 화자가 등장합니다. 그런데 두 등장인물의 행동은 천양지판 대조적으로 달랐습니다. '73일 된 아기'는 콩팥병을 앓고 있는 아줌마에게 자신의 신장을 기증하고 세상을 떠났고, 13살 된 시적 화자는 비싼 최신 휴대폰을 사달라고 부모에게 투덜거리며 졸랐다는 것입니다. '73일 된 아기'는 비록 짧디짧은 삶을 마감한 아이였지만 소중한 장기를 기증하여 이타적인 행위를 보여주었던 것입니다. 당연히 "태어난 지/13년이 된 나는/엄청 부끄러웠습니다"라고 고백할 수밖에 없습니다. 시적 화자의 부끄러워하는 마음이야말로 올바른 삶에 대한 자기 성찰이라고 할 수 있습니다.

엄마가
설맞이 목욕 봉사 가자기에
투덜대며 따라갔는데

혼자 사는 할머니
등 밀어드리니
정말 기뻐하셨다.
작은 일인데도
엄청 고마워하셨다.

할머니 등 밀어드리며
내 마음도
뽀득뽀득 씻었다.

새해의 해가
내 마음에
제일 먼저 떴다.

—「새해맞이」 전문

동창회에 다녀온 엄마
지석이 아빠는 주식투자해서
부자 되었다고
부러워했다.

아무 말 못하던 아빠
일요일 아침
무료급식소 봉사하러 가면서
—나도 투자하러 간다.
큰소리치고 나갔다.

따스한 세상 만드는
평화로운 세상 만드는
마음 투자가
진짜 투자라 했다.

—「마음 투자」 전문

「새해맞이」, 「마음 투자」에서는 목욕 봉사 활동의 기쁨과 무료급식소 자원봉사의 소중함이 잘 나타난 작품이라고 할 수 있습니다. 「새해맞이」에는 우연히 목욕 봉사 활동에 참여하는 시적 화자가 등장하고, 「마음 투자」에는 적극적으로 무료급식소 자원 봉사 활동에 참여하는 아빠가 등장합니다.

「새해맞이」에 등장하는 시적 화자는 목욕 봉사에 대하여 처음에 매우 소극적인 태도를 보이고, 마음이 언짢거나 엄마에 대해 불만과 원망을 가지고 있었습니다. 그런데 '혼자 사는 할머니'가 고마워하고 기뻐하는 모습을 보고, 시적 화자의 태도가 정반대로 바뀌었습니다. 남을 위한 봉사, 희생이 큰 즐거움과 기쁨이 된다는 사실을 알았던 것입니다. 양보와 봉사는 올바른 삶을 위한 작은 디딤돌이 된다고 가르치고 있습니다. 시구 "내 마음도/뽀득뽀득 씻었다"에서는 시적 화자가 이기주의, 독선적인 행동에 대해 깊은 반성을 하고, 마지막 연 "새해의 해가/내 마음에/제일 먼저 떴다."에서 시적 화자가 심리적으로 얼마나 큰 변화를 일으켰는지 알려주고 있습니다. 「마음 투자」는 주식 투자라는 개인의 이익 추구보다 무료급식소 봉사 활동이 더 가치 있는 일이며, 올바른 삶의 방향이 어디인지 알려주는 작품입니다. 동창회 다녀온 엄마와 봉사 활동 나가는 아빠의 선명한 대조가 이 작품의 완성도를 높이고 있음을 알 수 있습니다. 시구 "따스한 세상 만드는/평화로운 세상 만드는/마음 투자"는 너른 세상을 향해 던지는 박선미 시인의 감동적인 메시지 한 편이라고 할 수 있습니다.

3. 할머니에 대한 관심 가지기

박선미 시인의 동시에는 재미있고 감동적인 가족 이야기들이 자주 나옵니다. 집안에서 부모님을 쉽게 도울 수 있다는 「쉬운 효도」, 학교 마치고 돌아와 엄마를 돕는 방법을 요리의 풀코스처럼 풀어내는 「풀코스」, 엄마 몰래 휴대폰으로 카톡방에서 친구들과 모여 노는 「카톡 놀이터」 등 여러 편을 볼 수 있습니다. 그중에서 특히 할머니에 관한 작품들이 더 눈에 띄었습니다. 통계청 발표에 의하면 2025년에는 65세 이상 고령 인구가 20.6%로 상승하여 우리나라가 초고령사회로 진입할 것으로 예측하고 있습니다. 이제 백세시대라는 말이 잘 어울리는 시대가 되었다고 할 수 있습니다. 동시집 『햄버거의 마법』에는 희생, 가족사랑 등 이타적인 전통적인 모습을 가진 할머니도 등장하지만, 앞의 「큰 공부」처럼 당당하고 생기발랄한 긍정적인 할머니의 모습도 찾을 수 있습니다.

혼자서 책을 읽고 싶다.
손자와 문자를 주고받고 싶다.
가족에게 편지를 보내고 싶다.

한글을 모르는
할머니의 소원

누워서 떡먹기처럼 쉬운 일이
어떤 사람에게는
간절한 소원인 걸
처음 알았다.

—「소원」 전문

늦둥이 우리 동생
작년까지 쓰던 유모차
할머니께 물려주었다.

느티나무 아래
영석이네 할머니
민준이네 할머니
동주네 할머니
자가용 사이에
우리 할머니 자가용
어깨를 으쓱거리고 있다.

—「최신형 자가용」 전문

할머니 장례 마치고

집으로 돌아오자
베란다에 있던 나무들도
어깨가 축 처졌다.

할머니 덕분에
우리 집 식구가 된
벤자민
고무나무
행복나무
산세베리아

할머니 어디 가셨나
궁금하겠다.
할머니 소식 알면
눈물 나겠다.

—「나무들도」전문

「소원」, 「최신형 자가용」, 「나무들도」 등 세 편은 할머니의 간절한 소원, 할머니의 유모차, 할머니의 죽음에 관한 작품들입니다. 「소원」에서는 한글을 모르는 할머니가 등장합니다. 할머니는 '책을 읽고 싶다'고 하십니다. '손자와 문자를 주고받고 싶다'고 하십니다. '가족에게 편지를 보내고 싶다'고 하십니다. 그러나 할머니에게는 할 수 없는 어려운 일입니다. 나이가 많이 드신 할아버지나 할머니 중에 지금도 한글을 모르는 분이 계십니다. 그들은 일제강점기에 태어났기 때문에 또는 학교를 다닐 수 없는 가난한 가정 형편 때문에 한글을 배우지 못했던 것입니다. 현재는 초등학교 1학년 어린이만 되어도 한글을 자유자재로 쓰고 읽을 수 있습니다. 한글이 너무 쉽습니다. 말 그대로 '누워서 떡 먹기보다 더 쉬운' 일입니다. 그러나 한글을 모르는 할머니에게는 '간절한 소원'이 됩니다. 물론 이 작품의 주제는 할머니를 통한 역지사지 태도의 강조지만 한글을 배우지 못한 시대의 아픔을 간직한 할머니의 모습이 안타깝게 다가오는 작품이라고 할 수 있습니다. 「최신형 자가용」에서는 할머니의 최신형 자가용이 된 동생의 유모차가 나옵니다. 가장 늦게 등장했기 때문에 최신형 자가용이 되었습니다. 저절로 유모차도 어깨를 으쓱거리고, 할머니 어깨도 으쓱거리고 있습니다. 이 작품 속에 숨겨진 사실은 동네 할머니들 모두 허리나 다리가 불편하다는 것입니다. 즉 느티나무 아래 쉼터에 세워진 여러 대 유모차는 건강하지 못한 동네 할머니들이 각자 밀고 나온 것으로 소중한 지팡이 역할을 하고 있다고 할 수 있습니다. 「나무들도」에는 매일 할머니의 사랑과 정성으로 가꾸어지던 베란다 식물들이 등장합니다. 할머니의 장례를 마치고 돌아온 가족들은 수분 부족으로 말라가는 베란다 식물들을 발견합니다. 시구 '어깨가 축 처졌다'는 할머니의 사랑에 목말라 있다는 의미이면서 할머니의 죽음에 대한 슬픔이나 안타까움을 간접적으로 드러난 표현이라고 할 수 있습니다. 베란다 식물들은 '할머니 덕분에' 가족이 되어 행복하게 지냈다는 것입니다. 여기서 말하는 '할머니 덕분'은 할머니의 끝없는 관심과 사랑, 할머니랑 나눈 대화와 온기, 할머니가 제공한 물질적 영양분과 수분 등일 것입니다.

4. 사회와 지구 환경 문제에 관심 가지기

동시집 『햄버거의 마법』을 읽어 보면 박선미 시인의 시선이 가족 이야기, 어린이들의 올바른 삶 등의 문제에서 사회 문제나 지구 환경 문제 쪽으로 점점 확대되고 있다는 것을 알 수 있습니다. 게재 작품 수는 많지 않지만 어린이들에게 세상 살아가는 데 필요한 다양한 자양분을 준다는 의미에서 반길 만한 일이라 할 것입니다.

　일반적으로 누구나 사회적인 현상에 대하여 일정한 관심, 개인적인 생각과 의견을 가질 수 있습니다. 사회에서 일어나는 사건 등을 보고 경험하면서 일정한 수준의 현실인식을 가지고 비판적으로 사고하고, 행동합니다. 그래서 사회 참여적인 발언 등을 할 뿐만 아니라 적극적으로 사회 문제 해결에 직접 참여하기도 합니다. 지구 환경 문제에서도 마찬가지입니다. 지구온난화 문제는 이제 막다른 골목에 다다랐다고 할 만큼 상태가 심각하다고 할 수 있습니다. 세계적으로 유명한 노르웨이 환경운동가 '그레타 툰베리'라는 어린 소녀도 있습니다. 지금은 사람도 자연계의 일부라는 인식과 함께 자연과 사람의 호혜주의 관계 또는 평등주의 관계를 회복하려는 생태주의적 태도나 생태의식이 절실하게 필요한 시기입니다. 박선미 시인도 동시집 『햄버거의 마법』에 게재된 몇 편의 작품을 통해 건강한 지구 환경 도우미로 나서고 있음을 확인할 수 있습니다.

　모릅니다.
　아닙니다.
　기억이 안 납니다.
　그런 적 없습니다.

　그 말밖에 모르는
　어른들이 사는 마을은

　달팽이가 살지 못하는 마을
　반딧불이도 살지 못하는 마을
　비 올 때
　꼭 우산을 써야 하는 마을

—「어떤 어른이 사는 마을」 전문

뉴스를 보면
○당
△당
날마다 다툰다.

뉴스를 보던
할아버지는 ○당
아빠는 △당
우리 집도
날마다 다툰다.

지금
우리나라에
제일 필요한 것은
○도 △도 아닌
정정당당

가을 운동회
달리기하는
우리들처럼

—「정정당당」 전문

「어떤 어른이 사는 마을」, 「정정당당」 두 동시는 일부 어른들이 거짓
말을 일삼는 사회 문제, 편을 갈라 상대방을 비방하는 정치 문제 등에
대한 작품이며, 일부 사회 현상에 대한 비판적 태도를 보이고 있습니다.

「어떤 어른이 사는 마을」에는 습관적으로 거짓말을 쏟아내는 우리 사
회의 일부 어른들이 등장합니다. '모릅니다', '아닙니다' 등 끊임없이 자

기 잘못을 부정하는 어른들입니다. TV에서 가끔 자신이 저지른 명백한 잘못을 인정하지 않고 온갖 이유와 핑계를 대고 오리발을 내미는 우리 사회의 지도층 일부 어른들을 본 적이 있습니다. 이런 어른들이 사는 마을은 청정 마을이라고 할 수 없습니다. 마을의 공기가 오염되고, 하천에는 폐수가 흘러가는 곳입니다. 그래서 달팽이나 반딧불이와 같은 작고 약한 생물이 살 수 없습니다. 떨어지는 빗물 속에 아황산이나 초미세먼지 등이 포함되어 있기 때문에 비를 맞을 수 없다는 것입니다. 「정정당당」에서는 철저히 편을 갈라 상대방을 미워하고 비방하는 정치 집단 모습과 어린이들의 불편부당하고 정정당당한 운동회 모습을 비교하면서 보여주고 있습니다. "○당/△당/날마다 다툰다"고 사회 문제를 고발하고 있습니다. 놀랍게도 "우리 집도/날마다 다툰다."고 고백하고 있습니다. 시적 화자는 정치 집단에 참여하는 어른들에게 정정당하게 겨누는 어린이들의 가을 운동회 달리기를 배우라고 간곡히 부탁하고 있습니다. 정정당당한 초등학교 운동회처럼 정정당당한 사회, 정정당당한 정치를 간접적으로 부르짖고 있는 작품이라고 할 수 있습니다.

> 오늘 점심은 맛있는
> 채소를 먹어 봅시다.

급식실 앞에 붙어 있는
안내판을 읽는 순간
열 받은 기태가

한 사람이 채식을 하면
지구가 건강해진다니
동물 친구들과 평화롭게 살 수 있다니
가난한 나라 친구들도 먹을 것을 얻게 된다니

감자
토마토
양파
상추
투덜대면서 먹는다.
인상 쓰면서 먹는다.

지구를 위하여

—「지구를 위하여」 전문

40분 동안 똑바로 앉아서
선생님 설명 듣고
필기하느라
힘든 우리들에게

쉬는 시간
꼭 필요한 것처럼

맑은 공기 주고
홍수 막아주고
야생동물 키우느라
힘든 숲도

쉬는 시간 필요해
만들어 주었다.

자연휴식년제

ㅡ「쉬는 시간」 전문

　「지구를 위하여」, 「쉬는 시간」 두 작품은 지구환경 문제를 이야기하는 동시로 『햄버거의 마법』에 나오는 생태동시 중 일부입니다. 「지구를 위하여」는 지구 환경을 위하는 행동이 무엇인지를 알려주는 동시이고, 「쉬는 시간」은 자연 숲 휴식의 필요성이나 정당성을 비유적으로 알려주는 동시입니다.

　「지구를 위하여」에서는 채식의 중요성을 점심시간 급식실 풍경에서 잡아내고 있습니다. 특히 고기를 좋아하는 기태의 불만을 "투덜대면서 먹는다./인상 쓰면서 먹는다."에서처럼 가감 없이 잘 보여주고 있습니다. 그런데 옥스퍼드 대학의 연구에 따르면 육류와 유제품을 줄이는 것만으로도 개인은 최대 73%의 탄소발자국을 감축할 수 있다고 하였습니다. 또한 채식은 온실가스 배출을 줄일 뿐 아니라 지구의 산성화, 수질 오염, 물 낭비 등도 개선할 수 있고, 가축을 방목하거나 농장을 만들기 위해 벌채하는 지역도 줄일 수 있다고 하였습니다. 「쉬는 시간」에서는 자연 휴식년제의 중요성을 쉽게 이해시키기 위해 재미있게도 학교 쉬는 시간에 비유하고 있습니다. 쉬는 시간이 있기 때문에 힘든 수업 시간도 잘 견딜 수 있는 것처럼 건강한 숲을 위해 자연 휴식년제가 필요하다고 이야기하고 있는 것입니다. 자연 휴식년제는 환경오염, 황폐화, 등산로 개설 등으로 훼손이 심한 곳, 혹은 보호가 필요한 희귀동식물 서식지 등에 일정 기간 사람의 출입을 통제함으로써 자연환경을 보호하고 생태계를 복원, 자연을 되살리는 목적으로 시행되는 제도입니다.

　지금까지 박선미 동시집 『햄버거의 마법』의 특성을 찾아 남을 배려하기, 올바른 삶의 태도 가지기, 할머니에 대한 관심 가지기, 사회와 지구 환경 문제에 관심 가지기 등 네 가지로 나누어 살펴보았습니다. 이 동시집에는 이외에도 생명존중을 실천하는 이야기 「진짜 일등」, 엄마 가출로 인한 가정 해체 이야기 「폭설」 등 인상 깊은 작품들이 많이 실려 있습니다.

동시는 재미있습니다. 동시는 어렵지 않습니다. 박선미 시인은 이 동시집 서문에서 '갓 구운 따끈따끈한 동시를 먹은 친구들이 마법처럼 우리가 사는 세상을 신나게 만들어 주면 참 좋겠습니다.'라는 말로 마무리 짓고 있습니다. 맞습니다. 바로 동시는 우리 어린이들을 신나게 만듭니다.

이정석 ● 1983년 《소년중앙》 문학상 동시 당선, 1997년 《아동문학평론》 평론 등단. 동시집 『촛불이 파도를 타면』, 평론집 『생태주의 아동문학과 해학의 동심』 『동시문학의 깊이와 변화』 외. 한국불교아동문학상, 방정환문학상, 이재철아동문학평론상 등 수상.

한바탕 울음 쏟아낸 후 만나는 새 길

김종헌

위로받기와 이해하기

지금 우리는 여러 가지로 힘든 삶을 살고 있습니다. 전염병인 코로나 19의 창궐로 일상이 마비되고, 가짜뉴스가 난무하면서 서로를 불신하고 있습니다. 또한 빈부의 격차가 점점 벌어지는 가운데 청년실업의 문제, 그리고 심심찮게 들리는 인권침해 보도 등이 우리를 불편하게 합니다. 어린이들도 마찬가지이지요. 친구 사이의 폭행과 왕따, 무한 경쟁으로 내몰리면서 받는 스트레스 등. 이러한 현실에서 박선미 시인이 다섯 번째 동시집 『먹구름도 환하게』를 내놓았습니다.

이 시집에 수록된 한 편 한 편의 동시를 읽으면서 생각하는 아이들이 많이 등장한다는 생각을 했습니다. 다시 말하면 그 시적 상황에 여운이 남는다는 얘기입니다. 이 작품집에 등장하는 화자는 지금 우리가 처한 현실을 보고 다양하게 자기의 정서를 드러내고 있습니다. 때로는 이해하고 또 때로는 분노합니다. 나아가서 결핍의 공간을 메우려는 적극성마저 보입니다. 동시집 제목으로 사용한 「먹구름도 환하게」라는 작품은 이런 정서를 함축하고 있습니다. 서로 상반되는 시어의 조합으로 미래 지향적입니다. '먹구름'과 '환하게' 사이에 조사 '도'를 넣어 부정적인 이미지를 벗어나 희망을 품게 합니다.

> 실컷 울고 나면
> 먼 길 떠날 수 있다.

―「먹구름도 환하게」 전문

2행의 짧은 시입니다. 어린이들이 읽기에 다소 어려움이 있을 것 같지만, 동시가 가지는 은유의 속성을 이해하면 그렇게 어렵지 않습니다. 먹구름은 소나기처럼 강한 비가 내릴 때 몰려 있는 구름입니다. 그렇게 한바탕 비가 쏟아지고 나면 하늘이 화창하게 갠다는 사실은 대부분의 어린이들도 알고 있기 때문입니다. 이처럼 마음속에 있는 불행이나 고통을 쏟아내고 나면 더 나은 내일을 맞을 수 있다는 시적 상상이 가능해집니다.

그런데 시인은 이 작품을 동시집의 맨 끝에 배치했습니다. 총 4부로 나누어 놓은 작품들을 차례로 살펴보면 '슬픔-분노-배려-희망'의 흐름을 느낄 수 있습니다. 이것은 고통과 부조리한 현실을 이겨내고 희망을 기대하는 시인의 전략적 구상으로 보입니다. 이 작품을 이런 맥락에서 읽으면 여기에 나타난 울음은 매우 복합적으로 이해됩니다. 그것은 사람과 사람 사이의 관계 맺기를 배경으로 차별과 억압, 그리고 부당한 현실에 분노하고 타자의 고통을 공감하는 화자가 등장하는 작품이 많기 때문입니다.

「먹구름도 환하게」는 매우 간결하게 그 정서를 형상화했지만 많은 시적 상황을 숨겨놓았기에 화자가 울 수밖에 없는 처지를 다양하게 상상할 수 있습니다. 그것은 개인적인 아픔일 수도 있고, 뭔가 지금 우리들 사는 모습이 화자의 눈에 거슬렸을 수도 있습니다. 그래서 이 동시는 한 권의 동시집을 관통하고 나온 화자의 시적 대응이라 할 수 있습니다. 그것은 「슬픈 입학식」이라는 동시를 시집의 가장 앞자리에 둔 편집에서도 짐작할 수 있습니다. 첫발을 내딛는 입학식의 설렘과 기쁨을 누리지 못한 화자가 마지막에 비로소 '환하게' 웃으며 먼 길을 떠나는 모습을 그려 볼 수 있기 때문입니다. 마치 먹구름이 한바탕 소나기를 쏟아내고 나서 환하게 개듯이 우리도 이런저런 어려움을 이겨내고 나서 새로운 길을 만날 수 있듯이 말입니다. 그 수많은 사연이 이 한 권의 동시집을 관통하고 있습니다.

  그럼 맨 첫 장에 실린 동시 「슬픈 입학식」를 한 번 읽어보겠습니다. 상식적으로 입학식은 기대와 설렘이 가득한 행사입니다. 더구나 초등학교 입학은 태어나서 처음으로 사회에 첫발을 내딛는 순간이기 때문에 더욱 그렇지요. 그런데 입학식이 슬프다니요? 독자로서 긴장할 수밖에 없습니다. 이렇게 시인은 동심을 세계인식의 틀로 삼아 우리의 삶을 이야기하고 있습니다.

  무서운 바이러스 때문에

  3월 2일에서
  3월 9일로
  3월 9일에서
  3월 23일로
  자꾸 연기되던
  입학식

  이제는
  화상으로 대신한다고 했다.

  고모가 사준 구두
  이모가 사준 원피스

할머니가 사준 책가방도
저녁 뉴스 들었나 보다

시무룩해졌다.
나은이처럼

─「슬픈 입학식」 전문

무서운 바이러스 때문에 입학식이 한 달이나 밀리다가 결국 온라인으로 중계되듯 치러지고 맙니다. 화자는 태어나서 처음 가는 학교이기에 그 무엇보다도 입학식을 기대하며 기다렸을 텐데 얼마나 아쉬웠을까요. 입학하는 어린이뿐만 아니라 처음으로 학교를 보내는 부모님도 마찬가지였겠지요. 스스로 힘으로 사회에 첫발을 내딛는 그 순간을 기대와 설렘으로 맞이하는 건 어른 아이 할 것 없이 모두 같은 심정일 테니까요. 짐작했겠지만 이 동시의 '무서운 바이러스'는 '코로나19'이지요. 이것 때문에 입학식이 자꾸 연기되는 상황을 그려냈습니다. 어쩔 수 없는 사태이기는 하지만, 한껏 기대했던 첫 등교를 집에서 컴퓨터로 구경하는 꼴이 되었으니 실망이 오죽 컸겠습니까.

그 실망감을 '새 구두-새 원피스-새 가방'이 함께 느끼고 있습니다. 시적 화자인 나은이만 그런 것이 아니라 나은이를 위해 준비된 모든 사물들이 함께 시무룩해졌습니다. 화자의 설렘이 사라지는 순간입니다. '시무룩하다'는 뭔가 못마땅한 상황에 대한 언짢은 감정을 나타낼 때 사용하는 형용사입니다. 화자는 운동장에서 친구들과 함께 치르는 입학식을 기대하고 있었습니다. 그래서 입학식이 하루하루 미루어졌지만 기다렸겠지요. 그런데 결국 '화상으로 대신'하는 입학식을 맞았습니다. 나은이의 실망감을 조금이나마 위로하는 것은 3연의 구두와 원피스, 책가방 등입니다. 이들이 함께 시무룩한 것은 화자가 혼자 있는 것이 아니라는 것을 보여주는 문학적 상상입니다. 그것은 어린이들의 물활론적 상상에 연결되어 있는데, 이로써 부정적인(바람직하지 않은) 현실을 이겨낼 수 있고 또 위로를 받을 수 있습니다.

한편 동시 「꾸벅꾸벅」에는 인간의 원초적인 정서로 승화된 동심이 나타납니다. 다른 반 선생님들은 커피 마시면서 이야기를 나누지만 우리 선생님만 졸고 있다는 2연의 상황 묘사가 선생님의 처지를 짐작할 수 있는 여지를 줍니다. 여기서 화자는 늦둥이 보느라 밤잠 설친 엄마를 떠올리며 선생님을 이해합니다. 그 공간을 확장하기 위해서 '꾸벅꾸벅'을 하나의 독립된 연(4연)으로 배치해 두었습니다. 간밤에는 선생님도 아기 엄마였다는 상상이 참으로 인간적입니다.

일기 검사하다가
우리 선생님
꾸벅꾸벅 존다.

급식 먹고 나서
다른 반 선생님들은
커피 마시며 이야기 나누는데
우리 선생님은 교실에서
꾸벅꾸벅 존다.

늦둥이 내 동생 돌보느라
밤잠 못자는 우리 엄마처럼

꾸벅꾸벅

그 안에
간밤 아기 엄마였던

선생님 시간이
담겨 있다.

—「꾸벅꾸벅」 전문

화자와 대상(선생님) 사이에 엄마를 집어넣어 세계를 이해하고 있습니다. 이런 세계인식 태도는 '자아와 세계(타자)의 동화'로 나타난 동심입니다. 즉 대립과 갈등보다는 자아와 세계의 조화를 이루려는 일체감에서 비롯됩니다. 그런데 이 동심은 타자에 종속되거나 나약해서 보호의 대상으로 전락한 유아적 화자가 아닙니다. 오히려 타자를 이해할 줄 아는 성숙함이 엿보입니다. 워킹 맘의 피곤함을 이해하는 태도가 그렇습니다. 그래서 이 동시는 대상을 이해하는 화자의 태도가 관념에 사로잡혀 있거나 '착한 아이 콤플렉스'에 갇혀 있지 않습니다. '선생님-엄마'의 비유를 통해서 그 고단함을 아주 생생하게 그려냈습니다. 이것은 타자에 대한 사랑입니다.

또 동시 「작은 집」에는 자신과 세계와의 간극을 좁혀 스스로를 돌아보고 위로받는 동심이 잘 나타나 있습니다. 화자인 동생은 열쇠를 잃어버렸습니다. 할 수 없이 형이 올 때까지 밖에서 기다려야 하는 상황입니다. 그런데 그 형은 화자에게 그렇게 달가운 존재가 아니라 짜증나고 귀찮은 존재였습니다. 그렇지만 지금의 상황에서 화자는 어쩔 수 없이 형을 기다릴 수밖에 없습니다.

뒤적이고 또 뒤적여도
나오지 않는다.
왔던 길 또 가 봐도
없다.

열쇠가 사라졌다.

그네를 흔들흔들
편의점 앞을 어슬렁어슬렁

날마다 심부름시켜 짜증나던 형아를
심심하면 건드려서 귀찮던 형아를
기다리고 또 기다린다.

커다란 점퍼 안에서
기다린다.

형이 물려준 옷
투덜대며 입었는데
오늘은
작은 집이 되어 주었다.

—「작은 집」전문

　작품 구조를 보면 1~3연에서 과거-대과거-현재의 시간 배치는 열쇠
를 잃어버린 화자의 당황스런 모습을 부각시키기 위해서 대과거와 과거
의 시간 순서를 바꾼 것입니다. 여기에다 3연에서 화자의 행동을 모양흉
내말로 표현하여 지금 화자의 심정을 효과적으로 살려냈습니다. 그리고
4연부터 6연까지는 현재 시점에서 형을 생각하는 화자가 나타나 있습니
다. 4연과 5연에서 형의 이미지는 '심부름-귀찮던-물려받은 큰 점퍼' 등
에서 알 수 있듯이 부정적입니다. 그런데 이 두 연에 '기다린다'는 시어
가 세 번이나 연속으로 반복됩니다. 이것은 6연에서 '형'의 이미지를 회
복시키기 위한 시인의 전략입니다. 결핍의 공간에서 형은 화자를 보호해
주는 '작은 집'이 됩니다.

이런 구조를 풀어 읽으면 열쇠를 찾으러 왔던 길을 또 가보고는 장면과 형이 오기만을 편의점 앞에서 기다리고 기다리는 장면이 한 화면에 오버랩 되는 것 같습니다. 여기서 화자는 외로운 존재로 내몰려 있고 독자인 우리는 어린 화자에게 연민의 정이 느껴집니다. 그런데 마지막 연에서 반전이 일어납니다. 화자는 혼자 있지만 형에 대한 믿음을 가지고 있습니다. 평소엔 짜증났지만 지금처럼 당황스러운 상황이 일어났을 때 그는 형을 믿고 기다리며 의지하고 있습니다. 물려받아 입은 점퍼가 화자에게 맞지 않고 큰 옷이지만 자기를 따뜻하게 보호해 준다는 사실을 깨닫습니다. 한편으로 이 동시는 상징과 암시를 통해서 여러 가지를 생각하게 합니다. 요즘은 전자식자물쇠가 대부분인데 열쇠를 가지고 다니는 화자, 제 몸에 맞지도 않는 형의 큰 옷을 물려받아 입는 시적 상황, 그리고 방과 후에 집으로 돌아왔는데 어른이 없는 현실 등이 그렇습니다. 방과 후에 혼자 방치되다시피 있어야 하는 시적 상황은 소외된 현실을 반영한 것이라 할 수 있습니다. 하지만 이런 사실보다는 '형이 물려준 옷'을 '작은 집'에 은유시켜 안정감을 느끼게 합니다. 마지막 연에서 '투덜대며 입었던 점퍼가 작은 집이 되었다'는 진술은 결핍의 상황을 반전시켜 스스로 위로 받는 화자의 모습이 나타나 있습니다.

고발하기와 바로잡기

우리가 사는 사회는 갈등의 연속입니다. 갈등은 주체(자아)와 타자(세계)에 대한 인식에서 시작됩니다. 즉 자아와 다른 자아(타자)의 존재를 인식할 때 갈등이 일어납니다. 유아 단계의 어린이는 세계를 일방적으로 자아화하여 자기 식으로 이해하기 때문에 별다른 갈등이 없습니다. 이럴 경우는 맹목적 수용으로 자아를 상실하거나 아니면 맹목적 거부로 자기중심적인 태도를 보입니다. 그러나 성장하면서 어린이들은 생각이 깊어지고 타자를 의식하게 됩니다. 타자와 차이를 인정하면서 자아를 찾아갈 때 건강한 자아가 형성됩니다. 동시에서 갈등을 묘사하는 것은 어린이들이 서 있는 그 자리에서 세계를 자세히 보고 건강한 자아를 세우기 위한 방법입니다. 또 대상 간에 혹은 대상과 자아 사이에 형평을 맞추려 하는 순수한 속성을 가진 동심을 드러내기 위한 시적 전략이기도 합니다.

　어린이들은 늘 나보다 못한 위치에 있거나 불상한 것에 대한 연민의 정서를 가집니다. 그리고 그 문제를 해결하고자 하는 마음을 가집니다. 이런 정서는 부당한 현실에 대한 분노로 나타나기도 하고, 때로는 고통을 확대시켜 대안을 모색하기도 합니다. 대부분의 어린이들은 근본적으로 자연적 순수를 지향하는 마음을 가지고 있기 때문입니다. 동시「뿔」, 「왕따 체험」,「소문」등의 작품에서 이런 면모를 읽을 수 있습니다. 이 세 편의 동시는 하나같이 부조리한 현실을 배경으로 하고 있습니다.

사슴농장 구경 갔더니
100마리도 넘는 사슴이
서로 뿔 자랑하며
풀을 뜯어 먹고 있었다.

초록 풀밭에
뛰어노는 사슴
평화로워 보였는데

구석에
사슴 한 마리
피 흘리며 떨고 있었다.

욕심 많은 어른들 때문에
잘린 뿔

내 마음에
돋았다.

─「뿔」전문

「뿔」은 사슴농장의 평화로운 풍경 속에 숨어 있는 인간의 욕망을 고
발하고 있습니다. 그런데 뿔의 의미를 중의적으로 활용하여 시적 정서
를 살려냈습니다. 사슴의 뿔이 화자의 마음속 뿔로 전이되어 있지요. 인
간의 욕망에 의해 잘려나간 사슴뿔에 화자의 정서를 집어넣은 것입니
다. 이것은 음가의 유사성에 근거한 단순한 말놀이와 다른 차원입니다.
특히 2연의 '초록 풀밭-뛰어노는 사슴'과 3연의 '구석-피-떨고 있는 사
슴'의 대조적 묘사는 인간의 잔인한 욕망을 더욱 실감나게 보여줍니다.

「소문」에서도 이와 비슷한 시적 공감을 할 수 있습니다. 난무하는 가
짜뉴스와 메신저에 달리는 악성댓글은 누군가를 병들게 하거나 다치게
할 수 있습니다. 이러한 세태를 이 동시는 적대적인 감정을 드러내지 않
고 차분하게 바로잡으려는 의지를 보입니다. 어린이들이 폭력에 대응하
는 방법 중의 하나가 조심하고 경계하는 것입니다.

조심해!
쓰윽
너를 벨 수도 있어.

눈이 없어도
어디든 갈 수 있고
투명인간처럼

벽을 통과하기도 하지

처음엔 주먹만 하다가
눈사람처럼 커지기도 하지만
진짜인지 아닌지
생각하는 사람을 만나면
슬그머니 꼬리를 감추지

—「소문」전문

이 동시에서 소문은 디지털 시대의 한 속성을 상징합니다. 그것은 문이 없어도 어디든 갈 수 있고, 또 벽을 통과하는 투명인간처럼 우리 곁에 있습니다. 그러면서 그것은 우리를 벨 수 있는 위협적인 존재입니다. 그런데 화자는 그것을 사람들이 만들어 낸다는 것을 알고 있습니다. 소문이 가지는 폭력성을 '너를 쓰윽 벨 수도' 있다고 섬뜩하게 표현하였습니다. 그러나 대응책은 차분하고 분명합니다. 곧 '생각하기'입니다. 그것은 눈에 보이지 않는 것을 보이게 하고 또 옳고 그름을 따지는 지적 행위입니다. 이처럼 생각하는 사람 앞에서는 소문의 폭력성이 사라진다는 분명한 진리를 알려주고 있습니다. 단순한 대응이지만 그것은 과장되지 않은 지극히 순수한 해결책입니다. 세계를 이해하는 튼튼한 자아의 시적 대응이라 할 수 있지요. 이런 자아는 부조리한 현실을 고발하면서 동시에 바로잡으려는 의지를 가진 성숙함이 돋보입니다.

부정적이고 절망적인 현실을 고발하는 것을 넘어서 긴 여운을 남기는 동시 한 편을 더 읽어보겠습니다. 바로 「왕따 체험」이 그것입니다. 이 동시는 '왕따'가 당하는 폭력의 현장을 드러내지 않고도 그것이 가지는 심각성을 행간에 숨겨 놓았습니다.

늘

왕따이던 내가
하나도 어색하지 않다.
코로나19 덕분에

모두
따로따로

마주 보면 안 된다.
손 잡아도 안 된다.
같이 밥 먹어도 안 된다.

모두 다
왕따다.

─「왕따 체험」 전문

　짐작했듯이 화자는 왕따입니다. 왕따로서의 설움과 고통을 독백조로 표현하였습니다. 코로나19가 창궐한 시적 배경에서 왕따인 화자는 '하나도 어색하지 않다'고 단정적으로 말합니다. 많은 사람들이 코로나19 '때문에' 불안에 떨고 불편을 겪고 있지만 화자는 코로나19 '덕분에' 어색하지 않다고 합니다. 그러면서 3연에서 그동안 서러웠던 왕따의 일상을 코로나19 이후의 언어로 하나하나 되뇌고 있습니다. 그 시적 표현이 인상적입니다. 각 행의 시어를 '-ㄴ다'의 종결형어미로 표현하면서 마침표까지 찍어서 강한 느낌을 줍니다. 마치 왕따인 화자가 세상 사람들에게 경고라도 하듯이 말이죠. 마지막 연 '모두 다 왕따다'에는 소외된 존재로서 고민하고 갈등한 화자의 모습이 보입니다. 그래서 세상을 향한 분노의 표출이자 울부짖음처럼 들립니다. 이처럼 이 동시는 화자의 억울함을 표면으로 끌어내어 사회적 문제인 왕따에 대한 경각심을 주고 있습니다. 그러면서 코로나19의 위험성을 함께 나타냈습니다.

이렇듯 박선미 시인의 작품에 나타난 동심은 부조리한 사회를 고발하고 또 바로잡는 기능을 하고 있습니다. 그것은 자아가 세계와 소통하는 과정에 있는 동심이며, 자아를 튼튼하게 형성하는 관계성을 지니고 있습니다. 코로나19로 생사를 넘나드는 가운데서도 경비원 아저씨와 택배 아저씨를 먼저 생각하는 동심, 그것입니다. 이렇게 타자를 배려하는 상호관계적인 동심은 '마스크 두 장'(『봄』)으로 봄을 피워냅니다. 그리고 그 관계 속에는 행운도 만들어가는 적극성이 있습니다. '두 잎과 두 잎' 합쳐 '네 잎 클로버'(『행운 만들기』)를 만드는 화자의 시적 대응태도가 그렇습니다.

공감과 기대

한 편의 시 속에 있는 화자의 처지가 독자의 입장과 비슷할 때 빠르게 감정이입이 됩니다. 즉 독자는 그 시적 상황을 자기와 동일시하기 때문이지요. 이때 재미와 감동을 느낄 수 있습니다. 그것은 시적 상황이 내적 논리를 갖추었기 때문이라 할 수 있습니다. 재미는 여러 상황에서 느낄 수 있는 인간의 감정인데, 나와 비슷한 처지에 있을 때 그 진폭이 넓습니다. 또 나보다 약한 입장에 있는 누구를 보면 동심은 균형을 맞추려는 본능이 작동합니다. 동시문학에서 말하는 동심은 타자를 인식한 후에 나타나는 정서입니다. 즉 세계(타자)에 대한 자아의 내면이라 할 수 있습니다. 그렇기 때문에 동심은 세계를 인식하는 하나의 방법이 됩니다.

그동안 박선미 시인은 네 권의 동시집을 발표하면서 어린이들이 있는 자리에 함께 서서 그들의 시각으로 세계를 읽었습니다. '꼴찌의 마음을 헤아리려' 하였고, '따뜻한 세상을 만들기 위해서 용감한 싸움대장이 될' 것을 자처하기도 했습니다. 그래서 우리가 사는 세상이 따뜻해지기를 소망했습니다.

　이번 동시집 『먹구름도 환하게』에는 우리가 사는 세계에서 일어나는 불균형과 부조화를 균형과 조화로운 공간으로 옮기려는 성숙한 동심이 배어 있습니다. 가족과 친구 사이에서 서로 감사하고 그리워하는 모습이 나타나기도 하고, 타자의 정서에 적극적으로 개입하여 분노하기도 합니다. 그런가 하면 배려하는 사랑으로 타자를 포용하기도 합니다. 박선미 시인은 어린이 화자의 물활론적 상상력으로 현실을 보면서 사회적 상상력으로 그 시선을 확장시켜 나갔습니다. 어린이 화자를 앞세운 시적 상상은 바람직하지 못한 관계에 있는 현실을 바람직한 방향으로 옮겨놓는 힘을 가지고 있습니다. 한 편 한 편 읽으면서 시인이 바라본 세계를 함께 느꼈으면 좋겠습니다. 지금까지 해설을 곁들인 작품 이외에도 이 동시집에는 그리움과 설렘, 또 믿음과 화합의 정서가 가득합니다. 한 편 한 편의 동시가 여러분의 억울함을 풀어주고 희망을 던져 줄 것이라 기대합니다.

(『먹구름도 환하게』 해설, 아이들판, 2020)

김종헌 ● 2000년 《아동문학평론》 동시 부문 신인상 당선. 동시집 『뚝심』, 평론집 『포스트휴먼 시대 아동문학의 윤리』, 『동심의 표정 동시의 미학』, 『우리 아동문학의 탐색』 외. 이재철아동문학평론상, 한국아동문학상 수상.

깨달음과 성장으로 삶의 지평을 여는 시심

김경흠

1. 실천하는 삶을 위한 깨달음

　박선미 시인의 여섯 번째 동시집인 『잃어버린 코』는 그동안 시인이 써 온 동시문학의 작품성을 더욱 정교하고 선명하게 구체화시키고 있다는 점에서 의미가 크다고 할 수 있습니다. 동시집은 전체가 4부로 구성되어, 1부 12편, 2부 13편, 3부 13편, 4부 12편으로 총 50편의 주옥같은 동시가 엄선되어 수록되어 있습니다.

　이번에 발간한 동시집의 특징은 깨달음과 반성의 시선이 더욱 확장되었다는 점을 들 수 있습니다. 사실 박 시인은 자기 자신을 돌아보고 깨달음을 통하여 실천하는 삶을 그리는 동시를 이번에 처음 시도한 것은 아닙니다. 그의 첫 동시집 『지금은 공사 중』부터 줄곧 관심을 갖고 써 온 시적 테마입니다. 꾸준하고 집요하게 시인이 갈고 닦으면서 더욱 세련된 형식과 울림으로 다져 온 시심이라고 할 수 있습니다. 초기에는 개인의 내면적 차원에서 즐겨 시를 빚었다면 이제는 더욱 확장된 모습으로 우리가 살고 있는 사회에 이르기까지 성찰과 실천의 폭을 넓혀 왔습니다. 그 성과의 알맹이를 들여다볼 수 있는 것이 바로 이 동시집입니다.

　박선미 시인은 40여 년간 교단생활을 하면서 여섯 권의 동시집을 출간한 중견 아동문학가입니다. 동시집을 발간할 때마다 문단의 주목을 받아 오늘의 동시문학상, 서덕출문학상, 이주홍문학상, 부산아동문학상, 한국아동문학상 등 권위 있는 문학상을 다수 수상하기도 하였습니다. 이러한 문학적 이력은 그의 동시가 지닌 시심과 작품성이 남다르다는 것을 말해 주는 증거라고 할 수 있습니다.

　시 읽기에서 우리는 흔히 시 한 편을 읽고 나면 몇 자로 이루어진 시어나 묘사된 하나의 이미지가 단편적으로 기억에 남는 것을 경험합니다. 그런데 박선미 시인의 시를 읽고 나면 그보다는 시적 울림이 마음 깊은 곳에 남아 여운이 오래 가는 것이 특징이라고 할 수 있습니다. 이를 두고 황수대 평론가는 "선이 굵은 시인"이라는 말로 평하기도 하였고, 노원호 시인은 "시적 대상이 무엇이든 간에 사람과 관계를 짓고 있기 때문"이라고 말하기도 하였습니다. 그런가 하면 전병호 시인 겸 평론가는 박선미 시인의 동시에는 "마음의 힘"이 있다고 평가하여 우리의 마음속에 울림이 깊고 오래도록 남는 동시라는 점을 강조하였습니다.

　박선미 시인의 동시를 평하는 사람들은 대체로 "모성애"와 교사로서의 "소명 의식"을 들곤 합니다. 시인에게 있어서 교사로서의 소명 의식은 하나의 실천적인 삶의 결정체로써 그의 문학 세계와 깊은 연결 고리가 된다고 할 수 있습니다. 40여 년을 오롯이 교직에 몸담아 한길을 걸어 결실을 맺었으니 그 정신과 가치관도 작품에서 무시할 수 없는 정신 세계로 주목해야 한다고 봅니다.

　그렇다면 이러한 시인의 작가 의식 또는 교직의 소명 의식을 실천한 시심의 근본적인 힘이 어디에 있는지 확인하는 것도 흥미 있는 일이라고 생각합니다. 모성애, 사랑, 포용, 배려, 이해 등의 시적 가치를 드러내는 통로는 무엇일까? 작품집에 수록된 동시 한 편 한 편을 읽어 보면 쉽게 드러나는 대목이 있습니다. 즉, 여러 편의 동시에서 "자기 성찰"과 "깨달음을 통한 성장"의 메시지가 많이 발견된다는 것이지요. 다시 말하면, 우리 마음속에 숨겨진 자신의 본 모습을 발견하고 스스로 잘못된 것을 찾아 반성하는 삶이라고 할 수 있는데, 이것이 자기 성찰과 연결되고 최종 도달점은 깨달음에 의한 성장과 실천 의지로 이어진다고 말할 수 있습니다.

곧 '깨달음'은 이 작품집에서 핵심으로 읽을 수 있는 키워드가 되는 것이지요. 이 점을 생각하면서 자기 자신에 대한 반성과 본 모습을 찾는 과정에서의 깨달음, 우정을 통한 깨달음, 가족의 사랑과 그리움을 통한 깨달음, 사회 현실의 풍자를 통한 깨달음으로 나누어 시인이 가진 모든 에너지를 발휘하여 깊이 있게 다룬 깨달음의 동시를 읽어 보겠습니다.

2. 자기 성찰을 통한 깨달음

우리의 몸은 2차 성징을 지나 일정한 나이에 이르면 성장을 멈추고 그대로 유지하는 상태가 됩니다. 그러나 우리의 마음과 정신은 우리가 생을 마감할 때까지 끊임없이 성장을 반복하게 됩니다. 그런데 이 성장은 가만히 있다고 하여 저절로 이루어지는 것이 아닙니다. 사람의 정신과 마음이 성장하기 위해서는 필요한 조건이 따르게 됩니다. 그것이 바로 "깨달음"입니다. 깨달음을 위한 가장 기본적인 단계가 바로 자기 자신에 대해 돌아보기와 반성 및 본 모습의 확인이라고 할 수 있습니다. 자각을 통한 자기 성찰인 셈이지요. 매 순간 이를 실천하는 사람만이 참인간다운 삶을 누리고 밝은 세상을 만들 수 있는 것입니다.

혓바늘이 돋아
엄청 아프다.

말조심해라 안 해도
꼭

필요한 말만 한다.

―「혀의 경고」 전문

노랗게 단풍 들어
우리 동네 환하게 만들어 주던 가지를
주렁주렁 열매 매달아
고소한 은행알 따게 해 주던 가지를
왜 싹둑싹둑 자르나 했는데

새봄
더 싱싱한 잎이
돋았다.

칭찬도 혼자 받고
상도 다 받고 싶은
욕심 가지도
싹둑 자른다.

새봄
더 근사한
선배가 되겠다.

―「가지치기」 전문

인용된 동시 두 편 모두 우리가 살아가는 데 있어서 지나친 행위에 대하여 경계를 하고 있습니다.

첫 번째 동시 「혀의 경고」는 불필요한 말을 하지 말라는 가르침을 전하고 있습니다. 우리가 일상생활을 겪다 보면 말 때문에 오해가 생기고 곤혹스러운 상황에 처할 때가 더러 있습니다. 꼭 필요한 말만 하면 아무렇지 않은데 필요 없는 말을 하여 다툼이 벌어지고 사람 사이에 갈등이 일어나기도 합니다. 동시 속의 화자는 혓바늘이 돋아 아픔을 느끼면서 불필요한 말은 삼가야겠다는 깨달음을 갖게 됩니다. 매우 짧은 동시이지만 읽고 나면 혓바늘이 가르쳐주는 진실의 순간을 독자 자신이 직접 겪은 일처럼 느낄 수 있게 합니다.

두 번째 동시 「가지치기」도 마음속에 불쑥 솟는 욕심을 경계하는 작품입니다. 작품 속 화자는 단풍 들어 우리 동네를 환하게 하고 열매 매달아 고소한 은행알 따게 하는 은행나무 가지를 싹둑 자르는 광경을 목격합니다. 그런데 새봄이 되자 더 싱싱한 잎이 돋아나는 것을 화자는 확인합니다. 이 모습을 보고 화자는 깨달음을 얻습니다. 칭찬 혼자 받고 싶고, 상 다 차지하고 싶은 욕심도 잘라내야겠다고 다짐합니다. 시적 화자의 이 깨달음은 곧 실천으로 이어지는 순간이 됩니다. 그리고 곧 이 실천의 결과는 새봄, 새 학기가 되면 더 근사한 선배로 성장하는 주인공이 되는 것입니다.

이 동시는 일상생활에서 흔히 볼 수 있는 가지치기 장면을 보고 깨달음을 얻는 모습이 잘 그려져 있습니다. 그리고 그 깨달음으로 화자 스스로 반성하게 됩니다. 그리하여 욕심을 버리고 더 성숙한 선배로 자라나는 과정을 시상으로 전개하고 있는 작품입니다. 곧 자기 성찰을 통한 깨달음과 성장이 절제된 감정으로 묘사되어있는 동시임을 알 수 있습니다.

두루마리 휴지를
다 쓰고 나니
심지가 남았네

보이지 않는 곳에서도
마지막까지

제 할 일 마친 심지

불쑥불쑥
흔들리는 내 마음에도
단단한 심지 하나
세웠네.

—「휴지심」 전문

　자기를 성찰한다는 것은 자기 내면을 들여다본다는 뜻이기도 합니다. 위에서 살펴본 두 동시도 시적 대상이 혓바늘과 나뭇가지였지만 이들은 모두 시적 화자의 마음속인 내면을 들여다보는 계기가 된 매개물이라고 할 수 있습니다. 즉, 내 마음과 시적 대상의 사물을 연결해 주는 고리 역할을 한 것이라고 할 수 있지요. 인용한 동시 「휴지심」도 다 쓰고 남은 두루마리 휴지의 심지를 대상으로 시인은 동시의 시상을 빚고 있지만, 사실은 그 휴지심을 통하여 시적 화자인 "나"의 마음속을 들여다보며 깨달음을 얻는 과정으로 작품이 완성되어 있습니다.

　이처럼 박선미 시인은 비유법을 유효 적절하게 사용하여 성찰과 성장이라는 시적 주제를 선명하게 드러내고 있습니다. 휴지심은 두루마리로 감긴 휴지를 단단하게 지탱해주고 쉽게 풀어지지 않게 하는 역할을 하지요. 비록 다 쓰고 남은 휴지심이 제 할 일을 마친 재활용품에 불과하지만 이만큼 중요하고 큰 역할을 한다는 깊은 뜻을 지닌 물건임을 시인은 시적인 마음과 눈으로 들여다보고 있음을 알 수 있습니다.

3. 가족애를 통한 깨달음

　박선미 시인의 동시에서 "모성애"가 특징적으로 드러난다는 말은 이미 앞에서 밝혔습니다. "모성 의식"은 곧 가족애와 연결됩니다. 어머니를 떠올릴 때 우리는 따뜻하고, 부드럽고, 희생하는 그림을 그립니다. 외출했다가 돌아왔을 때 어머니가 집에 안 계신다면 그 허전함과 쓸쓸함이란 이루 말할 수 없습니다. 그만큼 어머니는 가족의 핵심이라는 뜻이지요. 박선미 시인이 주로 다루는 가족의 소재는 어머니이지만 어머니 외에도 할머니를 비롯한 가족 구성원도 작품에 등장시킵니다.

우리 집에서
가장 햇볕이 잘 드는 방

가장 환하고
가장 따뜻했던 방이

어둡고
칙칙한 방이 되었다.

할머니처럼
방도 앓고 있었다.

—「할머니 방」 전문

착한 일 하면
복 받는다고 해서

학교 가면서도
두리번두리번
학원 가면서도
두리번두리번

땡볕에 힘든 지렁이
시원한 풀숲으로 옮겨 주고
뒤집혀 바둥거리는 풍뎅이
바로 놓아 주고

또 더할 게 없는지
두리번거립니다.

엄마가 아픈 선우는

—「복」전문

　인용한 두 동시는 가족에 대한 그리움과 걱정하는 모습을 시상으로 그려낸 작품입니다. 「할머니 방」에서 작품 속 화자가 느끼는 감정은 병환으로 입원한 할머니에 대한 걱정과 그리움을 담고 있습니다. 할머니가 계신 방은 햇볕이 가장 잘 들고 따뜻하며 환한 곳이었습니다. 그런데 할머니가 병원에 입원하여 빈방이 되자 어둡고 칙칙한 방으로 변하고 맙니다. 할머니가 계신 것과 계시지 않은 것은 곧 밝음과 어둠의 감정으로 나타나게 됩니다.

　이 작품은 할머니가 하루빨리 병마를 이기고 회복하여 돌아오시기를 소망하는 마음이 담겨 있다고 볼 수 있습니다. 그러므로 어둡고 칙칙한 방을 가리켜 할머니처럼 앓고 있다는 말로 인격화하고 있는 것입니다. 뛰어난 비유가 아닐 수 없습니다. 할머니가 계시던 방이 질병에 걸려 앓고 있다는 비유를 통하여 할머니에 대한 시적 화자의 그리움과 사랑을 전하고 있는 동시라고 생각합니다. 함축적으로 표현된 시인의 시적 재능도 돋보이지만, 짧은 시형을 통하여 화자의 감정을 절절하게 다 담아 냈다는 점에서 감동적인 작품이 아닐 수 없습니다.

다음에 인용한 동시는 시적 화자가 아픈 엄마의 **빠른** 회복을 위하여 걱정하고 실천하는 모습을 그려낸 작품에 해당합니다. 작품에 드러난 사실로 보아 시적 화자의 이름은 선우입니다. 선우는 착한 일을 찾아 무엇이든 합니다. 학교에 가면서 그리고 학원에 가면서 착한 일을 찾기 위해 두리번거립니다. 땡볕에 힘들어하는 지렁이를 시원한 풀숲으로 옮겨 주고, 뒤집혀 바둥거리는 풍뎅이를 바로 놓아 줍니다. 그래도 마음이 놓이지 않아 할 일을 또 찾습니다. 이렇게 선우가 착한 일을 찾아 실천하는 이유는 바로 엄마가 아프기 때문입니다.

공자는 "착한 일을 하는 사람에게는 하늘이 복으로써 갚아준다."라고 하였습니다. 시적 화자인 선우도 착한 일을 많이 한다면 엄마의 아픈 몸이 빨리 회복되는 복을 받을 것이라고 여겨 정성을 다해 노력합니다. 이것이 가족 즉, 엄마에 대한 사랑의 표현이 아닌가 생각합니다. 가족을 사랑하고 염려하는 마음을 가진 사람이라면 누구든지 이와 같은 행동을 할 것입니다.

마지막 행에 이 동시가 표현하고자 하는 시인의 의도가 함축되어있는 것도 참신하지만, 이 동시를 읽는 독자 모두가 똑같이 공감하도록 시상을 전개했다는 점에서 시인의 능력을 엿볼 수 있습니다. 다소 어려운 말로 문학적 보편성을 확보했다고 할 수 있겠지요.

하하하
호호호
깔깔깔

웃음은
신나고
즐겁고
환하게 보이지만

아플 때도 있다.

네 살 동생 같은
특별한 누나가
처음으로 혼자 화장실 다녀온 날

우리 엄마
눈은 우는데
입은 웃는다.

―「아픈 웃음」 전문

아픈 웃음이란 어떤 웃음일까요? 이 동시에서 시인은 눈으로는 우는
데, 입으로는 웃는 웃음이라고 했습니다. 그것은 바로 "네 살 동생 같은
특별한 누나가 화장실을 혼자 다녀온 날" 엄마가 짓는 표정을 두고 이
렇게 표현하고 있습니다.

박선미 시인은 우리 사회에 소외된 사람에 대한 관심과 이해 및 배려
를 아낌없이 베푸는 시인이라고 생각합니다. 그의 동시를 보면 장애인
에 대한 관심과 이해를 감동적으로 드러낸 작품이 적지 않습니다. 세 번
째 동시집의 표제작인 「누워 있는 말」에는 시각장애인들의 길을 안내하
는 점자유도블록을 인격화하여 안내 보행을 돕는 사람으로 표현하여 훈
훈함을 전하고 있습니다. 인용한 이 동시에서도 발달장애가 있는 대상
인물인 누나가 등장합니다.

발달장애인을 자녀로 둔 부모들은 흔히 이런 소원을 말하곤 합니다.
"내가 자식보다 하루 더 살았으면 좋겠습니다."라고 진심을 담아 말하
는 걸 제가 일하는 현장에서 자주 듣곤 합니다. 이 말 한마디가 너무도
절실하여 폐부 깊숙이 찌르는 느낌을 받습니다. 자식의 삶이 마감할 때
까지 책임을 지고 같이 살다가 세상을 떠났으면 하는 절절하고 한 맺힌

말이기도 합니다.

이 동시에 등장하는 엄마의 마음도 같을 것입니다. 비장애인에게는 혼자 화장실 다녀오는 것이 특별할 것도 없는 일입니다. 그런데 발달장애가 있는 딸이 반복적인 지도와 훈련을 통해 어제와 다르게 향상된 행동을 보인다면 엄마의 마음은 얼마나 기쁠까요? 반면에 평생 죄책감을 가지고 자식과 함께 살아가야 하는 엄마의 막막한 심정이란 또 얼마나 슬프게 다가올까요?

우리가 매우 기쁜 일을 겪으면 눈물이 나면서도 입가에 미소가 지어지기도 하지요. 이 동시에서 드러난 엄마의 아픈 웃음은 바로 그런 것이 아닐까요? 결코 순간적이고 단선적인 감정만은 아닐 것입니다. 실례를 들어 설명하였듯이 이처럼 기쁨과 슬픔이 복합된 감정을 나타내는 웃음을 두고 시인은 아픈 웃음이라고 표현하고 있다고 생각합니다. 발달장애 자식을 둔 부모의 마음을 시인은 깊이 있게 공감하며 쓴 동시임을 확인할 수 있습니다.

4. 우정을 통한 깨달음

박선미 시인의 동시에서 가족 간의 사랑과 그리움이 강조되고 있는 것처럼 친구 간의 우정도 매우 소중하고 아름답게 다루어집니다. 사람이 태어나 가족이라는 공동체 생활을 하다가 일정한 나이가 되면 학교라는 보다 넓은 사회 집단으로 범위를 확장합니다. 그 집단에서 사회적 관계를 위해 필요한 인간 관계의 기술을 배우고 익히게 됩니다. 여기에서 친구와 친분을 맺고 관계를 지속하는 방식을 몸과 마음으로 익히게 되는 것이지요. 이것을 두고 우정이라고 할 수 있으며, 이 우정을 잘 가꾸어 가는 사람은 우리가 사는 사회에서 참된 인성을 발휘할 수 있다고 생각합니다. 박선미 시인은 동시 작품을 통하여 참된 우정이 무엇인지

구체적으로 보여주고 있습니다.

버스를 탔는데
교통카드가 없었다.

얼굴 빨개진
내 뒤에서 들리는
큰 소리
―초등학생 2명이요.

너무 조용해서
교실에 있는지 표시도 안 나던
작은 민서
거인처럼 크게 보였다.

마음에 씨앗 한 알 심었다.

―「씨앗 한 알」 전문

구차한 설명이 필요 없이 동시 그 자체로 가슴에 포옥 와 안기는 예쁜 작품입니다. 이러한 작품은 뜻을 따져서 읽을 것이 아니라 그대로 느껴야 하는 동시라고 생각합니다. 이것이 박선미 시인의 동시가 갖는 특징이기도 하고요. 앞에서 말하였지만, 박선미 시인이 쓴 동시 한 편을 다 읽고 나면 시어나 이미지 하나하나가 중요하게 여겨지기보다는 동시 전체에서 전해오는 감동과 여운이 고스란히 그리고 오래도록 가슴을 적시는 작품이라는 점을 새삼 깨닫게 됩니다.

시적 화자는 처음에 교통카드가 없어서 얼마나 당황했겠습니까? 그런데 평소에 키도 작고 말도 없었던 민서라는 친구가 화자의 난처한 순간을 구원해 주었으니 얼마나 고마웠을까요? 이 동시의 마지막 행으로 시 전체를 지배한 문장인 "마음에 씨앗 한 알 심었다"라는 진술은 아마도 변함없이 평생 우정을 약속하는 깨달음과 성장의 힘이 되지 않을까 생각해 봅니다. 동시를 읽은 후 참으로 마음이 따뜻해지고 아름다움을 느끼게 하는 매력적인 작품입니다. 이와 유사한 작품으로 「시원한 우정」이 있는데, 이 작품도 찾아 읽어 보기를 권합니다.

보름달이 떴다.
비가 오는데도 떴다.
전학 간
민서가 보낸 사진 덕분에

캠프장에서 함께 바라보며
소원을 빌었던
그 보름달이

내 마음속에 떴다.
보고 싶은 마음만큼
환하게 떴다.

ㅡ「보름달 1」 전문

이 작품은 전학으로 인하여 헤어진 친구 민서를 그리워하고 보고파 하는 마음을 그려낸 동시입니다. 작품을 다 읽고 나니 두 사람의 우정이 얼마나 돈독한지 부러울 정도로 잔잔한 감동을 자아내는군요. 아마도 두 사람이 캠프에 가서 서로 보름달을 보며 소원을 빌었던 장면을 사진으로 담았던 모양입니다. 사진 속의 보름달은 두 친구의 우정을 더욱 굳건하게 만들어 주는 매개물로 보아도 무방할 듯합니다.

5. 현실 풍자를 통한 깨달음

황수대 평론가는 박선미 시인이 세 번째 동시집을 발표하면서 사회 문제를 다룬 작품이 부쩍 증가하는 양상을 보인다고 분석한 바 있습니다.

박선미 시인의 여섯 번째 동시집에도 사회 문제와 현실의 세태를 다룬 작품이 퍽 많습니다. 정확히 집계하지는 않았지만 어림잡아도 열다섯 편 가량 되는 듯합니다. 사회에 대한 비판의 대상도 폭이 확대되고 시적 진술의 수위도 더욱 날카롭다는 인상을 받습니다.

빨리빨리
빨리빨리

아침마다 온 식구 재촉하는
우리 엄마처럼

51년 만에 가장 더웠다는
2023년 3월

개나리 엄마도
진달래 엄마도
벚나무 엄마도

빨리빨리
빨리빨리

늦잠 자는 아기들 재촉하느라

정신없었겠다.

—「빨리빨리」 전문

잘못한 것도 없는데
괜히 눈치 보이고

옆 테이블 가족 보면
부러웠는데

당당하게 외친다.
코로나 덕분에

—이모, 김밥 한 줄 주세요.

—「혼밥」 전문

인용한 두 동시는 기후 환경 문제와 코로나 현실을 다룬 작품입니다. 「빨리빨리」는 지구의 온난화와 이상 기후로 인하여 계절의 특징이 변하고 있는 현실을 작품으로 형상화하고 있습니다. 2023년 3월을 겪어 봤으니 아시겠지만, 초여름 날씨에 버금가는 더위를 겪었습니다. 예전엔 비교적 규칙적으로 원만하게 순환하던 계절이 근래 들어 어린아이가 투정 부리듯 합니다. 추운 겨울이 봄처럼 포근한가 하면 이 동시 작품 속처럼 봄이 여름처럼 더위를 몰고 와 옷 입기에 성가시게 합니다.

이상 기후가 지속되면 우리 환경 생태계는 모두 파괴되어 사람의 생존을 위협할 것은 자명한 일입니다. 이러한 자연환경과 기후 위기 문제를 시인은 기발한 비유로 풍자합니다. 우리 가정에서 흔히 벌어지는 일이기도 한 것인데, 늦잠 자는 아이들을 학교에 늦지 않게 하려고 엄마들이 재촉하여 잠을 깨웁니다. 그래서 평일 아침이 되면 집안마다 한바탕

정신없이 분주하기 그지없지요.

　이러한 상황을 빗대어 시인은 서둘러 핀 개나리, 진달래, 벚꽃을 보고 "정신없었겠다"라는 독백의 문장으로 풍자를 가하고 있습니다. 독백의 진술이 아이러니하게 느껴지는데, 동시 작품에 숨어 있는 속뜻을 곰곰이 곱씹어 보면 심각한 현실이 아닐 수 없습니다. 이렇게 시인은 우리에게 위협적인 위기의 상황을 살짝 감춰두고 일상의 가족 상황으로 위장하여 보여주고 있습니다. 이것이 동시의 매력이라고 할 수 있습니다.

　다음에 인용한 동시는 우리 세계가 다 함께 겪었던 코로나19의 상황으로 거리두기를 풍자한 「혼밥」이라는 작품입니다. 우리 사회가 대가족제에서 핵가족화하고 심지어 홀로 사는 사람이 늘면서 혼자 밥 먹는 일은 당연한 일상이 되었습니다. 그런데도 이 작품에 등장하는 시적 화자는 식당에서 밥을 먹을 때 옆 테이블의 가족을 보며 괜히 눈치를 봅니다.

　그런데 갑자기 전세계에 코로나19 바이러스 감염증이 확산하면서 사람과의 접촉을 금하고 거리 두기를 단행하는 일이 발생합니다. 바이러스가 전파되는 것을 막기 위한 WHO의 조치이기도 하지요. 이로써 사람들은 식당에서 단체나 끼리끼리 하는 식사를 금하고 혼자 해결하는 일상으로 바뀌게 됩니다. 코로나19 상황 이전에도 혼밥을 먹던 시적 화자는 오히려 코로나19의 거리두기 규칙이 생기자 다른 사람과 똑같은 조건에 놓이게 됩니다. 그래서 이제 눈치를 보지 않아도 걱정 없는 당당한 상황이 되는 것이지요.

　이 동시도 아이러니한 시적 상황을 자아내고 있습니다. 코로나19의 현실은 분명 우리 사람들에게 고통을 주고 심각한 치명타를 입힌 역사적 사건임이 틀림없습니다. 그런데도 이렇게 거리두기라는 상황이 조성되자 홀로 살면서 혼밥을 먹는 사람에게는 되레 이로울 때가 있는 것임을 시인은 세밀한 통찰을 통하여 우리를 일깨워 주고 있습니다. 이 작품 외에도 「바쁜 전봇대」는 코로나19 위기 단계가 하향되어 3년 4개월 만에 일상이 회복된 후의 현실을 날카롭게 풍자하고 있는 동시인데 찾아 읽기를 권합니다.

교실에서
스마트 폰이 없어졌다.

엄마가 찌개 끓일 때
또각또각
다다다다
정겨운 소리 내던 도마 위에

오늘은
파와
고추와
두부 대신

선우가 올랐다.

아픈 할머니 대신
폐지 수레 끄는 선우는
친구들의 말에
파처럼 새파랗게 질렸다.

올라가 본 사람만
알 수 있는
무서운 도마 위

—「도마 위」 전문

인용한 동시는 최근에 이슈화되는 사회의 문제를 다루었다기보다는 참인간다움을 망각한 사람들의 세태를 꼬집고 풍자한 작품입니다.

「도마 위」는 지금까지 읽었던 동시와는 달리 섬찟함이 느껴집니다. 아픈 할머니를 위하여 폐지 수레 끄는 일을 대신하는 선우를 두고 친구들이 험담하는 장면을 시인은 표현하고 있습니다. 구설수, 입방아 등 험담을 가리키는 말을 우리는 많이 사용합니다. 여러 사람이 한 사람의 행동이나 성품 및 그 사람과 관련된 일을 두고 사실을 있는 그대로 말하지 않고 부풀리고 축소하거나 왜곡하는 등 부정적으로 말하는 일명 심리적 폭력을 가하는 행위를 말하지요. 이러한 험담을 통한 심리적 폭력은 우리 주변에서 무분별하게 이루어지고 있는 점을 심심치 않게 듣곤 합니다.

폭력을 가하는 사람은 마음속에 별다른 느낌이 들지 않겠지만 당하는 피해자의 처지에서는 너무도 큰 충격으로 남게 됩니다. 그래서 시인은 "올라가 본 사람만 알 수 있는 무서운 도마 위"라는 강력한 메시지를 시행으로 배치하고 있습니다. 도마는 음식을 조리하기 위하여 음식 재료를 칼로 자르고 다지는 도구입니다. 도마 하면 연상되는 것이 식칼인데 한 사람의 행실 또는 품성과 관련된 일을 입에 올려 험담한다는 것은 곧 도마 위에 칼질하는 행위와 다르지 않다는 것이지요. 험담이나 구설수라고 말을 하면 가슴에 와닿는 무게가 그리 무겁지 않은데 시인이 도마에 비유하니 소름이 돋을 만큼 섬찟하게 와닿습니다. 그리하여 작품 속의 화자인 선우의 "파처럼 질렸다"라는 시적 상황에 공감이 가게 됩니다.

박선미 시인이 동시에서 추구하는 깨달음이라는 것이 바로 이런 점일 것입니다. 이쯤 되니 깨달음에 도달한 사람이 한 단계 성장하는 방법이 제시되어 있는 셈입니다. 도마질의 험담을 우리 모두 조심하여 부정적인 말보다는 긍정적인 말을 하는 분위기로 바꾸려는 실천이 필요하겠지요. 이것이 밝은 세상을 만들어 가는 우리의 도리가 될 것이기에 시인이 동시를 통하여 보여준 의도는 참으로 깊다고 할 수 있습니다.

이외에도 사람들이 당장 눈에 보이는 것, 잠시 편한 것, 나에게만 이익이 되는 것을 좇아 사는 모습을 비판적인 시선으로 꼬집는 「가을이 쓸쓸한 이유」도 주목을 끄는 동시 작품입니다. 이 작품은 참을성 없는 인간의 순간적인 삶을 비판하여 집단적 깨달음을 추구하는 경향을 띠고 있는데 이를 통하여 참인간다운 삶이 어떤 것인지 반성하며 읽게 하는 회초리 같은 동시였습니다. 이 작품도 찾아서 읽어 보기를 권합니다.

6. 동시라는 보석을 채굴하는 영원한 광부이길 바라며

지금까지 박선미 시인의 여섯 번째 동시집 『잃어버린 코』에 수록된 작품을 살펴보았습니다. 박선미 시인의 동시는 한 번 읽고 넘어가면 그 뜻을 다 헤아리지 못하게 됩니다. 반복하여 읽으면 읽을수록 울림이 크게 다가오고 시인이 의도하는 예술적인 생각도 구체적으로 파악할 수 있습니다.

이 동시집에서 확인할 수 있었지만, 시인은 독자들에게 따뜻하게 사는 방법을 안내합니다. 그런가 하면 단호하고 송곳같이 예리한 시어로 사람으로서 할 일과 역할을 바르게 깨닫도록 일깨워 주기도 합니다. 40여 년을 선생님으로 지낸 소명 의식이 작품 속에 잘 녹아 있다고 할 수 있을 것입니다.

박 시인이 다룬 주제 의식은 교육적 소명 의식에서 싹틔운 생각들이지만 이 생각을 전하고 시적 울림을 불어넣는 솜씨는 여지없이 문학인입니다.

이제 교직 생활에서 정년을 맞아 교단을 떠나지만 40여 년간 교육 현장에서 쌓아 온 문학적 원석은 동시라는 보석으로 채굴될 것이라는 점을 믿어 의심치 않습니다. 끝으로 교직 생활의 정년을 맞은 시인께 그동안의 노고에 대해 감사와 축하를 드리며, 많은 독자가 오래오래 이 동시집을 곁에 두고 애독하기를 권합니다.

(『잃어버린 코』 해설, 청개구리, 2023)

김경흠 ● 1999년 《아동문학평론》평론 등단. 연구서 『강소천 아동문학의 서정미학』. 이재철아동문학평론상 수상.

제2부

내가 읽은 박선미 동시

동시의 매력_노여심
시의 씨앗 뿌리기와 거두기_정두리
공사 중인 '예쁜' 세상과 착상의 상승작용_박일
지금 한창 공사 중인 동시집_노원호
솔직함과 부끄러움으로 둘러본 우리들의 모습_김종헌
시인의 최대 덕목인 깨끗하고 따뜻한 시선을 지닌 시인에게_정두리
마음이 따뜻해지는 시_노원호
정직과 성실, 그리고 사랑_공재동
삶터와 일터에서 건져 올린 울림의 동시_하청호
멀리 갈수록 가까워진다_이도환
낮은 곳에서 사랑 찾기_박일
마음 들여다보기_조윤주
단정한 언어의 그릇에 담긴 일상 속 이야기_성환희
동시 한 편의 여운_ 이준관 외

동시의 매력

노여심

동시의 매력은 어디에 있을까? 매력이란 말은 사로잡는다는 의미를 품고 있다. 어떤 동시가 마음을 사로잡을 수 있을까? 박선미의 동시를 통하여 동시의 매력을 찾아보고자 한다.

아무도 살지 않는 빈터에
아무도 들어가지 못하게
눈썹 찌푸린 철조망
양팔 벌리고 보초 서 있다.

꼬물꼬물
살금살금
아무도 모르게
초록 손 뻗어가더니

어느 날 아침
분홍 나팔꽃 한 송이
철조망 너머로 고개 내밀었다.

무서운 철조망도
꼼짝 못하고
웃고 말았다.

분홍빛으로 활짝.

— 「나팔꽃」 전문

　위의 시는 나팔꽃과 철조망의, 서로 상반되어 강한 의미를 가지게 되는 대조적인 이미지를 부각시켜 묘사해 낸 시이다. 철조망과 나팔꽃의 대조적인 이미지는 시인이 무엇을 말하려는지 쉽게 알 수 있게 한다. 철조망은 울타리치기를 좋아하는 어른을 상징한다. 싸리나무 울타리도 아니고 탱자나무 울타리도 아닌, 철조망 울타리를 친 것은 접근 금지의 강한 의미이다. 그런 공간에 살금살금 접근하여 웃어 보일 수 있는 존재, 그것이 나팔꽃이라면 나팔꽃은 누구란 말인가? 상대를 두려워하지 않는 아주 어린 사람이거나 용감한 사람일 수밖에 없다.

　동시가 어린이를 주 독자로 한다는 것을 인정한다면 박선미의 '나팔꽃'은 어른이 만든 장벽을 어린이에게 해결해 주기를 바라는, 어린이에게 희망을 거는 이 시대의 마음을 의식적으로 나타냈다고 볼 수 있다. 세상을 두려워하지 않는, 세상을 향한 도전에 설렐 수 있는 나팔꽃 한 송이를 발견하고 의식적으로 작은 존재의 위대함을 예찬하며 은근히 어린이의 무한한 능력에 기대를 걸고 있다. 인류의 희망은 어린이임을 시인은 잘 알고 있기 때문이다.

　뚜렷한 의식과 대조적인 이미지의 제시는 시를 성립시키기에 편한 방법이 된다. '동시는 쉬워야 한다.'는 조건을 만족시키기도 쉽다. 또한 독자가 시적 체험을 하기도 수월하다. 독자가 시를 접하는 순간 시상(詩象)이 곧 시상(詩想)이 되어 의미로 용합되는, 그래서 시적 체험을 완수할 수 있게 되는 쉽고 편안한 시로 존재하게 되는 것이다. 하지만 너무 또렷한 의식은 시에서 환상적인 분위기를 제거하는 결과를 가져온다는 것도 염두에 두면 좋겠다.

바깥에선 열리지 않아도
안쪽에선 언제나
쉽게 열려야 한다지
즉시
알 수 있어야 한다지

어두운 곳에서
환하게 불을 켜고 있는 비상구

아무리 큰 잘못을 했어도
용서해주지
아무리 심술부려도
언제나 안아주지
얼굴빛만 보아도
무슨 일이 있나 금방 알아차리지

언제나 급하면
달려갈 수 있는 비상구

우리
어머니

—「비상구」 전문

「비상구」는 포근한 분위기를 연출하고 있다. '어머니'라는 편안한 느낌의 질료에 비상시에도 나를 안전하게 대피시킬 수 있는 비상구라는 질료가 합하여졌으니 이보다 더 안전하고 편안함을 보장할 수 있는 것이 또 어디에 있겠는가? 강한 쇠붙이를 더 강하게 만들기 위하여 불에 달구는 기법을 채용하여 쓴 시로 보인다. 사람의 삶에는 안전하고 편안한 휴식처가 꼭 필요하다. 특히 성장하는 어린이에게는 안전을 보장받을 수 있는 곳이 있어야 맘껏 성장할 수 있다.

박선미 시인은 아동문학의 특성을 잘 알고 있는 것으로 보인다. 아동문학은 어린이에게 성장을 체험하도록 하며 정체성을 가질 수 있도록 도와주는 역할을 해야 한다. 성장에서 부모는 빼놓을 수 없는 존재이다. 비상구 같은 어머니를 새삼 인식하면서 어린이들은 맘 놓고 성장할 수 있을 것이다.

저녁 6시
만화영화 시작되는 시간
신이 난 동생은
한 발 두 발
텔레비전 속으로 들어갑니다.

―숙제는 하고 보는 거야
―뒤로 나와서 봐. 눈 나빠져.

엄마 계실 땐
귓등으로 듣던 잔소리

엄마 없는 날
나는 어느새

엄마가 됩니다.

—「엄마 없는 날」전문

「엄마 없는 날」에서 화자는 어느새 엄마처럼 동생을 챙기는 자신의
모습을 발견한다. 성장의 기쁨이다. 동화에 성장 동화가 있다면 동시에
도 성장 동시가 있다. 아동문학 작품이 모두 '성장'이라는 의미를 내재
하고 있지만 어린이 스스로 성장을 체험하도록 하며, 그것을 격려해준
것에 「엄마 없는 날」의 가치를 두고 싶다.

어제는 정말 미안해
별것 아닌 일로
너한테 화를 내고
심술부렸지?

조금만 기다려 줘
지금 내 마음은
공사 중이야.

툭하면 물이 새는
수도관도 고치고
얼룩덜룩 칠이 벗겨진 벽에
페인트칠도 다시 하고
모퉁이 빈터에는
예쁜 꽃나무도 심고 있거든

공사가 끝날 때까지
조금만 참고

기다려 줄래?

ㅡ「지금은 공사 중」 전문

「지금은 공사 중」, 제목부터 재미있다. 친구에게 어떤 심술을 부렸는지 모르겠으나 자기 마음을 공사하고 있는 중이라는 말에 용서 못 할 일이 어디 있겠는가. 마음의 안정을 찾는 일을 집을 수리하는 일로 비유한 것이 기발하다. 시는 개념에서 벗어나 새로운 의미를 만들어 내야 한다고 한다. 마음을 다스리는 보이지 않는 과정을 집을 수리하는 구체적인 것들의 제시로 '공사 중'이라는 새로운 의미를 생성해낸 것에 박수를 보내고 싶다.

동시의 매력은 어디에 있을까? 하는 물음을 가지고 박선미 시인의 시들을 살펴보았다. 동시의 매력이 한두 가지겠는가마는 「나팔꽃」에서는 작은 것이 큰 힘을 설득시키는 매력, 「비상구」, 「엄마 없는 날」에서는 어린이에게 정체성을 느끼게 하면서 성장의 기쁨을 맛보게 하는 매력, 「지금은 공사 중」에서는 새로운 의미를 맛보게 하는 비유의 매력이 있다.

작은 존재의 힘을 볼 줄 아는 박선미 시인의 매력을 잘 가꾸어서 독자들의 사랑을 듬뿍 받기 바란다.

《오늘의동시문학》 2006년 가을호)

노여심 ● 1995년 《한국아동문학》 신인상 등단. 동시집 『햇살 좋은 날』 『정말 잘 했어』 『넌, 참 좋은 친구야!』 외. 경남아동문학상, 마산예술공로상 수상.

시의 씨앗 뿌리기와 거두기

정두리

1

아무리 꼭꼭 숨어있어도
나는 찾을 수 있어

여깄다!
시멘트 블록 틈 민들레
노랑 저고리 고운 옷소매
팔랑이는 걸

아무리 꼭꼭 숨어있어도
나는 찾을 수 있어

들었다!
죽은 체 잠자던 목련
하얀 이 드러낸 웃음소리
다 들리는 걸

이리 나와

꽃향기 벙그는 봄

이제

네가 술래야.

—「숨바꼭질」 전문

봄을 그린 시 몇 편을 고르라면 선뜻 추천하고 싶은 시다. 시멘트 블록 틈에서 피어난 민들레의 노랑 옷소매, 잠자던 목련 하얀 이 드러내며 웃는 웃음소리. 모두 나와라, 꽃향기 벙그는 봄아! 이제 네가 술래다.봄과 숨바꼭질을 할 수 있는 시의 눈과 마음을 가진 시인의 생생한 표현이 마음에 닿는다. 시집 『지금은 공사 중』에 실려 있는 시들은 대체로 사물에 대한 해석이 맑고 바르다. 그리고 또렷하다. 자연을 향해 열린 시인의 눈은 곳곳에서 반짝인다.

이름을 모를 때는

괭이밥도 노랑꽃

양지꽃도 노랑꽃

이름을 모를 때는

노루귀도 분홍꽃

앵초도 분홍꽃

너희들을 알게 된 지금

이름을 부른다

—얼레지야, 잘 있었니?

—산자고야, 어쩜 그리 우아하니?

—깽깽이풀아, 이름도 재밌구나.

—「이름을 불렀을 때」 일부

'이름 부르기'는 사물끼리 제일 먼저 치르는 통과의례다. 그 이름을 불러줄 때, 친해지고 더 가까워질 수 있다는 어찌 보면 평범하고 상투적인 얘기를 이만큼 재미있게 그릴 수가 있을까 싶다.

미안해
복수라는 네 이름 듣고
나도 모르게 눈을 흘겼지 뭐야

그 때는
샛노란 네 꽃잎도
원수를 갚기 위해 앙다문 입술처럼
밉게 보였어

미안해
정말 미안해
복수라는 네 이름
행복하게 오래 살라는 뜻인 줄
이제 알았지 뭐야.

—「미안해」 전문

이 시에도 이름 부르기에 얽힌 얘기가 있다. 앙갚음한다는 '복수'라는 말이 싫었던 시인은 이름만 듣고 눈을 흘기며 미워했던 복수초에게 반성문을 쓰고 있다. 우리는 살아가면서 서로 잘 모르면서 미워하기도 하고 또 좋아하기도 한다. 그러면서 자신도 모르게 사물과 사람을 구별하고 쉽게 차별한다. 이름만 듣고 미워했던 복수초에 대한 미안한 마음을 또 다른 사람들의 편견 앞에 펼쳐 놓은 시다. 시인의 시가 편하게 읽히는 것은 그런 여리고 착함, 따스함으로 현시되어 특별한 기교 없이도 효과를 얻고 있다.

> 아무도 살지 않는 빈터에
> 아무도 들어가지 못하게
> 눈썹 찌푸린 철조망
> 양팔 벌리고 서 있다.
>
> 꼬물꼬물
> 살금살금
> 아무도 모르게
> 초록 손 뻗어가더니
>
> 어느 날 아침
> 분홍 나팔꽃 한 송이
> 철조망 너머로 고개 내밀었다.
>
> 무서운 철조망도
> 꼼짝 못하고
> 웃고 말았다.
>
> 분홍빛으로 활짝.
>
> —「나팔꽃」 전문

봄날 아침

꽃밭에 앉아
까맣고 작은 글씨로
또박또박
편지를 썼더니

여름날 아침
잘 받았다고 보내온
해님의 답장

(중략)
빨강 봉투에 소복 담긴
해님의 마음
노랑 봉투에 갑북 담긴
해님의 사랑

—「채송화 편지」일부

못생기고 울퉁불퉁하지만
향기 하나로
온 방을 가득 채우는
모과

백 마리 꿀벌도 너끈히
불러 모으는 향기.

못생기고 뚱뚱하지만
비단결 같은 마음으로
온 동네를 훈훈하게 만드는

101호 아줌마

백 명의 사람도 너끈히
미소 짓게 만드는 향기.

—「향기」전문

　눈에 띄는 시의 대목에서 보듯 이들 시가 나타내려는 것은 당연히 꽃
이 아니다. 꽃을 보면서 철조망을 어우르는 손을 보고(나팔꽃), 해님이 다
시 채워주는 꽃 속의 씨앗을 감사하고(채송화), 백 마리의 벌을 불러 모
우는 향기를(모과) 떠올리면서 그리움과 사랑의 이미지에 이르게 한다.
갖가지 색깔이 있고, 냄새가 있고, 소리가 있으면서 맛을 헤아릴 수 있
는 시. 이것은 시인의 착한 심성에 기인하는 것일 터이다. 시가 무엇인
가, 자신을 열어 보이는 것 아닌가.

2

　박선미 시의 중심은 당연히 어머니다. 여성시인의 경우 모성이나 여
성성은 특징이자 한계일 수 있다. 그러나 어찌 피해갈 수 있겠는가? 넘
치지 않고 절제된 감성과 언어로 빚어낼 수 있는 따뜻하고 아름다운 모
성의 모티브야말로 여성시인이 누릴 수 있는 특권이 될 것이다. 시가 된
어머니의 노래를 읽어 본다.

감자 캐는 날
가진 것 다 주고
빈껍데기로 남은
어머니를 만났습니다.

삼월에
재를 묻혀 심은 씨감자
가진 것 다주고
쪼그라든 씨감자

썩은 보람으로
더 많은 감자를 거두게 만든
씨감자를 보며
만난 어머니

감자 캐는 날
줄기에 주렁주렁 매달린
주먹보다 굵은 감자를 보며

철없던 나는
어머니의 눈물
가슴에 안고
돌아왔습니다.

—「씨감자」 전문

  '어머니'라는 단어는 '눈물'이라는 뜻과 상통한다. 어머니에게서 태어
난, 어머니가 되어 본 사람은 아는 일이다. 눈물이 빠져버린 어머니는
시가 되지 못하는 설명문에 그치고 말 것이다. 가진 것 다 주고 빈 껍데
기로 남은 어머니. 그 어머니는 나, 박 시인만의 어머니가 아니다. 나에
게서 출발한 '나'는 모두의 '나'가 되었다가 다시 내게로 돌아오는 '나'
가 되는, 시인의 시에는 그런 '나'가 많이 등장한다. 박 시인 시의 특징

이기도 하다.

어두운 곳에서
환하게 불을 켜고 있는 비상구

언제나 급하면 달려갈 수 있는 비상구

우리
어머니

—「비상구」 일부

바깥에선 열리지 않아도, 안쪽에선 언제나 쉽게 열려야 하는, 초록 불 밝히고 있는 비상구를 어머니의 넓고 따스한 가슴으로 읊은 시는 일찍이 읽어 본 적이 없다. 절실하고 급박할 때, 비명처럼 터지는 어, 머, 니. 그 어머니는 우리 모두의 비상구가 되어 열릴 것이고, 우리를 품어 줄 것이다.

—숙제는 하고 보는 거야
—뒤로 나와서 봐, 눈 나빠져

엄마 계실 땐
귓등으로만 듣던 잔소리

엄마 없는 날
나는 어느새
엄마가 됩니다

—「엄마 없는 날」 일부

이 시는 엄마 없는 날, 동생에게 엄마 하는 말을 그대로 하게 되는 엄마 노릇하며 의젓해진 언니의 마음을 그려 낸다. 엄마를 그리워하는 마음은 이미 바탕에 깔려 있으므로 시가 길어질 이유가 없겠다. 이렇게 짧고 명료한 시를 이뤄내는 것도 시인의 유연성이다.

3

60편의 시를 4부로 나눠 묶은 박 시인의 시집에서 제일 많은 부분을 차지하는 것은 주변의 사물과 체험에 대한 시다. 이는 어린이와 함께 생활하고 그들을 위한 글을 쓰기 위해 애쓰는 '선생님'으로서 쉽게 접할 수 있는 소재가 될 수 있기 때문일 것이다. 그러나 생활 주변에서 끌어오는 소재는 쉽고도 어렵다. 누구나 다룰 수 있는, 그래서 자칫 식상하기 쉬운 소재여서 '보통'을 넘기가 어려운 법이다. 시인의 시를 본다. 얼마큼의 이성과 감성의 조화를 이루었는지.

어제는 정말 미안해
별 것 아닌 일로
너한테 화를 내고
심술부렸지?

조금만 기다려 줘
지금 내 마음은
공사 중이야.

툭하면 물이 새는
수도관도 고치고

얼룩덜룩 칠이 벗겨진 벽에
페인트칠도 다시 하고
모퉁이 빈터에는
예쁜 꽃나무도 심고 있거든.

공사가 끝날 때까지
조금만 참고
기다려줄래?

—「지금은 공사 중」 전문

길을 가다 '공사 중'이라는 팻말을 놓고 공사하는 것을 보았지만, 그 공사 중이 내 마음을 고치는 공사가 된다니, 웃음 끝에도 그 기발한 착상에 놀란다. 삐치고, 짜증내고 심술부렸던 거, 공사 중인 내 마음 조금만 기다려 달라는데 누가 안 된다고 할 것인가, 재미있다.

꼭꼭
닫혀진 네 마음

꼭꼭 누르면
찰카닥
열리는

비밀번호는 없니?
내게만 가르쳐 주는

—「비밀 번호」 일부

디지털 시대를 살고 있는 어린이들에게 귀가 트이는 시다. 내게만 가르쳐 주는 마음의 비밀 번호. 그 친구에게 슬며시 좋아한다는 속내를 먼저 열어 보이는 어린이의 마음을 꿰뚫어 보는 귀여운 시다.

운주사 산등성이에
부처님이 누워 있네.

천 년을 자고도 일어나기 싫은
부처님이 누워 있네.

부처님이 일어서는
그 날
새로운 세상 열린다는데

남의 땅도 제 것이라 우겨대는
이웃나라 사람들
혼 좀 내주게

부처님,
이제 그만
일어나세요.

—「일어나세요」 전문

  우리 어린이들에게 주는 나라사랑의 메시지. 박 시인은 나라사랑을 운주사 부처님을 빌려 나타내었다. 일본이 독도를 자기 땅이라고 우기는 걸 참을 수 없었던 시인은 운주사 와불이 일어나면 새 세상이 열린다는 말을 기억하며 부처님께 이젠 일어나라고 떼를 쓴다. 그만의 애정 어린 투정이다. 우리는 민족이나 국가라는 말을 크게 실감하지 못하는 시대를 살고 있는지 모른다. 그러나 '우리나라' '대한민국' 앞에서 결코 혼자일 수 없다. 국가 대항 경기를 볼 때도 그렇고, 외국에 나가 태극기를 보고 느끼는 감정은 어떤가. '일어나세요'를 외치는 그 기운으로 우리는 작은 일부터 서로 측은히 여기며 살아가야 되지 않을까.

어쩌면 좋아요

가족들이 자던 방바닥엔
호수처럼 물이 고이고
어제까지 공부하던 책이
물에 불어 쓰레기가 되고
땀 흘려 일한 논엔
노릇노릇 익어가던 벼이삭이 쓰러져 있고

어쩌면 좋아요

우리가 운동장 조회할 땐
얄밉도록 지켜 섰더니
비가 제멋대로 돌아다니며
심통 부릴 때
해님, 어디 갔다 오셨어요?

─「해님, 어디 갔다 오셨어요?」 전문

앞에 인용한 시와 닮은 투정과 안타까움이 배인 시다. 지난해 늦여름 전국을 강타한 홍수 때, 집과 농토가 물에 잠겼던 수해현장을 접하고 시인의 마음도 무겁게 젖었다. 그렇게 되도록 해님은 어디 갔다 왔길래 모르고 있었다는 것인가, 하고 절절한 마음을 나타낸다. 운동장 조회 땐 지켜 섰다가 어질병을 맞게 하더니 내리는 비는 어찌해 보지 못하는 해님. 시인의 시가 새롭게 돋보인다. 현실을 직시하면서 하고 싶은 말 다할 수 있는 것이 어디 쉬운 일인가.

돌은 돌이라고
슬퍼하지 않아

서로의 몸을 포개고
서로의 몸을 기대어
마침내
비바람에도 끄떡없는
탑을 만들지

그래서
사람들은
돌 위에 돌을 얹으며
소원을 빌지.

돌은 돌이라고
슬퍼하지 않아

서로의 몸을 포개고
서로의 몸을 기대어
마침내
비바람에도 끄떡없는
담을 만들지

그래서

사람들은

담 아래

옥수수, 울콩, 호박씨를 심고

꽃씨를 뿌리지.

—「돌의 기쁨」 전문

돌이 슬퍼하지 않는 이유는 비바람에도 끄떡없는 탑이 될 수 있는 것이고, 탑이 된 돌은 사람들이 비는 소원을 들을 수 있기 때문이라는 돌의 기쁨은 이야기 동시로 남아 독자에게 그대로 전달될 수 있으리라 본다. 시가 읽히지 않고 산문에 밀린다고 해도 많은 시인들은 좋은 시를 쓰고자 노력한다.

좋은 시의 중심은 어느 특정한 사람의 이론에 얼기설기 맞추기보다, '나'에게 있다. 그 '나'는 시를 읽고 느끼는 나와 같은 다수의 사람들이다.

4

부산에서 한국아동문학인협회의 세미나가 열렸을 때, 부산 시인 박선미를 얼핏 만나 본 적이 있었다. 어깨 스치는 듯한 조우였다. 그 뒤 어느 문학상 심사를 맡았을 때, 최종심에 올라온 세 사람의 작품에서 박 시인의 시를 만났다. 안타깝게도 당선작에 뽑히진 못했지만 나중에 세 사람 중 한 사람이 박 시인이란 것을 알게 되었다. 몇 번의 신춘문예와 지원금 신청 응모 때도 늘 최종에 올라 겨루다가 마지막에 빛을 보지 못했다는 박 시인. 2007년 부산일보 신춘문예에 박 시인의 시가 뽑히고 그가 말한 수상 수감은 담담하기까지 하다.

"7전 8기도 모자라 8전 9기 끝에 긴 술래의 자리를 벗어나……."

"길을 가면서도 시의 글감을 찾기 위해 두리번거리는 오래된 습관, 아이들 속으로 들어가기 위해 무릎을 낮춘 걸음들" 이런 소감을 읽었다면 시인의 첫 시집 '뒷글'은 누구라도 기꺼이 응하게 되었을 것이다.

시를 쓰는 가장 기본의 자세를 '자아발견'이라고 한다면 등단 이래 8년 동안 부단한 노력으로 시를 쓰는 그는 자신이 가야 할 방향을 알아가고 있으리라 믿어진다.

이 글은 편의상 시집의 시를 임의대로 ①자연과의 교류 ②모성의 시 ③사물과의 체험으로 나누어 보았다.

박 시인의 시를 읽어 본 독자는 동심을 헤아릴 줄 아는, 그만큼의 상상력을 겸비한 시인의 첫 시집 상재를 함께 축하해 줄 것이다. 기실 나의 글은 사족일지도 모른다. 이미 시의 씨앗을 뿌린 시인은 앞으로 쉬임 없이 가꾸고 그런 다음 알곡을 거두는 일만 남았다. 나의 글은 오로지 축하의 글이고, 이 시집의 제일 아래에 놓이기를 바란다.

(『지금은 공사중』 해설, 21문학과 문화, 2007)

정두리 ● 1984년 동아일보 신춘문예 동시 당선. 동시집 『내일은 맑음』 『소행성에 이름 붙이기』 『하얀 거짓말』 『진짜 이름 오지은』 외. 방정환문학상, 가톨릭문학상, 윤동주문학상, 녹색문학상, 풀꽃동시상 등 수상.

공사 중인 '예쁜' 세상과 착상의 상승작용

박일

　보편적인 개념에 의존하는 인상비평의 글이긴 하지만, 동시집을 읽으면 그런 글이라도 쓰고 싶은 책이 있다. 박선미의 동시집『지금은 공사 중』(21문학과 문화, 2007)도 마찬가지다.

　8전 9기. 권투선수에게 있을 법한 말이지만, 마침내 2007년도 부산일보 신춘문예의 관문을 통과하면서 답답하고 긴 터널(아마추어 아니면 지역 문학가라는 의식)에서 벗어났다. 그동안 그의 동시가 사랑을 받지 않은 것은 아니었지만, 문학가로서의 존재 정립을 분명히 하기 위하여 떳떳이 재도약하고 싶었나 보다. 당선의 영광은 첫 동시집에서도 빛나고 있었다.

　제목도 당당했다. 무엇을 공사하고 싶은지『지금은 공사 중』이다. 과연 그가 공사하고 싶은 세계는 무엇일까? 그가 추구하고 싶은 '예쁜' 세상에 대한 규명과 상승작용을 일으키는 기발한 착상, 그리고 그의 동시에서 보이는 교훈성 등을 중심으로 그의 동시의 한 특성이라도 규명해 보고자 한다.

　그의 동시를 읽으면 정직하고 따스하다는 느낌이 먼저 든다. 그것은 그의 인생관이 건강하기 때문이겠지만, 주제를 그곳에 초점을 두고 착상하기 때문이 아닐까 싶다. 요즘 동시들이 신선감을 주기 위하여 기교나 재치에 빠져 잘된(?) 동시인 것처럼 자처하는 이들에게는 시사하는 바가 크다.

1. 공사 중과 '예쁜' 세상

'예쁜'이란 수식어가 눈에 자주 띈다. 9편의 동시(15%)에서 나타난다.

모퉁이 빈터에도/예쁜 꽃나무도 심고 있거든

—「지금은 공사 중」 일부

예쁜 생각 고운 말/놀러와서/딩동딩동/누를 수 있게

—「마음 그리기」 일부

또박또박/예쁜 글씨/네 이름 적힌 공책 보았지.
내가 건넨 한 마디에/예쁜 보조개 살짝 보여주었지.

—「징검다리」 일부

예쁜 생각 들어갈 자리/비워 놔야지

—「물구나무 서기」 일부

연둣빛 예쁜 손/보았기 때문이지요.

—「새 봄」 일부

더 예쁜 마음으로/피어납니다

—「지우개」 일부

등의 동시에서 만날 수 있다. 평소 '예쁜'이란 단어에 애착을 가지고 있는지 알 수 없지만, 작품을 통하여 전달하고 싶거나, 구현하고 싶은 세계를 '예쁜'으로 집결시켜도 별 무리가 아닐 것 같았다.

대체적으로 '예쁜'은 두 가지 성향을 보이고 있다. 하나는 '예쁜 꽃나무', '예쁜 글씨' 그리고 '예쁜 보조개' 등에서 보듯이 단순히 예쁜 모습 그대로이고. 다른 하나는 '예쁜 마음', '예쁜 생각'에서 보듯이 '예쁜'이 갖고 있는 추상적 개념이다. 이 개념에서 그의 '예쁜' 세계는 어떤 것일까? 아직은 공사 중일지 모르지만, 그의 '예쁜' 세계의 일부분이라도 규명해보자.

어제는 정말 미안해
별 것 아닌 일로
너한테 화를 내고
심술부렸지?

조금만 기다려 줘
지금 내 마음은
공사 중이야.

—「지금은 공사 중」 앞부분

화를 내고 심술부린 것이 마음에 걸린다. 그래서 수도관 공사를 하듯이 내 마음도 공사하고 싶다. 화자는 공사가 끝날 때까지 참아달라고 한다. 그때는 공사 후의 잘 단장한 모습처럼 예쁜 내 마음을 보여줄 수 있으니까.

누군가
마음을 그려보라면

동그랗게 그릴 거예요.

온 누리에 골고루 사랑을 나눠주는
해님 닮은
동그란 마음

―「마음 그리기」 앞부분

'예쁜'의 정체는 동그란 마음이다. 온누리에 사랑을 나눠주는 해님 닮은 모습이 그 마음이다. 그리고 후반부에 나타난 바다 닮은 파아란 마음도 '예쁜' 세상이다. 그런데 그런 마음은 형태가 모호하기 때문에 초인종 하나 그려 붙인다. 집에 찾아와 초인종을 누르는 친구의 모습으로 표현하고 있다.

밝은 웃음 가진 사람
따뜻한 손 가진 사람
찾을 수 있어.

내가 가진 행복
아무도 모르게 나누어 주는
그 사람 눈에만 보이는
보물 쪽지

보이지?
마음의 숲 바스락거리는 낙엽 속
행복 한 줌.

―「보물 찾기」 뒷부분

보물찾기 체험을 바탕으로 서술한 동시다. 보물은 누구에게나 보이는 것이 아니다. 밝은 웃음, 따뜻한 손을 가진 사람만이 찾을 수 있는 거란 다. 보물 쪽지는 그런 사람 눈에만 보여야 한다. 보물 쪽지가 기쁨이고 행복이니까. 그러니까 밝고 따스함이 넘치는 세상을 염원하는 것도 그의 '예쁜' 세상의 하나다.

이 세상엔
착하다는 말도 있는 걸
이 세상엔
바르다는 말도 있는 걸

더 귀한 말이
무엇인지 알았을 때
내 마음의 키는
한 뼘 더 자라고

내 기쁨은
두 배가 되지.

―「기쁨 두 배」 뒷부분

칭찬은 고래도 춤추게 한다. 칭찬하는 세상도 그가 바라는 것이다. 특히, 귀한 말이란 착하고 바른 말이다. 그런 말을 사용할 때 마음의 키도 자라고, 기쁨도 두 배로 넘친다는 것이다.

삼일 뒤에 어버이날 돌아오는 건
까마득히 잊어버린
한심한 나를 어쩌지?

마음이 콕콕 찔려

마음이 콕콕 찔려.

—「마음이 콕콕 찔려」 뒷부분

그의 '예쁜' 세상이 싫어하는 것은 무질서와 약속을 지키지 않는 것이다. 그래서 질서와 규칙을 중시하게 한다. 그것도 지배적 인상을 심어주기 위하여 마음이 콕콕 찔리게 하고 있다.

이외에도 그가 추구하고 싶은 '예쁜' 세상은 그의 동시 전편에 깔려 있다. 서론에서도 밝혔지만 그의 착상 동기가 거의 '예쁜' 세상과 맥을 하고 있기 때문일 것이다.

2. 기발한 착상과 상승작용

선생님은

날마다

뜨개질을 하신다.

보물찾기 예쁜 쪽지

야영 때 본 별자리를 엮어서

색깔 고운 무늬를 넣고

운동회 때 힘찬 함성

학예제 때 멋진 합창으로

빛깔 고운 무늬를 넣으신다.

어쩌다 잘못 뜬 코는
풀었다가 다시 짜고
또 다시 짜서
새 학년 소중한 밑거름되라고

선생님은
일 년 내내
뜨개질을 하신다.

―「뜨개질」 전문

　선생님도 뜨개질을 하실까? 학교에서 일어나는 모든 교육 활동이 선생님의 뜨개질이란다. 소풍, 야영, 운동회 그리고 학예제까지 모두 뜨개질에 사용할 털실이다. 그 실들은 색깔이나 빛깔 고운 무늬가 된다. 선생님은 잘못 뜨면 다시 짜기도 하면서 일 년 내내 뜨개질을 하신단다. 어쩌면 우리 아이들의 소중한 꿈을 뜨개질해 주기 위하여. 동시도 비유가 참신하고 착상이 기발하니까 의미의 상승작용이 강해진다.

바깥에선 열리지 않아도
안쪽에선 언제나
쉽게 열려야 한다지
즉시
알 수 있어야 한다지

어두운 곳에서
환하게 불을 켜고 있는 비상구

아무리 큰 잘못을 저질렀어도

너그럽게 용서해주지
아무리 투정부려도
따스하게 안아주지
얼굴빛만 보아도
무슨 일이 있나 금방 알아차리지

언제나 급하면
달려갈 수 있는 비상구

우리
어머니

—「비상구」 전문

　어두운 곳에서도 불을 켜고 있는 비상구! 예사롭게 보아 넘기면 그냥 비상구일 뿐이다. 그러나 그의 착상의 그물에 걸리면 엄청난 변화를 가져온다. 그게 형상화란 거다. 형상화란 어찌 보면 불합리이지만 그 속에서 예리한 변용을 가져와야 한다. 가령 비상구를 우리 어머니로 만들어버리는 상상력이니까. 형상화를 위한 고민이 시편마다 보석처럼 반짝이고 있다.

돌은 돌이라고
슬퍼하지 않아

서로의 몸을 포개고
서로의 몸을 기대어
마침내
비바람에도 끄덕없는

탑을 만들지
그래서
사람들은
돌 위에 돌을 얹으며
소원을 빌지.

—「돌의 기쁨」 앞부분

돌멩이도 발밑에 놓여 있을 때는 하찮은 것이다. 그러나 그것이 탑이
되면 돌의 이미지가 완전히 달라지고 만다. 서로의 몸을 포개고 기대어
탑이 되면서 성스러운 기도의 대상이 되고 만다. 그의 동시도 마찬가지
다. 하찮은 대상이라도 그는 탑을 만들 줄 안다. 『지금도 공사 중』에서는
이런 수법을 만나면서 읽는 것도 즐거워지게 된다.

보통 비유는 원관념과 보조관념 사이의 거리가 없거나 거의 붙어 있
다. 그러나 그의 동시에서는 상당히 거리를 두고 있다. 그것은 동시를
읽으면서 의미의 상승작용을 꾀하려는 의도라고 볼 수 있겠다.

3. 교사의 목소리와 교훈성

동시의 교훈성은 목적일 수 있다. 그러나 너무 드러나면 교훈성이 오
히려 문학성을 짓밟을 수 있다는 것을 염두에 두어야 한다.

정말 이상하지?
입 속에 숨겨둔 껌 하나
언제 보았을까
—여기 뱉어.
눈앞에 펼쳐진 넓적한 손바닥

정말 이상하지?
칠판에 글씨 쓰시면서
언제 보셨을까
—준호, 필기 안 하고 뭐하는 거야.
귀신같이 아신다.

—「선생님처럼」 앞부분

선생님은 귀신이다. 수업하면서도 다 본다. 입 속의 껌 하나, 필기 안 하고 딴전 피우는 행동까지 다 본다. 그러나 이 동시의 후반부에는 선생님 행동이 얼마나 중요한가를 가르치고 있다. 아이들은 선생님의 모습을 닮아가기 때문에. 그래서 "뒤통수에는 눈이 달릴까/선생님처럼 어른이 되면/감춰둔 거짓말 단번에 알 수 있을까//선생님처럼"이라고 표현하고 있다. 교사이기 때문에 아이에 대한 생각이 남다르다. 어쩌면 지나친 걱정이 아닐까 할 만큼.

반짝이는 마음이
새 일기장과 악수를 나누면

마음의 깊은 곳에서
—더 열심히 공부해야지.
—더 의젓해져야지.

연초록 새싹처럼 솟아오르는
새 학년
새 다짐

—「새 학년」 뒷부분

엄마나 선생님은 우리 아이들이 열심히 공부하고 의젓하게 자랐으면 좋겠다는 욕심을 가지고 있을 게다. 모두 가르치는 입장이니까. 특히, 교사들은 삶의 환경이나 공간이 학교이고 교실이며, 대상이 아이들이니까 동시의 소재들도 자연적으로 그쪽으로 쏠리게 된다. 또한, 그런 마음으로 쓴 동시들은 교훈성을 상당히 드러나게 된다. 이것은 동시의 강점이기도 하겠지만 어쩌면 약점일 수 있다.

　　내가 암만 개구쟁이래두
　　한 가지쯤 잘하는 게 있지.
　　줄넘기 못하는 짝꿍에게
　　이단뛰기하는 법 가르쳐 준 적도 있는 걸.

　　─아유, 너 때문에 내가 못살아.
　　─도대체 누굴 닮아 잘하는 게 없니?
　　이럴 때
　　영수증 있다면 척 내밀고 싶다.

　　날마다 졸졸 따라다니는
　　우리 엄마 잔소리
　　쏙 들어가 버리게.

　　　　　　　　　　　　　　　　　　　　　　　─「착한 일 영수증」 앞부분

　귀찮은 엄마의 잔소리이지만, 이것은 선생님의 마음과 다를 바 없다. 다만 선생님은 엄마의 잔소리 차원을 넘어서서 장점을 보여주고 싶다는 것이다. 그러나 아이들이 이 '착한 일 영수증'이 자신의 단점을 고치려는 데 도움이 된다라고 생각할까, 아니면 엄마의 잔소리쯤이라고 치부해버릴까? 동시는 한 편을 발표할 때와 동시집으로 묶을 때의 상황은 달라진다. 교훈성도 반복되면 식상할 수 있다는 것을 염두에 두어야 한다.

주마가편이라고 하기에 채찍 하나를 더한다. 이것도 교훈성과 상당히 관계가 있지만, 은연중에 교훈성을 주입시키고 싶은 마음 때문에 빚어지는 현상이 아닌가 싶다. 지나친 수식어가 많이 보인다는 점이다. 절제와 암시를 주로 해야 하는 동시에서 이것은 아킬레스 건과 같은 것이었다.

또한 동시의 범위를 한정하고 있는 경우도 보였다. '지하로 가는 계단 옆/헌 옷 수거함'(「헌 옷 수거함」) 등과 같이 제한적 표현이 동시의 상상력까지도 제약하지 않을까 노파심이 생기는 것이었다.

세 가지 측면에서 박선미 첫 동시집『지금은 공사 중』에 대한 일면을 고찰해 보았다. 그의 동시 세계는 "예쁜'이라는 말에 귀결시킬 수 있었다. 어쩌면 그것이 그가 공사하고 싶은 세상인 것이다. 부도덕과 무질서가 점점 무서운 세상을 만들고 현실을 걱정하고 염려해서가 아닐까. 그래서 '예쁜'에 집결시키면서 세상도 예쁘게 공사하고 싶은 것이다.

또한 착상이 기발하여 그것이 의미 상승을 일으키게 하는 좋은 요소로 작용하고 있다는 점이다. 이것은 그가 얼마나 치열한 시 정신으로 시 작업을 하고 있는가를 여실히 보여주고 있는 것이다. 그러나 그는 교사였다. 다수의 작품에서 교사의 훈계 같은 소리들이 묻어 있었으니까. 물론 동시가 교훈성을 바탕으로 해야 하지만, 그것이 지나치면 식상할 수 있기 때문이다.

박선미의 첫 동시집『지금은 공사 중』이 독자들에게 많은 사랑을 받고, 이를 바탕으로 더한층 성숙한 동시인이 되리라 믿는다.

박일 ● 1979년《아동문예》동시 추천. 동시집『내 일기장 속에는』『할아버지 어린 날』, 평론집『동심의 풍경』『최계락과 조유로의 동시 읽기』외. 계몽아동문학상, 한국아동문학상, 이주홍 아동문학상 등 수상.

지금 한창 공사 중인 동시집

노원호

시를 읽으면 마음이 편안하고 맑은 생각을 가지게 됩니다. 잠깐 비뚤어진 생각을 했다가도 이내 바른 생각을 가지게 하는 것이 시입니다. 이것이 시의 힘이고 매력입니다. 시 한 줄을 읽으면서 싸웠던 친구한테 미안한 생각을 가지기도 하고, 시 한 편을 읽으면서 온 우주를 생각할 때도 있습니다. 그런가 하면 때로는 무릎을 탁 치면서 '그래, 바로 이거구나!' 하고 감탄을 자아내기도 하고, 때로는 시의 장면을 떠올리면서 곰곰이 생각에 잠길 때도 있습니다. 이처럼 시의 세상에 들어가 보면, 우리가 미처 생각하지 못했던 상상의 세계를 마음껏 돌아다닐 수 있습니다.

이런 상상의 날개를 활짝 펼칠 수 있는 동시집이 있습니다. 바로 박선미 시인의 『지금은 공사 중』이라는 동시집입니다. 제목부터가 재미있습니다. 무슨 동시집의 제목이 '공사 중'이니 하고 의아하게 생각할지 모르지만, 읽어 보면 그 이유를 금방 알아차릴 수 있습니다.

어제는 정말 미안해
별 것 아닌 일로
너한테 화를 내고

심술부렸지?

조금만 기다려 줘
지금 내 마음은
공사 중이야.

툭하면 물이 새는
수도관도 고치고
얼룩덜룩 칠이 벗겨진 벽에
페인트칠도 다시 하고
모퉁이 빈터에는
예쁜 꽃나무도 심고 있거든.

공사가 끝날 때까지
조금만 참고
기다려 줄래?

         —「지금은 공사 중」전문

 친구한테 화내고 심술부렸던 일이 시간이 지나면서 후회되고 반성하고 있다는 내용이 잘 나타나 있습니다. 반성만 하는 것이 아니라, 언젠가는 사과를 할 터이니 조금만 기다려 달라는 마음의 준비까지 담고 있는 내용입니다. 그러나 직접 사과하겠다는 표현을 쓰지 않고 '공사 중'이라는 말로 대신하고 있습니다. 얼마나 멋진 생각입니까? 이것이 시의 맛이고 상상력입니다. 이외에도 상상력이 번뜩이는 시들이 많습니다. 「물구나무서기」, 「보물찾기」, 「비상구」, 「콕콕 마음이 찔려」, 「영수증」 등이 바로 그런 작품입니다.
 이외에도 따뜻한 마음을 담은 작품도 있습니다. 「두고 온 마음」, 「마음 그리기」, 「해님의 손」 등이 바로 그런 작품입니다.

나만 보면
심술부리던 네가
전학가며 주고 간
지우개 하나

피이
요깟 지우개 하나
그랬었는데
그랬었는데

이젠 알 것 같아
그것이
두고 간 네 마음이란 걸.

너를 잘못 안 내 마음
하얗게 하얗게
지우라는 걸.

―「두고 간 마음」 전문

　지우개 한 개를 통해 전학 간 친구를 생각하게 하는 작품입니다. 그깟 지우개 한 개가 별것 아닌데도 자기가 잘못한 일까지 뉘우치게 하고 있습니다. 친구가 떠나고 난 뒤에야 잘못을 인정하고, 다시는 그러지 않기를 마음속으로 다짐하고 있습니다. 이렇게 시 한 편이 우리의 마음을 맑고 따듯하게 만들어 주고 있습니다.
　이와 같이 이 동시집에는 사람들의 마음을 따뜻이 데워주는 시들로 가득 차 있습니다. 여러분도 한 번 읽어 보세요. 시 한 편 한 편에 담겨 있는 내용을 떠올리다 보면 자기도 모르게 상상의 날개를 활짝 펼칠 수 있을 것입니다.

(《어린이문예》 2007년 7 · 8월호)

노원호 ● 1974년 매일신문 신춘문예, 1975년 조선일보 신춘문예 동시 당선. 동시집 『바다를 담은 일기장』『e메일이 콩닥콩닥』『꼬무락 꼬무락』『공룡이 되고 싶은 날』 외. 대한민국문학상, 소천아동문학상, 방정환문학상, 이주홍아동문학상 등 수상.

솔직함과 부끄러움으로 둘러본 우리들의 모습

김종헌

"니가 이러니까 60점 밖에 못 받지."
머리에 뿔이 난 엄마
가방을 획 던져버렸다.

—「60점짜리」 부분

엄마가 무척 화가 났나 봐요. 여러분도 이런 말을 많이 들어 봤는지요? 이 동시집에 실린 동시 「60점짜리」 일부분입니다. 인간이 살면서 성적이 중요한 것은 아닌데 지금 우리 사회는 이 성적이 평생을 좌우하고 있다고 해도 지나친 말이 아닐 것입니다. 사실은 성적보다는 "넘어진 동생"을 도와주고 또 친구들과 색종이를 나눠가지는 것이 더 중요합니다. 그래서 박선미 선생님은 짧은 동시로 이런 잘못된 우리들의 모습을 지적하고 있습니다. 한편으로 엄마는 "친구에게 따돌려 슬플 때/터덜터덜 찾아가는 편의점"(「우리 엄마」) 같이 나를 충족시켜주며 달래주는 존재이기도 합니다. 이러한 엄마와 나를 둘러싼 일상을 이 동시집은 잘 그려내고 있습니다.

이 동시집에는 엄마의 또 다른 이미지도 있습니다. 틀려도 고치면 되니까 괜찮다며 용기를 북돋아주는 엄마의 모습을 "제몸이 깎여도/실수를 허락하는/향기나는 연필"(「연필」)에 비유하여 희생적으로 우리를 돌보는 엄마의 모습을 그려 놓고 있습니다. 그런가 하면 엄마는 우리 집을 밝혀주는 "진짜 스위치" 역할을 합니다. 집안에 전기불이 켜지고 보일러가 돌아가도 밝지도 않고 또 따뜻하지도 않더니 엄마가 들어오면 "거짓말처럼 살아나는/우리 집/밝고 따뜻해지는/우리 집"(「진짜 스위치」)을 만드는 것은 바로 엄마입니다. 어때요? 동시 읽는 재미도 동화만큼이나 솔솔 하지요?

불법주차는 나쁜 행동이지요? 그런데 여러분, 여러분 학교 앞 도로를 한번 살펴보세요. 즐비하게 늘어서서 자기 자식을 기다리는 '자기만 생각'하는 자동차들이 합법적으로 주차를 하고 있는지 아니면 자기 편리한 대로 아무렇게나 차를 세워두고 있는지. 이러한 아저씨 아줌마들의 불법주차는 교장선생님도 겁내질 않지요. 아니 겁을 낸다는 표현보다는 부끄러움을 모른다는 표현이 맞겠지요. 그런데 이런 행동이 잘못된 것인 줄 알면서 여러분들도 따라하고 있지는 않나요? 아니라고요? 그럼 다음 동시를 한번 읽어 보세요.

　—금방 끝낼 건데 괜찮겠지?
　—잠시만 하고 그만두는데 뭐.

나만 생각하고
학교 앞 오락실에
불법주차한 내 엉덩이
엄마가 끌고 갑니다.

　　　　　　　　　　　　　　　　　　　—「불법주차」 부분

이 말을 어디서 많이 들어 본 것 같지 않나요? 그렇지요. 엄마가 불법주차 할 때 흔히 하는 말이지요. 그런데 여러분의 엉덩이가 오락실 앞에 불법주차하여 오랜 시간 머물러 있다면 어떨까요? 그것은 분명 잘못된 일이지요. 그래서 자동차가 끌려가듯이 여러분들도 끌려가게 됩니다. 그 다음은 여러분이 상상해 보세요.

이 동시집은 어른들의 일상을 어린이들의 일상으로 대비시켜서 우리 사회의 잘못된 모습을 일러주고 있습니다. 그래서 흥미가 있으면서도 그 시적 의미를 되새기게 됩니다.

한편 친구와의 갈등도 실감나게 표현되어 있습니다. "집으로 가다가/ 친구에게 톡 쏜 화살"이 다음날 "내 마음에 도로 날아와/푹/꽂힌다."는 표현은 친구와 다투고 난 이후의 서먹서먹한 분위기를 잘 나타내고 있습니다.

이처럼 이 동시집은 엄마와 어린이 여러분 사이에 일어나는 습관적인 행동이나 또 잘못된 행동 등을 지적하고 있습니다. 그런데 그것이 기분 나쁘지 않고 되레 공감이 가는 이유는 바로 비유적으로 돌려 말하고 또 리듬을 넣어 동시로 썼기 때문입니다. 그리고 무엇보다 중요한 것은 나만 생각하는 것이 아니라 나와 이웃, 또 사회를 솔직한 감정(화, 연민, 사랑 등)으로 바라보기 때문입니다. 그것은 희망된 사회, 바람직한 사회에서 함께 살고 싶은 박선미 시인의 꿈이기도 합니다.

《어린이문예》 2010년 가을호)

김종헌 ● 2000년 《아동문학평론》 동시 부문 신인상 당선. 동시집 『뚝심』, 평론집 『포스트휴먼 시대 아동문학의 윤리』, 『동심의 표정 동시의 미학』, 『우리 아동문학의 탐색』 외. 이재철아동 문학평론상, 한국아동문학상 수상.

시인의 최대 덕목인
깨끗하고 따뜻한 시선을 지닌 시인에게

정두리

먼저 '선배가 후배를 따뜻하게 이끄는 글'을 써 달라는 편집자에게서 온 전화청탁을 공개합니다. 그 전화를 받고 이러저러한 형편이 있었지만, 부러지게 거절을 못한 까닭은 병원에서 갓 퇴원한, 원고마감 날짜가 촉박한 이 글 때문에 '회복기의 편집자'를 힘들게 하지 말아야겠다는 나름의 배려 때문이었지요. 그래놓고 한나절 마음을 잡지 못하였어요.

'따뜻한 글'이 이렇게 많은 이가 보는 잡지에 공개되어야 하는 것인지, 나는 '소수정예' 취향이므로 향그러운 찻잔을 앞에 놓고, 두 눈을 마주 보면서 나누는 '따뜻한 말'이 더 좋을 거라는 속가량으로 짐짓 딴 마음도 먹어 보았답니다. 지금사 고백이지만.

제가 따뜻한 마음을 전해야 하는 후배는 박선미 시인입니다. 박 시인은 좋아하는 후배시인 중의 한 사람이지요. 그래서 옴나위없이 이 자리는 '내가 마련해야 하는 일'로 정하고 말았습니다. 그러고 보니까 그동안 박 시인과는 서두름 없이 차 한 잔 나눈 적이 없다는 생각이 문득 드네요.

시인은 부산에 있고, 나는 용인골에 살고 있는 것이 큰 이유가 될까요?

시인을 가까이 하는 방법 중에 제일은 그가 쓴 시를 아껴 읽는 것이지요. 지금 박 시인을 만나기 위해 그의 글방을 기웃거려 봅니다.

시골 계신
할머니가
꽁꽁 묶어서 보내온 택배상자

풀기도 전에
참기름 냄새 먼저 나와
"너거들 잘 있었나?"
솔솔 안부를 묻고

곱게 빻은 고춧가루
잘 말린 무말랭이
봉지 봉지
앉은뱅이 걸음으로 나와
"요건, 고추장 담아 묵고,
 요건 밑반찬하고"
집안 가득 할머니 목소리
풀어 놓는다

경상남도 하동군 화개면 용강리
김복남
우리 할머니
택배로 오셨다

—「택배」 전문

어떤가요? 김복남 할머니는 우리 모두의 할머니, 어머니입니다. 시인은 이렇게 순정한 마음을 시로 풀어냅니다. 2년 전에 발간한 그의 시집 『지금은 공사 중』에 제가 쓴 해설을 짧게 옮겨 봅니다.

> 박선미 시의 중심은 당연히 어머니다. 여성 시인의 경우 모성이나 여성성은 특징이자 한계일 수 있다. 그러나 어찌 피해갈 수 있겠는가? 넘치지 않고 절제된 감성과 언어로 빚어낼 수 있는 따뜻하고 아름다운 모성의 모티브야 말로 여성시인이 누릴 수 있는 특권이 될 것이다. (……)
> '어머니'라는 단어는 '눈물'이라는 뜻과 상통한다. 어머니에게서 태어난, 어머니가 되어 본 사람은 아는 일이다.

이 글은 박 시인의 시에서는 유효기간이 없습니다. 그건 시인의 변함없는 진정성과 시에 대해 겸허한 태도 때문이지요.

> 감자 캐는 날
> 가진 것 다 주고
> 빈껍데기로 남은
> 어머니를 만났습니다
> (중략)
>
> 썩은 보람으로
> 더 많은 감자를 거두게 만든
> 씨감자를 보며
> 만난 어머니
>
> —「씨감자」 일부

나는 진정 '씨감자'의 엄마였나! 돌아보게 되는 시를 만나 잠시 멈칫거리게 됩니다. 그것에 대한 답은 내 자식들을 살피는 것으로 대신할 수밖에 없습니다. 내 아이가 지금 얼마나 행복한가, 아이에게 이 엄마는 어떤 사람인가? 그러나 분명한 것은 저의 어머니에 대면 '어미 노릇'은 아직도 멀었다는 것입니다. 그것이 박 시인의 시로 인하여 인식되었다는 것이지요. 그리고 반성과 부끄러움을 가슴으로 받습니다.

이 글이 조금 더 따뜻해지기 위해 개인적인 얘기를 보태고 싶습니다.
5학년 때, 저의 담임선생님은 재주가 많은 분이셨어요. 문학청년이었고 그 기운을 우리에게 모두 쏟으셨지요. 제가 지은 어설픈 시에 곡을 붙여서 노래하게 하셨고요. 글짓기대회마다 우리를 이끌고 다니길 좋아하셨어요. 대회에 나가 상을 타게 되면 중국집에 데리고 가서 '짜장면'을 사 주셨지요. 그럴 때마다 우쭐해졌지만 뻐기면 안 될 것 같아 짐짓 심드렁한 얼굴로 있기도 했어요.
"임마, 좋으면서! 이럴 때는 마아 기분 좋게 웃어야 하는 기다."
선생님은 어찌 그리도 제 속마음을 꿰뚫어 보셨을까요? 그 분을 보면서 '나도 이런 선생님이 되리'라고 마음먹었지만 불발로 끝난 일이 되었네요.

정말 이상하지?
입 속에 숨겨둔 껌 하나
언제 보셨을까
—여기 뱉어
눈앞에 펼쳐진 넓적한 손바닥
(중략)

선생님만큼 키가 크면
뒤통수에 눈이 달릴까
선생님처럼 어른이 되면

감춰둔 거짓말 단번에 알 수 있을까

─「선생님처럼」 일부

　박 시인은 선생님입니다. 그 '선생님처럼'요.
　여느 사람보다 많은 몫을 해내어야 하는 시인은 그래서 늘 바쁩니다. 힘들고 지칠 때도 많을 것입니다.
　그러면서도 시에 대해 소홀히 할 수 없어 시를 그림자로 데리고 다닙니다.
　과학적으론 틀린 말이겠지만 '빛보다 더 환한 그림자'라는 말로 시에 대한 애정을 숨겨 놓았습니다. 이제 앞으로 환한 그림자는 어떤 형태의 빛을 데리고 나타날까요? 궁금해집니다.

　지금 이 글을 쓰다가 창밖을 보니 정자나무 주변이 옅은 회색으로 가라앉고 있는 게 보입니다. 저녁이 된 것이지요. 고샅길을 지나는 자전거 소리, 저 길은 햇볕이 환한 시간엔 신지식 선생님의 '하얀 길'을 연상케 하지요. 어느 집에서 소각로에 불을 지폈는지 매운 냄새가 이곳까지 닿습니다. 가만 생각해보니까 내가 박 시인에 대해 알고 있는 부분이 이 글을 쓰기엔 턱없이 부족하다는 것을 알게 되었습니다. 그래서 잠시 아득한 기분이 듭니다.
　'무슨 노래를 좋아하는지' 혹은 '잘 먹는 음식은, 어떤 색을 좋아하는지' 아니면 '좋아하는 꽃은' 뭐 이런 자잘한 것에서부터 '가슴속으로 부는 서늘한 바람' 같은 거에 대해서도 서로 얘기를 나누지 못했지만, 이제는 그러고 싶다는 생각이 드는 거 있지요? 하지만 사람을 알아간다는 것이 무에 그리 긴 시간이 걸리는 일이던가요? '글이 곧 사람'인 시(詩)가 있고, 달변은 아니지만 천천히 분명한 말솜씨에 실려 전해오는 목소리만으로 성품을 헤아리는 일쯤은 어려운 일이 아니지요. 그렇지만 정작 박 시인의 '프라이빗'한 얘기는 이 자리가 적당치 않음을 느낍니다.

그 빼야 하는 내용 때문에 이 글이 덜 따뜻해진다고 해도 말입니다.

박 시인을 아는 이는 알고 있을 것입니다. 얼마나 치열하게, 그러면서 엄격한 아름다움을 보이며 그 자신의 길을 걸어가고 있는 박선미 시인을. 더 자세한 얘기는 기회가 닿으면 말할 수 있으리라 믿고 미루겠습니다.

사는 곳에 따라
키가 달라진다는 코이

예쁜 어항에 살 때는 8cm
작은 연못에 살 때는 24cm
넓은 강에 살 때는 1m 24cm

참 신기한
물고기
코이

넓은 아파트 살 때보다
연립주택 반 지하에 살면서
사모님으로 불릴 때보다
도우미 아줌마로 불리면서

더 씩씩해진
우리 엄마

사는 곳에 따라
키가 달라지는

또 하나의 코이

—「코이」 전문

이 시의 '코이'가 예사롭지 않습니다. 흔히 시 속의 화자를 시인으로 여기거나, 시의 내용에 살을 붙여 수필로 읽게 되는 경우, 모두 독자의 힘이기는 하지요. "사는 곳에 따라/키가 달라지는/또 하나의 코이" 그 코이는 어림짐작이나 가늠으로가 아닌 진정 박 시인의 모습으로 떠오릅니다.

이제 글을 마무리하면서 박 시인에게 하고 싶은 말이 있습니다.

어쩜, 이 말은 전혀 새롭지 않은 구태한 얘기일 것이 분명합니다.

그럼에도 불구하고 이 말은 오래도록 세습되어질 말이기도 하지요.

박 시인, 시를 읽는 독자들의 눈길을 한목에 끌어당기려는 그런 시를 탐하는 시인이 아니기를 바랍니다. 특출난 소재를 들고 나와서 튀려고 하는 시인이 아니기를요. '만드는 시'의 허망함에 대해서도 깨닫는 시인이었으면 합니다.

그래요, 지금까지 해온 것처럼 하면 되겠습니다. 그러다 어느 날, '내가 쓰고 있는 시가 무엇인가?!' 고민하는 시인이어야 합니다.

'하고 싶지만 할 수 없는 것, 할 수는 있지만 하고 싶지 않은 것.' 이 두 가지로 인생은 성립된다고 했어요. 시를 쓰는 일이 할 수도 있고, 하고 싶은 일이 되는 그런 나날이었으면 좋겠습니다. 이건 박 시인이나 저나 똑같이 소망하는 일이었으면 합니다. 시인의 최대 덕목인 깨끗하고 따뜻한 시선을 가진 박 시인! 늘 그 마음을 벼리는 시인이 되어 주세요.

이번에 기쁜 일이 있었지요? '수석교사'가 된 것, 축하합니다.

너무 열없어하지 말아요. 좋은 일 있음 슬쩍슬쩍 소문내세요.

그리고 함께 웃어요. 그 웃음이 안에 얹힌 시름의 돌 하나 툭 굴러가게요.

새싹회 주최 글짓기대회에서 엄마를 닮아 뛰어난 글솜씨를 보였던 막내딸도 이젠 키 큰 중학생이 되었겠네요.

박 시인, 머리 스타일 한 번 바꿔 보면 어때요? 머리 스타일이 짧아져도 경쾌해 보이고 어울릴 텐데요.

자신의 시가 어린이들에게 작은 디딤돌이 되고, 어른들에게는 지친 마음을 내려놓는 의자가 되기를 꿈꾸었지요?

그 꿈이 빠르거나 더디 이루어져도, 시와 함께 하는 길은 변함없으리라 믿어집니다.

《열린아동문학》 2009년 여름호)

정두리 ● 1984년 동아일보 신춘문예 동시 당선. 동시집 『내일은 맑음』 『소행성에 이름 붙이기』 『하얀 거짓말』 『진짜 이름 오지은』 외. 방정환문학상, 가톨릭문학상, 윤동주문학상, 녹색문학상, 풀꽃동시상 등 수상.

마음이 따뜻해지는 시

노원호

　박선미 시인이 오랜만에 세 번째 동시집『누워 있는 말』을 내었습니다. 이 동시집을 읽으면 읽을수록 마음이 따뜻해짐을 느낍니다. 총 52편으로 이루어진 이 책에는 나와 나에 얽힌 이야기, 할머니와 가족에 대한 이야기, 친구에 대한 이야기, 자연에 대한 이야기들을 시로 잘 녹여서 가슴을 따뜻하게 만들어 주고 있습니다. 즉 어렵고 힘든 일도 마음을 합치면 거뜬히 해결할 수 있고, 사람이 해야 할 도리가 어떤 것인지를 넌지시 알려주고 있습니다.

　　등교시간
　　4층까지 계단 오르기 싫어서
　　선생님 오시는지 살핀 후
　　얼른 탄다.

　　점심시간
　　빨리 축구하고 싶어서
　　아픈 척 배를 잡고
　　슬쩍 탄다.

```
┌─────────────────────┐
│ 잠깐!!               │
│ 꼭 타실 분인가요?    │
└─────────────────────┘
```

엘리베이터 벽에 붙은 말에
마음 한쪽이
콕
찔린다.

―「양심은 살아있다」 전문

　자기 잘못을 뉘우치게 하는 작품입니다. 계단 오르기가 싫어서 슬쩍 엘리베이터를 탔지만, '잠깐! 꼭 타실 분인가요?'란 글귀를 보고서야 자기 잘못을 뉘우치게 됩니다. 장애인이나 몸이 불편한 사람이 이용해야 하는데, 다른 사람이 이용한다면, 결국은 몸이 불편한 사람들이 이용하는 데 불편을 줄 수 있겠지요. 이렇게 박선미 시인의 시에서는 자기 잘못을 뉘우치게 하는 시들이 많습니다. 또한 가족에 대한 따뜻한 이야기도 들어있습니다.

할머니 입원하시고
집 비울 때가 많아
비밀번호 바꿨는데

그것도 모르고
하늘나라로 떠나신
우리 할머니

바뀐 번호 몰라

우리 할머니

집에 못 들어올까 봐

옛날 번호로 다시 바꿨다.

—「할머니 제삿날」 전문

　이 작품은 돌아가신 할머니가 보고 싶다는 생각을 대문 열쇠에다 비겨 놓았습니다.

　할머니가 얼마나 보고 싶었으면 이런 생각을 했을까?

　이처럼 이 동시집에는 가족을 소중히 여기고, 이웃의 어려움을 안타깝게 여기는 작품들이 많아 마음을 따뜻하게 만들어 줍니다. 그리고 진한 감동도 안겨줍니다.

(『새싹문학』131호, 2015년 3월)

노원호 ● 1974년 매일신문 신춘문예, 1975년 조선일보 신춘문예 동시 당선. 동시집 『바다를 담은 일기장』『e메일이 콩닥콩닥』『꼬무락 꼬무락』『공룡이 되고 싶은 날』외. 대한민국문학상, 소천아동문학상, 방정환문학상, 이주홍아동문학상 등 수상.

정직과 성실, 그리고 사랑

1. 머리말

박선미는 동시인이기 전에 초등학교에서 어린이를 가르치는, 그 방면에서는 탁월한 능력을 가진 교사다. 천부적인 교사라는 말은 천부적으로 어린이를 사랑하는 사람이라는 의미가 강하다. 그런 뜻에서 박선미는 천부적인 교사이며 뛰어난 교육실천가다. 미소와 자애로 가득 찬 얼굴, 또박또박 정확한 말씨, 흐트러짐이 없는 몸가짐, 박선미는 모습만으로도 훌륭한 선생님이다.

박선미는 문학 연보의 화려한 경력 못지않게 일선교육에서의 성과도 화려하다. 나는 그녀를 문단에서뿐만 아니라 교육현장에서도 여러 번 만난 적이 있는데 수업연구발표대회 때는 1등급을 받은 교사였고, 연수원 원장으로 있을 때는 연구사들이 국어교육이나 독서, 문학 관련 연수를 개최할 때 제일 먼저 찾는 인기 있는 강사였다.

교사는 의사와 함께 사람을 다루는 직업이다. 다른 직업도 마찬가지지만 사람을 다루는 직업에는 소명 의식이라는 것이 매우 중요한 덕목이 된다. 오천석은 소명 의식이 없는 교육 행위는 단순한 노동이라고 했다. 교직에서 평생을 보낸 필자의 안목에는 동시인 박선미보다 누구보다 교육에 대한 소명 의식이 강한 교사 박선미가 훨씬 친밀하고 자연스러운 게 사실이다.

한 작가의 작품 세계를 이야기하면서 그 사람의 직업에 대한 이야기를 하는 것은 매우 이례적인 일일 것이다. 사람을 일컬어 '호모 파브로' 즉 '일하는 사람'이라 했듯이 직업은 한 사람의 인성에 지대한 영향을 미치는 경우가 허다하다. 글 쓰는 일이 직업이 되기가 어려운 우리 문학의 현실에서 직업이 문학에 끼치는 영향을 결코 과소평가할 수 없다. 아동문학인의 직업이 어린이를 가르치는 교사가 많은 것은 우연한 일이 아닐 것이다. 교육자로서의 소명의식이 그가 다루는 작품에도 영향을 미치는 것은 당연한 결과일 것이다. 어린이에 대한 지극한 사랑이야말로 교사는 물론 아동문학인에게도 중요한 덕목이 아닐까. 박선미의 동시를 일관하는 어린이와 약자에 대한 애정은 교사로서의 교육적 소명의식과 깊은 상관관계가 있을 것이다.

2. 박선미의 동시 세계

박선미는 1999년 부산아동문학 신인상과 창주문학상 수상으로 등단한 후 무려 8년의 세월이 흐른 후 부산일보 신춘문예로 재등단한다. 그 8년이 박선미의 작품을 단단하게 만드는 중요한 시간이었다. 신춘문예 당선과 함께 펴낸 첫 동시집 『지금은 공사중』으로 계간 《오늘의 동시문학》의 '2007년 좋은 동시집'으로, 한국동시문학회의 '올해의 동시집'으로 선정되었으며, 작품 「지금은 공사 중」이 초등학교 국어 교과서에 수록되기도 했다. 왕성한 현재형 작가의 작품 세계를 한마디로 규정하기는 어려우므로 박선미의 작품 세계는 그녀의 작품집 세 권 『지금은 공사중』(2007년), 『불법주차한 내 엉덩이』(2010년), 『누워 있는 말』(2014년)을 대상으로 작품 경향을 분석해 보는 것으로 대신할까 한다.

1) 마음의 힘

『지금은 공사중』에는 60편의 작품이 수록되어 있다. 저자는 머리말에서 '나는 내 시가 마음의 힘을 기르는데 쓰였으면 좋겠다.'고 하면서, 마음의 힘이란 '병아리의 죽음에 눈물 흘릴 줄 아는 마음, 나뭇가지 꺾으면 나무도 아파할 거라 생각하는 마음, 일등 할 때 꼴찌의 마음을 헤아릴 줄 아는 마음'이라고 했다.

어제는 정말로 미안해
별 것 아닌 일로
너한테 화를 내고
심술부렸지?

조금만 기다려 줘
지금 내 마음은
공사 중이야.

툭하면 물이 새는
수도관도 고치고
얼룩얼룩 칠이 벗겨진 벽에
페인트칠도 다시 하고
모퉁이 빈터에는
예쁜 꽃나무도 심고 있거든.

공사가 끝날 때까지
조금만 참고
기다려 줄래?

—「지금은 공사 중」 전문

낡은 수도관을 고치고, 벗겨진 벽에 새로 칠을 하듯이 화내고 심술부리는 마음을 새로 공사하고 있는 중이니까 공사가 끝날 때까지 조금만 참고 기다려 달란다. 마르틴 루터는 '우리의 마음은 한 번 반성하고 좋은 뜻을 가졌다고 해서 그것이 늘 마음속에 있는 것은 아니다. 어제 먹은 뜻을 오늘 새롭게 하지 않으면, 그것은 곧 우리를 떠나고 만다. 어제의 좋은 뜻은 매일 마음속에 새기며 되씹어야 한다.' 했다.

이 시집의 제1부는 시적 화자의 내적 고백으로 저자의 주관이 들어 있다. '지금은 공사 중'인 자신을 되돌아보며 깊은 반성과 후회를 고백하고 있다. 고백은 심적 작용이고 마음의 움직임이다. 그러므로 '마음'이 중요한 단어일 수밖에 없다. 이 시집 전체를 통해 31개의 '마음'이라는 단어가 등장하는데 그중에서 무려 21개가 1부에 들어 있다. 내 마음, 친구 마음, 동그란 마음, 파아란 마음, 착한 마음, 미운 마음, 서운한 마음, 귀찮은 마음, 고운 마음, 따스한 마음, 화난 마음 등 마음의 종류도 다양해서 감성은 물론 색깔까지 있다. 저자가 말하는 '마음의 힘'이란 이처럼 처절하게 자신을 반성하며 갈고 닦는 데서 오는 진정한 용기일 것이다.

제2부에서는 자신의 주변에 대한 생각을 객관적으로 묘사하고 있다. 구두쇠 엄마가 사주는 피자 한 판 생각나서, 호랑이 선생님 일기 쓰지 않아도 봐주는 재미로 콜록콜록 감기를 앓고 싶은 것이 어린이다. 숙제 잘해 공책에 받은 무궁화 다섯 송이, 그 무궁화 할머니 손에 찍어 주고 싶다는 티 없이 착한 동심이 2부의 주제다.

아무리 큰 잘못을 저질렀어도
너그럽게 용서해주지
아무리 투정부려도
따스하게 안아주지
얼굴빛만 보아도
무슨 일이 있나 금방 알아차리지

언제나 급하면
달려갈 수 있는 비상구

우리
어머니

─「비상구」 일부

　제2부의 등장인물로는 '엄마'가 단연 1위로 11차례나 나오며, 선생님이 뒤를 잇는다. 가정과 학교는 어린이의 생활에서 차지하는 비중이 가장 큰 장소다. 가정에서는 엄마가 학교에서는 선생님이 나의 생활을 지배하는 가장 비중 있는 인물이다.

정말 이상하지?
입 속에 숨겨둔 껌 하나
─여기 뱉어.
눈앞에 펼쳐진 넓적한 손바닥

언제 보셨을까
정말 이상하지?
칠판에 글씨 쓰시면서
언제 보셨을까
─준호, 필기 안 하고 뭐하는 거야.
귀신같이 아신다.

─「선생님처럼」 일부

　뮈세는 '어머니를 사랑하는 사람치고 악인은 없다.'고 했다. 어린이에게 있어 어머니만한 존재가 또 있을까. 학교에는 선생님이 계신다. 플루타르크는 그 유명한 『영웅전』에서 '아버지로부터 생명을 받았으나, 스승으로부터는 생명을 보람 있게 하는 것을 배웠다.' 했듯이 어린이에게는 선생님이야말로 신비한 존재임에 틀림없다. 이밖에도 2부에서는 교실에서 만나는 다양한 친구들이 등장하여 어린이들만의 천진한 세계를 펼쳐 보인다.

　제3부는 자연의 변화에 대한 어린이의 지적 호기심과 신비감을 내용으로 하고 있다. 어린이의 시선이 자신에게서 가정과 학교로, 그리고 산과 들로 확대되어 가는 과정이 흥미롭다.

　　아무리 꼭꼭 숨어 있어도
　　하얀 이 드러낸 웃음소리
　　들리는 걸

　　이젠 이리 나와
　　꽃향기 벙그는 봄
　　네가 술래야.

―「숨바꼭질」 일부

　시멘트 블록 틈으로 노랑 민들레가 피었다. 민들레가 아무리 꼭꼭 숨어 있어도 노랑 저고리 고운 옷소매 때문에 금방 들키는 노랑 민들레. 죽은 듯 잠자던 목련이 몰래 꽃망울을 터뜨려도 하얀 이 드러낸 웃음소리 때문에 금방 들키는 것처럼 봄이 아무리 몰래 온다고 해도 꽃향기 때문에 금방 들키고 말 터이니 숨바꼭질 생각이랑 아예 포기하라는 경고다. 새 봄, 나팔꽃, 채송화 편지, 해님, 할아버지 고향, 엄마만 아는 가을, 새하얀 아침, 군고구마. 어린이의 관심은 채송화 작은 글씨로 보이기 시작한다.

　4부에서는 어린이가 처음으로 사회 문제에 눈을 뜨게 되는 과정을 그렸다. 사람은 홀로 살 수 없다. 가정과 학교라는 좁을 울타리에서 벗어나면 더 많은 사회와 얽혀 있음을 깨닫게 되는 것이다.

어린이 보호 구역 들어가려면
모두 다
언덕 하나 넘어야 하지.

잠시
쉬었다가
다시 힘을 내는
짧지만 소중한 시간
필요하거든

—「어린이 보호 구역」 일부

어린이가 부딪히는 사회에도 작지만 금지가 있고 규제도 따른다. 가진 것 다 주고 빈껍데기만 남은 어머니도 보인다. 일 년 내내 풀었다가 다시 짜는 어린이 문제를 안고 노심초사하는 선생님에 대한 고마움도 보이고, 나라가 망하고 제 이름도 잃어버린 안타까운 연못인 안압지의 사연에도 귀를 기울이고, 남의 땅도 제 것이라 우겨대는 이웃 나라의 침략 근성에 화를 낼 줄도 안다.

2) 용감한 싸움대장

두 번째 시집 『불법주차한 내 엉덩이』에는 54편의 작품이 3부로 나뉘어 있다. 약한 친구 괴롭히는 친구, 가난한 친구를 무시하는 친구, 공부 못하는 친구 얕보는 친구, 그런 어린이들 마음과 싸우는 싸움대장인 시인, 싸움의 무기는 총칼이 아니라 바로 아름다운 우리말로 빚은 시다.

병사의 무기가 총과 칼이라면 시인의 무기는 시다. 저자의 선언에는 일종의 비장미가 느껴진다. 시집이 배고픈 아이에게 식사를 위한 밥이 되고, 눈물이 되어 슬픈 마음을 어루만져주고, 나무 그늘이 되어 더위를 식혀주고, 햇살이 되어 추위를 녹여주고, 꿈을 잃은 어린이들을 위해 사다리가 되고 싶은 시, 그것이 두 번째 시집『불법주차한 내 엉덩이』가 추구하는 정서다.

　　―금방 다녀올 건데 괜찮겠지?
　　―잠시만 세워두는데 뭐.

　　자기만 생각하고
　　학교 앞 골목길에
　　불법주차한 자동차
　　견인차가 끌고 갑니다.

　　―금방 끝낼 건데 괜찮겠지?
　　―잠시만 하고 그만두는데 뭐.

　　나만 생각하고
　　학교 앞 오락실에
　　불법주차한 내 엉덩이
　　엄마가 끌고 갑니다.

―「불법주차」 전문

　　제1부 첫 번째 작품인「불법 주차」에서 이 시집의 제목을 따왔다. 흔히 시집의 표제는 시집 전체를 대변하는 경우가 많은 것을 감안한다면, 이 시를 잘 살펴보는 것은 박선미의 두 번째 작품집의 면모를 조망하는

데 유용할 것이다.

박선미의 첫 시집『지금은 공사 중』시문의 특징은 비유를 사용하지 않은 무기교의 시라는 점이었다. 비유를 사용하지 않으면 표현이 직설적이 된다. 그것은 독자에게 짙은 공감을 느끼게 하는 요인이 되기도 한다. 그런데 두 번째 시집에 오면 1시집에서 찾기 힘들었던 비유가 광범위하게 사용되고 있다.

일반적으로 문장을 장식하는 방법으로 비유법, 강조법, 변화법 세 가지를 든다. 이는 수사법의 일부로 문장 기교라고도 한다. 비유법은 원관념(대체되는 것)과 보조관념(대체하는 것), 유사성, 이질성 이 네 가지 요소로 이루어져 있다. 흔히 이 네 요소를 갖춘 것을 직유라고 하고, 원관념과 보조관념만 남은 것을 은유라고 하고, 보조관념만 있는 것을 상징이라고 한다.

「불법주차」는 비유법상 직유법을 사용하고 있다. 그렇다면 원관념은 무엇일까. 바로 '오락실에 앉은 내 엉덩이'가 원관념이고, 보조관념은 '불법 주차한 자동차'이다. 유사성은 '끌려가는 것'이고, 이질성은 '자동차와 엉덩이'라는 점이다. 시의 첫째 연 전체가 보조관념이고, 둘째 연 전체가 원관념인 특이한 형태지만 직유가 갖출 것은 모두 갖추었다. 다만 두 의미 사이에 연결어가 생략 되었다. '견인차가 끌고 가듯이 엄마가 끌고 간다.' 이렇게 이어주면 의미가 뚜렷해진다. 연결어 '듯이'가 생략 된 것이다.

「자동차 지붕 위에 앉은 꽃잎」을 예로 든다면, '놀이동산에 가고 싶은 나'가 보조관념이고, '아빠 차 지붕 위에 내려앉은 분홍 꽃잎'이 원관념이며, 동질성은 어디론지 가고 싶다는 것이고, 이질성은 '꽃잎과 나'라는 점이다. 직유에서는 '구름에 달 가듯이 가는 나그네'에서처럼 원관념이 사람과 관계되는 것이고 보조관념은 사물인 경우가 일반적인 데 비하여, 여기서는 사람인 '나'가 보조관념이고 사물인 '꽃잎'이 원관념이다. 이 시의 마지막 연을 '처럼'이라는 연결어로 종결함으로써 졸지에 원관념과 보조관념이 뒤바뀌는 극적인 연출을 해낸 것이다.

얼른 보아서는 직설적인 것 같지만 이렇게 대단한 문장 기교가 숨어 있는 것이다. 이러한 문장 기교는「종합선물세트」,「닮았다」,「사고다발지역」등 제1부 작품 대분에서 발견되고 있다. 우리는 그동안 한 개의 단어, 한 구절, 한 문장이 원관념이나 보조관념으로 쓰인 경우에 익숙해져 있어 이처럼 시의 한 연으로 구성된 예는 극히 드물어 직유법의 한 사례가 될 만큼 독특하다고 할 수 있다.

제2부의 작품은 집안에서 일어나는 일을 소재로 한 작품이다. 할아버지, 할머니, 엄마, 아빠, 동생, 언니, 형, 숙모 등 가족들이 총 망라되지만, 그 중에서도 가장 빈번하게 등장하는 인물은 단연 할머니다. 제2부의 표제 자체가「택배로 오신 할머니」다. 이러한 가족들은 대부분 겉으로 어려움에 처한 가족들이라는 점이 특이하다. 뇌종양을 앓는 할아버지, 돌아가신 할아버지, 필리핀에서 온 숙모, 병상에 누운 아버지, 귀가 잘 안 들리는 할머니, 치매 걸린 할머니, 병실에 계신 할머니. 그러나 시의 기조는 늘 건강하고 긍정적이다. 어려움에 처했어도 따스한 가족애로 밝게 살아가는 가족이야기다.

제3부는 자연친화적인 정서가 깊이 밴 시들로 구성되었다. 이를 두고 '나무 그늘 같은 시' '따스한 햇살 같은 시'라 해도 좋을 것이다.

은혜의 집에 사는
우리 반 영우
엄마 생각하며 엎드려 있는
내 옆자리

직장 잃고 집을 나온
노숙자 아저씨들
신문지를 이불처럼 덮고 잠자는

부산역 대합실

자식도 없이 혼자 사는
목포댁 할머니
종이 상자 모으는
빈 수레 위에

봄님을 초대합니다.

아무리 바빠도
꼭 와 주세요.

—「초대합니다」 전문

　설명이 필요 없다는 것은 박선미 시가 가진 특징 중의 하나다. 라이너 마리아 릴케는『젊은 시인에게 보내는 편지』에서 '당신의 슬픔과 열망 그리고 아름다움에 대한 당신 자신의 생각이나 믿음을 묘사하십시오. 그것들을 내심에서 우러나오도록 은근하고 겸손하게 묘사하십시오.'라고 썼다. 이러한 직설법은 한 시인의 슬픔과 열망, 그리고 아름다움을 은근하고 겸손하게 표현하는 데는 매우 효과적이다.

3) 사랑의 집

　저자는 '따스한 집을 짓는 목수를 꿈꾸며'라는 제목의 서문에서 "이 시집이 마음이 헐벗는 어린이들을 따스하게 안아 줄 수 있는 집이면 좋겠다."고 했다. 어쩌면 이 땅의 모든 동시인은 마음이 헐벗은 어린이들에게 '따스한 집'을 짓는 목수가 되는 게 당연한 게 아닐까. 지은이 스스로가 '사랑의 집'이기를 소망하는 세 번째 시집『누워있는 말』에는 52편의 동시가 실려 있다.

제1부는 유혹과의 전쟁을 그렸다. 「용서」, 「오리발」, 「삼투현상」, 「졌다」처럼 유혹을 이기지 못하기도 하지만, 아이는 수많은 유혹을 용케도 이겨낸다. 명품 샤프를 훔치고 싶은 유혹, 야한 동영상에 대한 유혹, 금지된 엘리베이터를 타고 싶은 유혹, 이 사회에는 어린이를 유혹하는 '불량식품'이 너무 많다.

말에도 문이 있어
가끔씩 닫고 싶다.

성적 떨어져 내가 더 속상한데
엄마 아빠 다툴 때
엄마 친구 아들과 비교할 때

묻는 말에 대답 안 한다고
야단맞아도
닫힌 문 열리지 않는다.

—「문」 전문

사람에게는 말문이라는 게 있다. 갓 태어날 때는 말문이 닫혀 있다가 첫발을 떼듯이 말을 시작하게 되면서 말문이 열린다. 어린이라고 말하고 싶지 않을 때가 없을까. 묻는 말에 대답 안 한다고 아무리 야단맞아도 열리지 않는 그런 문이 있었으면 좋겠다.

제2부는 가족들에 대한 애정을 그린 작품들이다. 결혼한 지 오십 년 만에 예식을 올리는 외조모, 가까운 마트보다 더 인심 좋은 시골 할머니 댁, 가까운 목욕탕 두고 옛날 살던 마을 목욕탕을 찾아가는 우리 할머니, 할머니 유해를 뿌린 바다, 돌아가신 할머니가 생각나는 빈방, 할머

니 제삿날, 직장 잃은 아빠. 작은 물고기가 수천 마리 떼를 지어 상어를 물리치는 것처럼 가족의 힘은 아빠 사업 부도쯤이야 거뜬히 이겨낸다.

제3부는 친구 이야기다. 아빠 없는 경준이, 월드컵 응원 덕분에 버릇 고친 동민이, 이사간 용식이. 그런가 하면 사회적으로 큰 물의를 일으킨 세월호 참사 이야기까지, 세상과 소통을 시작하는 어린이의 착한 시선 이 잔잔한 감동이다.

제4부는 자연에 대한 이해와 사랑이다. 어린이의 시선이 자신에서 가 정과 학교로, 사회에서 자연으로 확대되고 있지만, 인식 수준은 어린이 다워서 원시적이다.

겨우내
목말랐던 나무들
허겁지겁
밥을 먹는다.

축구하고 돌아와
엄마가 차려주는 밥
맛있게 먹는 나처럼

이제 곧
하양 분홍
기분 좋은 웃음
터뜨리겠다.

—「봄비」 일부

하늘에서 내려오는 봄비가 나무의 밥이다. 그 밥을 먹고 이제 곧 하양 분홍 꽃을 피울 나무들을 생각하면 저절로 기분이 좋아진다. 활물적 사고와 의인화라는 어린이의 특성이 고스란히 드러나 있는 것이 특징이다. 자연에 대한 예찬이 아니라 시적 화자가 사물화되어 그들의 기쁨과 고통을 함께 한다는 점에서 특이하다.

　세 권의 작품집이 명확하지는 않지만, 조금씩 다른 면모를 보임으로써 박선미 동시 세계의 변화 추이를 짐작하는 데 도움이 되었다. 명확하지 않다는 것은 세 권 모두가 어린이에 대한 지극한 사랑, 가족애, 형제애를 주제로 하고 있다든지, 무기교의 직설적 표현이라든지 하는 공통점을 두고 한 말이다.

　『지금은 공사 중』에서 스스로에 대한 주관적 성찰과 반성이 『불법주차한 내 엉덩이』에서는 주관에서 벗어난 시선과 보다 적극적인 참여로 바뀐다. 『누워 있는 말』의 동시에서는 자연과 하나가 된 동심이 생각의 깊이를 더해가는 과정을 느낄 수 있다.

3. 맺는 말

　지금까지 세 권의 시집을 통해 박선미의 동시 세계를 조망해 보았다. 한 작가의 작품을 두고 대하는 태도에는 비평과 해설 크게 두 가지가 있다. 비평이 문학적 가치에 대한 평가라고 한다면, 해설은 독자의 이해를 돕기 위한 안내이다. 본고는 비평보다는 해설에 치중함으로써 작품에 대한 평가는 독자의 몫으로 넘긴 셈이다. '예술 작품은 이러쿵저러쿵 비판할 수가 없다.'고 한 릴케의 말처럼 누구도 충고를 해주거나 도와줄 수도 없는 것이 예술 작품이다.

　박선미 동시의 특징은 무기교의 직설적 표현과 어린이와 약자에 대한 지극한 애정과 배려라는 강한 주제의식에서 찾을 수 있다. 기교를 사용하지 않은 직설적 표현은 주제를 전달하는 데는 매우 효과적인 방법이기도 하다. 다음으로 박선미 동시가 주는 강한 느낌은 '정직'이라는 덕목이다. 자본주의 사회는 모든 사람이 정직하다는 믿음에서 출발한다. 신의, 신용, 성실, 준법, 청렴, 도덕과 같은 민주사회의 근본 원리는 모두 정직에서 비롯된다. 이러한 정직성은 박선미 동시가 많은 사람의 입에 회자되는 원인 중 하나가 되고 있다. 정직성이 동시가 가져야 할 가장 중요한 요소 중의 하나라는 것은 소명의식을 가진 뛰어난 교사라는 저자의 직업과 무관하지 않을 것이다.

끝으로 박선미 동시를 일관하는 약자에 대한 배려와 온정을 그대로 지나칠 수 없다. 약자에 대한 온정은 바로 박애정신의 구체적 표현이다. 『21세기 사전』의 저자 자크 아탈리는 '박애야말로 인류의 마지막 카드가 될 것'이라고 예언했다. 그녀의 동시는 현재진행형이어서 섣불리 말하기는 어렵지만, 동시인 박선미가 작품을 통해 추구하려는 박애정신이야말로 우리 시대의 마지막 카드가 될지도 모른다는 생각을 해본다.

나는 교육의 현장에서도 문단에서도 박선미 시인과 인연이 깊다. 1998년 시를 쓰던 그녀가 아동문학으로 전향을 하며 도전한 국제신문 신춘문예 최종심에서 떨어뜨리기도 했고, 1999년 부산아동문학 신인상과 창주문학상을 받으며 동시단에 입문한 그녀가 재도약을 위해 응모한 부산일보 신춘문예 심사에서 당선을 시키기도 했다.

해서 교육현장에서는 수석교사로, 문단에서는 펴낸 동시집마다 문학상을 받는 시인으로 맹활약을 하는 박선미 시인의 앞으로의 행보에 누구보다 큰 관심을 갖고 지켜보고 있다.

마음으로 시를 빚는 박선미 시인의 시 세계가 앞으로도 변함없이 융성해지리라 믿으며 그녀가 우리 동시단을 이끌어나가는 견인차가 되리라 믿는다.

《시와동화》 2015년 여름호)

공재동 ● 1977년 《아동문학평론》 동시 천료. 동시집 『꽃씨를 심어놓고』 『초록풀물』, 평론집 『동심의 시를 찾아서』 외. 세종아동문학상, 이주홍문학상, 최계락문학상, 방정환문학상 등 수상.

삶터와 일터에서 건져 올린 울림의 동시

하청호

박선미의 동시집 『햄버거의 마법』을 읽었다. 읽으면서 참 행복했다. 내가 마치 아이들과 박 시인이 함께 생활하는 삶터와 일터를 훔쳐보는 것 같은 즐거움을 느꼈기 때문이다.

무엇인가를 훔쳐보고, 듣는다는 것은 재미를 동반한다. 따라서 동시집을 읽는 내내 재미가 있었다. 그런데 그 재미가 지엽적인 것이 아니라 울림이 있는 재미였다.

우리가 동시를 통해 추구하고자 하는 것은 단순한 언어의 유희나 감각적 발상에서 오는 재미가 아니라, 마음 깊은 곳까지 떨림이 오는 그런 재미이다.

그는 시인의 말에서 '나는 이 시집이 마음의 키가 자라는데 쓰이길 바랍니다.'라고 했다. 이 말은 시를 통해서 얻는 마음의 떨림, 그것이 '마음의 키'가 자라는 요소임을 알기 때문이다.

대낮인데도
밤처럼 캄캄해서
무섭다고 하자

엄마는
할머니가 돌아가셨을 때
세상이 캄캄했다고 합니다.

나는 아직 모르는
어둠이지만

할머니는
엄마에게
해였나 봅니다.

—「개기일식」 전문

　자연현상을 우리네 삶 속으로 끌어와 엄마와 아이의 깊은 교감을 드러내고 있다. 아이가 생각하는 어둠과 엄마의 어둠은 세월만큼이나 틈이 깊다. 자연현상의 어둠은 짧지만, 엄마의 어둠은 지워지지 않는 슬픔이다. 엄마의 어둠이 슬픔이라는 것을 알기까지는 그의 말처럼 '마음의 키'가 커야 한다. 아이와 엄마의 내밀한 대화를 훔쳐보고 듣는 떨림이 있는 감동, 이것은 작품을 읽는 또 다른 재미이다.

하느님께
가까이 가고 싶은데
걸을 수 없다고
날마다 기도했더니
하느님은 다리 대신
해님을 보내주었습니다.

해님이 두 팔로

따스하게 나를 안아주자
억울한 마음도
차가운 마음도
녹아내리고
내 몸은 가벼워졌습니다.

다리가 없어도
나는 떠날 수 있었습니다.

하느님 가까이

—「눈사람」 전문

한 편의 아름다운 동화를 읽는 느낌이다. 간절하면 통한다는 '피그말리온 효과'처럼 눈사람의 기원이 애니미즘적 환상으로 다가왔다.

시인은 사물이 말하고 싶은 것을 듣는 귀가 열려 있다고 한다. 따라서 시인은 그것을 듣고 형상화하여 독자에게 전달하는 메신저 역할을 한다. 그는 눈사람이 몸짓으로 하는 얘기를 들을 수 있는 섬세한 귀를 가졌다.

이 작품이 감동을 주는 것은 단순한 겨울 서정에 머무르지 않고, 우리에게 던져주는 메시지의 깊은 울림 때문이다.

(『새싹문학』 134호, 2019년 3월)

하청호 ● 1972년 매일신문 신춘문예 동시 당선. 동시집 『잡초 뽑기』 『무릎학교』 『말을 헹구다』 『동시가 맛있다면 셰프들이 화를 낼까』 외. 세종아동문학상, 대한민국문학상, 윤석중문학상, 박홍근아동문학상 등 수상.

멀리 갈수록 가까워진다

이도환

지구가 둥글다는 것은 밖으로 보이는 형태뿐만이 아니라 우리의 사유체계(思惟體系)에도 영향을 미친다. 현재의 위치에서 멀리 가면 갈수록 현재와 가까워진다. 이 기묘한 법칙은 지구가 둥글기에 가능하다. 아침에서 멀어질수록 아침이 가까워지는 것과 마찬가지다.

스위스의 국민작가로 불리는 페터 빅셀(Peter Bichsel)의 소설 「지구는 둥글다」에 등장하는 '남자'는 지구가 둥글다는 것을 이미 알고 있지만 이를 증명하기 위해 길을 떠난다.

"계속해서 똑바로 가면 출발했던 곳으로 다시 되돌아오게 된다. 다만 지구가 둥글다는 것이 눈에 보이지 않을 뿐이다. 그래서 사람들은 오랫동안 그것을 믿으려고 하지 않았다. 왜냐하면 지구를 바라보면 그것은 직선이거나 혹은 올라갔다 내려갔다 하는 기복으로 되어 있기 때문이다. (중략) 계속해서 똑바로 가면 날이 가고 주일이 가고 달이 가고 해가 간 뒤에 바로 제자리로 돌아오게 된다는 것을 그는 알고 있었다. 만약에 그가 지금 자기의 책상에서 일어서서 출발한다면 나중에 그는 반대 방향에서 자기 책상으로 되돌아오게 될 것임을 그는 알고 있었다. 그것은 사실이다. 그리고 누구나 그것을 알고 있다."

누구나 알고 있는 것이지만 소설 속 '남자'는 "그러나 나는 그것을 믿지 않아. 그러니까 내가 그것을 시험해 봐야겠어."라고 말한 뒤에 집을 나선다.

옆집 사람은 그 '남자'의 계획을 듣고는 "그만두세요! 돌아오십시오! 그건 터무니없는 짓입니다."라고 말하며 만류했지만 그 '남자'는 뒤도 돌아보지 않고 길을 떠난다.

소설은 옆집 사람의 목소리로 끝을 맺는다.

"그 후로 나는 그를 한 번도 보지 못했다. 이것은 10년 전에 일어난 일이고 그 당시 그는 여든 살이었다. 그는 지금 아흔 살이 되었을 것이다. 어쩌면 그는 중간에 여행을 그만두었을지도 모른다. 어쩌면 죽었을지도 모르고. 그러나 때때로 그 집 앞을 지나갈 때면 나는 서쪽을 바라본다. 어느 날인가 그가 지쳐서 천천히, 그래도 미소를 지으며 숲속에서 걸어 나온다면, 그리하여 내게로 와서 '이제야 나는 믿게 되었어. 지구가 둥글다는 것을.' 하고 말한다면 나는 참으로 기뻐할 것이다."

이제 필자는 '옆집 사람'이 되어 박선미 시인의 여행을 살펴보려 한다.

눈이 커다란
소와 낙타와 좁교는
닮았다.

순하고
힘도 세다.

그것보다
더 닮은 점은
태어나서 죽을 때까지
일만 한다.

우리 할머니도 그렇다.

—「소와 낙타와 좁교와 할머니」 전문

'소'와 '낙타'까지는 그 모습을 떠올릴 수 있다. 그러나 '좁교'에 도달하면 머리에 그 모습을 떠올리기 힘들어진다. 시인도 그것을 알고 있다는 듯 시집에 '좁교'에 대한 설명을 주석으로 붙여 놓았다. '야크와 물소의 교배종, 500미터가 넘는 히말라야 계곡을 오르내리며 무거운 짐을 나른다.'

시인은 왜 굳이 '좁교'를 가져왔을까. 멀리 가기 위함이다. '소'와 '낙타'에 그쳤다면 멀리 가지 못했을 것이 분명하다. '좁교'를 가져왔기에 멀리 갈 수 있었고 멀리 갔기에 '할머니'를 만날 수 있었다. 할머니는 우리 앞에 있지 않고 늘 우리 등 뒤에 있기 때문이다.

동쪽으로 난 대문을 열고 출발한 페터 빅셀의 그 '남자'가 서쪽에서 비틀거리며 걸어와 뒷문에 도달하기를 바라는 것처럼, 시인은 멀리 히말라야에서 '좁교'를 가져와 우리 등 뒤에 있는 할머니를 만나게 한 것이다.

여름잠을 자는 동물이 있다.
우리 집 옷장 속에 산다.

양도 있고
토끼도 있고
오리도 있고
여우도 있다.

잠을 깬 여우가

엄마랑 백화점 구경 갔다가
새 친구를 데리고 왔다.
밍크라고 했다.

새 친구가 와도
아무도
반기지 않는다.

그저 자리를 조금 양보할 뿐이다.

200마리 밍크의 눈물을 입은
엄마만
거울을 보고 웃는다.

—「여름잠」전문

깨진 유리병
산처럼 쌓여
삐죽삐죽

날카로운 이빨 드러내어
무서웠던 바닷가

화난 유리 조각
토닥토닥 쓰담쓰담
파도가 엄마처럼 달래주었더니
오래도록 변치 않고
어루만져 주었더니

유리 조각은
아름다운 조약돌로
다시 태어났다.

날카롭던 지난 시절을
잊어버리고

—「파도의 힘」 전문

"200마리 밍크의 눈물을 입은" 엄마와 깨진 유리병을 "토닥토닥 쓰담쓰담" 달래주는 엄마가 같이 등장한다.

'집'이라고 다 같은 '집'이 아니다. 커다란 대문이 달린 동쪽이 있다면 쪽문이 달린 서쪽도 있다. 앞이 있고 뒤가 있다. 아침이라고 다 같은 아침이 아니다. 어둠을 밀고 올라오는 아침이 있고 이글대는 태양에 밀려 수그러지는 아침도 있다. '날카롭던 지난 시절'을 잊고 조약돌이 되었던 유리 조각도 다시 깨져 날카로운 이빨을 드러낼 수도 있다.

'둥그런 지구'는 마치 중력처럼 우리를 가두고 있다. 옷장 속에 잠든 동물들처럼, 잠든 동물들은 언제 깨어나 고향으로 돌아갈 수 있을까. 거울을 보며 웃는 '엄마'는 언제 깨어나 그들을 '토닥토닥 쓰담쓰담' 달래줄 수 있을까.

실컷 울고 나면
먼 길 떠날 수 있다.

—「먹구름도 환하게」 전문

시인이 제시하는 해법은 실컷 우는 것이다. 먹구름이 비로 뿌려지면 환한 구름으로 돌아오는 것처럼, 반성과 수신(修身)이 우리를 자유롭게 만들 것이라고 시인은 말한다. 페터 빅셀의 그 '남자'가 지친 몸으로 돌아와 "이제야 나는 믿게 되었어. 지구가 둥글다는 것을."이라고 중얼거리는 것처럼.

　박선미의 동시집 『먹구름도 환하게』는 멀리 떠났기에 만나게 되는 진정한 '나'를 보여주는 거울이다.

(『아동문예』 445호, 2021년 3 · 4월)

이도환 ● 2003년 《아동문학평론》 평론 부문 신인상 당선. 평론집 『소통의 미학』, 동양고전 이야기 『한 권으로 끝내는 동양사상』 외. 한국아동문학상 수상.

낮은 곳에서 사랑 찾기

박일

프란치스코 교황은 '최고의 권위는 섬김'이라고 했다. 그렇다면 박선미의 동시집 『누워 있는 말』은 최고의 권위다.

지하철 승강장 입구에
학교 앞 횡단보도에
엘리베이터 앞에
말이 누워 있다

―지하철 승강장이니 조심하세요
―오른쪽으로 가면 길을 건널 수 있답니다
―엘리베이터를 타려면 여기로 오세요

노란색
따스한 말이
올록볼록 누워 있다

까만 안경 낀 아저씨

지팡이 끝으로

말을 듣고 있다.

—「누워 있는 말」

길바닥에 말이 누워 있다. 올록볼록 누워 있는 노란색 따스한 말이다. 예사로 밟고 지나가지만, 시각장애인들은 지팡이 끝으로 말을 들으며 방향을 찾는다. 그들에 대한 관심을 가지니까 누워 있는 사랑도 보이는 것이다.

우리 할머니는 이사했지만, 주변의 스파랜드를 두고 옛날 동네 목욕탕을 찾아가신다. 정이 얼마나 중요한 것인가를 보여준다. 몸에 있는 때도 바뀐 물을 알아보나 보다.

새로 이사 온 동네

으리으리한 스파랜드 있어도

우리 할머니 버스 타고

옛날 살던 동네 목욕탕 찾아가신다

때도

바뀐 물 알아본다고

버스 타고

때 밀러 가신다

정 찾아가신다

—「우리 할머니」

예로부터 우리나라는 예의와 인정의 민족이었다. 사회가 거칠어지면서 그것까지 비틀어지고 있다. 그게 안쓰럽다. 그래서 '이 시집이 정말

마음이 헐벗은 어린이들을 따스하게 안아 줄 수 있는 집이면 좋겠다'고
했다.

　따스한 집(사랑)이 필요해진 세상이다. 눈높이를 낮추면 섬겨야 할 분
들이 보이지 않을까. 그러면 교황처럼 최고의 권위도 누리게 되겠지.

(《부산일보》 2017. 06. 01.)

박일 ● 1979년《아동문예》동시 추천. 동시집 『내 일기장 속에는』『할아버지 어린 날』, 평론집
『동심의 풍경』『최계락과 조유로의 동시 읽기』외. 계몽아동문학상, 한국아동문학상, 이주홍
아동문학상 등 수상.

마음 들여다보기

조윤주

친구와 싸웠다고
선생님께 혼나고 난 뒤
거꾸로 서면
화나고 미운 마음
주르르 쏟아지겠지.

동생이 잘못했는데
언니라서 더 야단맞은 뒤
거꾸로 서면
속상하고 서운한 마음
주르르 쏟아지겠지.

공부안하고 텔레비전 본다고
꾸중들은 뒤
거꾸로 서면
짜증나고 귀찮은 마음
주르르 쏟아지겠지.

자꾸자꾸 쌓여진

못난 생각을

자꾸자꾸 채워진

미운 마음을

일주일에 한 번 쯤

거꾸로 서서

예쁜 생각 들어갈 자리

비워 놔야지.

고운 마음 들어갈 자리

남겨 놔야지.

―「물구나무 서기」 전문

이 시의 화자는 화나고, 서운하고, 귀찮은 마음들을 알아채고 부정적인 감정들을 마음에 담아두지 않고 주르르 쏟아내고 싶어 한다. 지난 일에 대한 미운 마음을 대신해 고운 마음을 채우기로 선택한 것이다.

어제는 정말 미안해

별 것 아닌 일로

너한테 화를 내고

심술부렸지?

조금만 기다려 줘

지금 내 마음은

공사 중이야.

톡하면 물이 새는
수도관도 고치고
얼룩덜룩 칠이 벗겨진 벽에
페인트칠도 다시 하고
모퉁이 빈터에는
예쁜 꽃나무도 심고 있거든.

공사가 끝날 때까지
조금만 참고
기다려 줄래?'

—「지금은 공사 중」 전문

　뒤죽박죽인 마음을 솔직하게 이야기하고, 마음이 정리되기까지 기다려달라고 주변 사람들에게 부탁하는 것도 마음 다스리기의 중요한 과정이다.

(《부산일보》 2018. 12.20.)

조윤주 ● 2009년 부산일보 신춘문예 동시 당선. 동시집 『시간을 담는 병』, 『하늘이 커졌다』

단정한 언어의 그릇에 담긴 일상 속 이야기

성환희

　박선미 작가의 동시집 『먹구름도 환하게』(아이들판, 2020)는 부산광역시 부산문화재단 지역문화 예술특성화지원 부산문화예술지원사업으로 지원을 받아서 낸 작품집입니다. 54편의 군더더기 없고 단정한 언어의 그릇에 담긴 다양한 일상을 형상화한 동심이 모범 답안지처럼 느껴집니다. 님들과 함께 읽고 싶은 작품 중 세 편을 소개해 봅니다.

　향유고래의 뱃속에서 나온

　밧줄
　그물
　페트병
　비닐봉지
　플라스틱 컵
　100kg

　우리가 써야 할
　반성문의 무게

　　　　　　　　　　　　　　　　　　　　　　　　—「반성문」

마음이 뜨끔합니다. 환경문제와 기후위기는 현대를 살고 있는 우리들이 가장 우선적으로 깊이 반성하고 대안을 찾아야 할 문제입니다. 우리가 살고 있는 지구가 우리만의 것이 아님은 누구나 알고 있는 사실입니다. 이 지구를 지키고 보존하는 일이 우리의 도리와 의무임을 잊지 말아야겠습니다. 우리는 지키는 일보다 앞으로 나아가고 발전시키는 일에 더 집중했던 게 아닐까요? 그리하여 환경문제에 따른 기후위기라는 매우 급박하고 심각한 문제 앞에 현기증을 앓고 있는 건 아닐까요? 정부의 적극적인 대안이 필요하며 각 개인의 반성과 실천이 필요할 때입니다.

늘
왕따이던 내가
하나도 어색하지 않다.
코로나19 덕분에

모두
따로따로

마주 보면 안 된다.
손잡아도 안 된다.
같이 밥 먹어도 안 된다.

모두 다
왕따다.

—「왕따 체험」

위 작품을 읽으며 참 아팠습니다. 코로나19 시대의 상황을 정말 적나라하면서도 간략한 언어로 이야기하고 있습니다. 이 전염병의 원인을 환경문제에서 온 재앙이라고들 합니다. 그래서 너무 미안합니다. 내 잘못으로 이 세상의 어린이들이, 부모님들이, 또한 우리들이 모두 왕따 아닌 왕따가 된 것만 같습니다. 이 왕따 체험을 이제는 그만 끝내고 싶습니다.

실컷 울고 나면
먼 길 떠날 수 있다.

— 「먹구름도 환하게」

4부 마지막 페이지를 장식한 동시 「먹구름도 환하게」는 이 작품집에서 가장 짧은 작품이며 표제작이 된 작품입니다. 놓치지 않고 '희망'의 메시지를 담고 있는 것 같아서 참으로 다행스럽습니다. 가야 할 길이 아직 많이 남아 있습니다. 그동안 실컷 울었습니다. 정말 충분했습니다.

《울산신문》 2021.8.23.)

성환희 ● 2002년 《아동문예》 동시 당선. 동시집 『궁금한 길』, 『인기 많은 나』, 『놀래 놀래』, 『행복은 라면입니다』 외. 울산아동문학상, 울산작가상 등 수상.

동시 한 편의 여운

가을

비바람에도 떨어지지 않고
따가운 햇살도 잘 견디더니
연둣빛 사과
빨갛게 익어
단물이 들었다.

조금만 책이 넘어가도 툭 밀치고
조그만 말실수에도 톡 쏘던
새 학년 처음 만난 내 짝
싸우면서도 정이 들어
단짝이 되었다.

몇 차례 폭우와 폭염이 지나가고 나면 하늘이 높고 푸르러지면서 가을은 온다. 가을이 대견스러운 것은 여름의 따가운 햇살과 쏟아붓는 빗발과 태풍을 견뎌내고 열매를 맺기 때문이다. 여름이 초록색이라면 가을은 빨간색이다. 땡볕에 익은 농부의 얼굴처럼 사과도 감도 빨간색으로 익어가고 '단물'이 들어간다.

가을은 모두가 성숙해지는 계절이다. 여름 내내 천방지축 방방 뛰던 아이들도 의젓하게 철이 들고 생각이 깊어간다. 새 학년 처음 만나 걸핏하면 '툭 밀치고 톡 쏘며' 다투던 짝과도 정이 든다. 밤송이 속에서 머리를 맞대고 익어가는 쌍둥이 알밤처럼 알콩달콩 '단짝'이 된다. 가을은 결실을 보고 한껏 성숙해지는 계절이다. 모두들 사과처럼 단물이 들고 정이 깊어지는 가을이었으면 좋겠다.

● 이준관

《조선일보》 2014.09.13.)

이준관 ● 1971년 서울신문 신춘문예 동시 당선. 동시집 『내가 채송화꽃처럼 조그마했을 때』, 『웃는 입이 예쁜 골목길 아이들』, 『흥얼흥얼 흥부자』, 『얘들아, 우리 아파트에 놀러 와』 외. 대한민국문학상, 방정환문학상, 소천아동문학상, 한국아동문학상, 이주홍문학상 등 수상.

용용 죽겠지

엄마가
입원을 했다

엄마는 중국집에 시켜 먹으랬지만
이젠 나도 6학년이니
저녁을 하기로 마음먹었다

쌀을 씻어 안치고
가장 만만한
계란 프라이에 도전을 한다

1. 가스레인지를 켜고
2. 프라이팬에 식용유를 두르고
3. 계란을 깨뜨리고
4. 노릇노릇 잘 구워지면 뒤집는다

머릿속과 달리
새까맣게 탄 계란 프라이가
나를 비웃는다

"용용 죽겠지?"
약을 올린다.

계란 프라이가 새까맣게 탔다고요. 괜찮아요. 생각과 다르게 마음대로 안 될 때가 많지요. 그래도 엄마는 대견하게 생각하실 거예요. 병원에 입원한 엄마 대신 저녁을 준비하려던 것이잖아요. 어린이가 잘못했다고 말할 사람은 한 명도 없어요.

계란 프라이 만드는 순서 1, 2, 3, 4를 시의 일부분으로 넣어 쓴 것이 특색 있어요. 어색할 줄 알았는데 의외로 잘 어울리네요. 평범하고 익숙한 이야기도 얼마든지 새롭게 표현할 수 있다는 것을 이 시는 보여주고 있어요.

요즘엔 요리에 관심 있는 남자 어린이들이 많답니다. 아직 계란 프라이를 만들어보지 않은 어린이는 이 기회에 도전해보면 어떨까요.

● 전병호

《소년한국일보》 2015. 09. 21)

전병호 ● 1982년 동아일보 신춘문예 동시 당선. 동시집 『들꽃 초등학교』 『아, 명량대첩!』 『비 오는 날 개개비』 외. 방정환문학상, 세종아동문학상, 소천아동문학상, 열린아동문학상 등 수상.

우리 집 거북이

지구에 있는 파충류 중
가장 오래 되었다는 동물
거북이
우리 집에도 산다.

밥 먹으면서도 책 읽으면서도
틈만 나면
스마트폰 들여다보던
우리 형

밤에도 엄마 몰래
컴퓨터 게임하던
우리 형

느릿느릿 걷더니
드디어
머리가
구부정하게 앞으로 나왔다.

우리 집에도
거북이가 산다.

어휴. '형'이 어떻게 생활하는지 눈에 훤히 보여요. 이 정도 되면 완전히 스마트폰 중독이에요. '형'은 이제 머리가 구부정하게 앞으로 나왔다네요. 영락없는 거북이에요. 어쩌면 좋아요. 그런데 이런 '형'이 우리 집에만 있을까요. 집집마다 있어요. 길에 나가도 많아요.

스마트폰 중독에서 빠져나오기 위해 하루쯤 스마트폰 사용하지 않는 날을 정하는 것이 어떨까요? 친구들과 즐겁게 운동하면서 땀을 흠뻑 흘려보는 것이지요. 다른 취미생활을 해도 좋고요. 그렇게 되면 기분이 상쾌해지고 활력을 되찾게 되고요. 몸도 건강해지지요. 자, 거북이. 얼른 일어나세요. 이번에는 꼭 실천해야 해요.

● 전병호

《소년한국일보》 2018. 02. 05)

전병호 ● 1982년 동아일보 신춘문예 동시 당선. 동시집 『들꽃 초등학교』 『아, 명량대첩!』 『비 오는 날 개개비』 외. 방정환문학상, 세종아동문학상, 소천아동문학상, 열린아동문학상 등 수상.

정정당당

뉴스를 보면
○당 △당
날마다 다툰다.

뉴스를 보던
할아버지는 ○당
아빠는 △당
우리 집도 날마다 다툰다.

지금
우리나라에
제일 필요한 것은
○도 △도 아닌
정정당당

가을운동회
달리기하는
우리들처럼

'정정당당'이 펄떡펄떡 살아 숨 쉬는 곳이 있다. 세계 어른들의 겨울 운동회인 평창올림픽 경기장이다. 그곳에서도 다툼이 심하다. 다툼이 그 어느 곳보다 치열하다. 하지만 깨끗이 경쟁하며 다툰다. 웃고 칭찬하며 다툰다. 멋진 다툼 아닌가. 이게 바로 정정당당이다. 어린이들도 운동회 날 정정당당히 경쟁하는데, ○당과 △당은 선의의 경쟁 아닌 싸움으로 날을 지새운다. 가정에까지 다툼을 번지게 하는 ○당과 △당의 존재 가치를 어린이는 아주 낮게 채점한다. "우리나라에/제일 필요한 것은/○도 △도 아닌"이라는 표현이 그걸 말해 준다. 어린이 꾸중에 속이 시원한 사람도 있을 게다. 집과 학교, 사회, 나라를 4연과 같은 풍경으로 채웠으면 좋겠다. 그때 정정당당하지 않은 ○당과 △당을 빼버리면 어떨까.

●박두순

《조선일보》 2018.02.22.)

박두순 ● 1977년 《아동문학평론》 동시 신인상으로 등단. 동시집 『들꽃과 우주통신』, 『망설이는 빗방울』, 『나도 별이다』, 『사람 우산』 외. 대한민국문학상, 한국아동문학상, 소천아동문학상, 방정환문학상, 박홍근아동문학상 등 수상.

반성문

향유고래의 뱃속에서 나온

밧줄
그물
페트병
비닐봉지
플라스틱 컵
100kg

우리가 써야 할

반성문의 무게

밧줄, 그물, 페트병, 비닐봉지 등 플라스틱 쓰레기의 무게가 100kg이라면 부피는 얼마나 클까요? 플라스틱 쓰레기 100kg을 쌓아놓은 모습을 본다면 어린이들은 아마 비명을 지를 거예요. 그 많은 쓰레기를 뱃속에 넣고 살아야 했다니! 향유고래는 얼마나 고통스러웠을까요? 향유고래는 플라스틱 쓰레기를 먹이인 줄 알고 먹은 거예요. 그것이 뱃속에 차곡차곡 쌓였고, 끝내는 향유고래의 목숨을 빼앗은 것이지요.

동물이 살기 힘든 세상은 사람도 살 수 없어요. 향유고래를 죽게 한 플라스틱 쓰레기 100kg이 우리가 써야 할 반성문의 무게라는 시인의 말이 가슴에 콕 들어와 박히는 날이에요. 환경오염을 막기 위해 우리가 해야 할 일은 무엇일까요?

● 전병호

《소년한국일보》 2021.03.22.)

전병호 ● 1982년 동아일보 신춘문예 동시 당선. 동시집 『들꽃 초등학교』 『아, 명량대첩!』 『비 오는 날 개개비』 외. 방정환문학상, 세종아동문학상, 소천아동문학상, 열린아동문학상 등 수상.

처음 알았다

잠자고 있는데
술 냄새 풍기며
꺼칠꺼칠한 수염 마구 비벼 대서
아빠가 싫다고 할 때
경준이는 부럽다고 했다.

일어나기 싫은데
간지럼 태우며
아침 운동 가자고 깨워서
아빠가 싫다고 할 때
경준이는 부럽다고 했다.

내게 귀찮은 일이
부러운 일이 되기도 한다는 걸
처음 알았다.

—동시집 『누워 있는 말』에서

여유를 갖고 한 호흡 머뭇대는 일상생활 속에서도 귀찮은 일이 더러 있다. 아빠가 약주를 드시고 밤늦게 들어와 꺼칠한 수염을 볼에 비빌 때다. 잠은 소나기처럼 퍼붓는데 술 냄새까지 풍기니 서로의 기분이 엇물린다. 또 있다. 아빠가 아침 운동을 가자고 나를 깨우실 때다.

그 귀찮은 일이 행복이라는 것을 친구 경준이를 통해 알았다. 경준이는 아빠가 안 계신다. 그러니까 술 냄새 풍기면서 수염을 비비고 뽀뽀해 주는 그런 아빠가 부러운 것이다. 나에게는 귀찮은 일이 경준이에게는 부럽고 사랑스러운 일이라니…….'

입장 바꿔 생각해 보라'는 말이 있다. 그러면 상대방을 좀 더 이해할 수 있게 된다고. 다리가 불편한 친구 앞에서 축구 이야기만 하지는 않았는지? 병원에 입원 중인 친구를 찾아가 학교 가지 않아서 좋겠다고 하지는 않았는지?

내 주위를 살펴보자. 내가 친구들의 신경 줄을 건드린 일은 없었는가. 잠시 생각을 가다듬고, 이렇게 반성해 보는 것. 이게 바로 생활 속 작은 수행이 아닐까?

●오선자

(《부산일보》 2016. 06. 14.)

오선자 ● 1995년 《아동문예》 동시 당선. 동시집 『꽃을 깨우는 엄마』, 『쨍쨍 해님의 말씀』, 『그물에 걸린 햇살』, 『신발의 수다』, 『따라온 바다』 외. 부산아동문학상. 불교아동문학작가상. 최계락 문학상 등 수상.

비상구

바깥에선 열리지 않아도
안쪽에선 언제나
쉽게 열려야 한다지
즉시
알 수 있어야 한다지

어두운 곳에서
환하게 불을 켜고 있는 비상구

아무리 큰 잘못을 저질렀어도
너그럽게 용서해주지
아무리 투정부려도
따스하게 안아주지
얼굴빛만 보아도
무슨 일이 있나 금방 알아차리지

언제나 급하면
달려갈 수 있는 비상구

우리
어머니

—동시집 『지금은 공사 중』에서

이 세상에 어머니 같으신 분이 또 있을까? 아무리 투정부려도 따스하게 안아주고, 얼굴빛만 보아도 무슨 일이 있나 금방 알아차리는 분. 마음의 고장물 씻어주고 내 마음 환히 밝혀주다가 지금은 내 곁에 안 계신 분. 평생 나만을 위해 사신 분. '지는 것이 이기는 것이다'라는 철학을 깨우쳐 주신 분. 생각만 해도 눈물 글썽이며 가슴 싸해지는 나의 어머니.

●구옥순

(《부산일보》2011. 01. 26.)

구옥순 ● 1981년 부산 MBC 신인문예에 동시 당선. 동시집 『오른손과 왼손』, 『꼬랑 꼬랑 꼬랑내』, 『말의 온도』, 『하느님의 빨랫줄』, 『야, 시큼 털털한 김치!』 외. 부산아동문학상, 최계락 문학상 등 수상.

뜨개질

선생님은
날마다
뜨개질을 하신다.

보물찾기 예쁜 쪽지
야영 때 본 별자리를 엮어서
색깔 고운 무늬를 넣고

운동회 때 힘찬 함성
학예제 때 멋진 합창으로
빛깔 고운 무늬를 넣으신다.

어쩌다 잘못 꿴 코는
풀었다가 다시 짜고
또 다시 짜서
새 학년 소중한 밑거름되라고

선생님은
일 년 내내
뜨개질을 하신다.

—동시집 『지금은 공사 중』에서

선생님도 뜨개질을 하실까? 학교에서 일어나는 모든 교육 활동이 선생님의 뜨개질이란다. 소풍, 야영, 운동회 그리고 학예제까지 모두 뜨개질에 사용할 털실이다. 그 실들은 색깔이나 빛깔 고운 무늬가 된다. 선생님은 잘못 꿰면 다시 짜기도 하면서 일 년 내내 뜨개질을 하신단다. 어쩌면 우리 아이들의 소중한 꿈을 뜨개질해 주기 위하여. 비유가 참신할수록 맛있는 동시가 된다는 것을 보여준다.

●박일

(《부산일보》 2007. 07. 02.)

박일 ● 1979년 《아동문예》 동시 추천. 동시집 『내 일기장 속에는』 『할아버지 어린 날』, 평론집 『동심의 풍경』 『최계락과 조유로의 동시 읽기』 외. 계몽아동문학상, 한국아동문학상, 이주홍아동문학상 등 수상.

제3부

내가 아는 박선미

꼿꼿한 사도의 삶 애오라지 사른 선생님_최성아
감자 캐는 날_강정규
특별한 제자, 영원히 살아남을 꽃_신헌재
애덤스의 납작해진 코_공재동
보석처럼 영롱하게 박혀 있는 울음_배익천
맑고 깊다_백승자
그가 가는 외길에 봄꽃 흩날리소서_이승희
나를 안아준 그녀_김금래
선생님은 역시 선생님이다_박혜선
아름다운 사람 하나_백승자
데이지를 닮은 선생님_장그래
선미야, 퇴임을 축하해_장영우
샬롯과 윌버와 같은 소중하고 깊은 인연에 감사하며_김묘정
내 인생의 등대가 되어주신 박선미 수석 선생님_황성희
사랑하고 존경하는 박선미 선생님의 정년퇴임을 축하하며_한지은
삶으로 가르치는 선생님_김태환
추운 겨울 맞잡은 손처럼 든든한 선생님_옥정은
유일한 저의 스승_이승용
따뜻한 마음, 열정이 넘치는 수석 선생님께_고보현
회장님, 우리 회장님_강기화

꼿꼿한 사도의 삶, 애오라지 사른 선생님

—박선미 수석 선생님 정년퇴임을 축하하며

최성아

한겨울 추위에 푸르기만 한 소나무
아쉬운 작별인 듯 가지를 흔드는 건
발걸음 잡고 싶은 마음 더 보태나 보다

얼굴 가득 미소 띠고 사랑으로 지켜보던
꿈을 간직하라며 격려로 다독거려주던
무수한 사랑의 주마등 눈시울은 더 붉고

화안한 등불 되어 마흔두 해 지킨 사도
일군 그루그루 백두대간 곧게 뻗고
걸어온 올곧은 사도 이정표로 섰으리

봄이면 파도 노래 정(情)으로 가득 품고
묵묵히 받아주던 갯바위 이야기까지
끝없는 바다 같은 사랑 유년의 꿈이 되어

넉넉한 겨레 사랑 한새벌서 쟁였다가

제자 사랑 마중물로 아낌없이 길어 올려
꼿꼿한 걸음걸음으로 참 스승 되었지

행여 놓칠세라 짚고 또 짚어가던
그 열정 그 가르침 방울방울 더하여져
강으로 바다로 흘러 방방곡곡 이었으며

자상한 눈길로 후배 챙기던 마음이며
바른길 고집하며 청렴을 실천하던
이 땅의 자랑스러운 우리 교육 별이었지

언제나 아이들의 웃음 먼저 생각하고
교육적으로 다가서려 애를 쓰던 그 모습
푸르게 되새겨야 할 울림으로 기억하며

소나기 지나간 자리 무지개 찬란하듯
명예로운 정년퇴임이 새 출발 되길 빌며
최선을 다하던 모습 흔들림 없이 남으리

숱한 나날 뜬 눈으로 지키던 책임감이며
내일의 희망 짜던 굳은 사명감까지
이제는 노심초사 백년지계 후배에게 물리고

꽃 한 송이 풀 한 포기 이야기 나누고
또 다른 인생의 뜰 천천히 거닐다가
깊어진 시의 향기 날로날로 펼치렴

봄 물은 아기 목련 벙글어 웃음 짓고
더 높이 올라가는 어린 꿈들 벙글 때
남겨진 크고 작은 사랑 가슴 가득 빛나리

2024년 1월 친구 최성아

최성아 ● 2004년 《시조월드》 신인상 당선. 시조집 『부침개 한 판 뒤집듯』 『달콤한 역설』 『내 안에 오리 있다』 외. 부산문학상 우수상, 부산시조작품상 등 수상.

감자 캐는 날

강정규

1. 엽서 한 장

제례 하옵고,

우선 사과 말씀부터 드려야 하겠습니다.

새해 벽두 전화를 주셨을 때, 저는 내용을 제대로 듣기 전에 가슴이 덜컹했습니다. 분명 청탁해서 원고를 받았는데, 잡지에 막상 그 작품이 보이지 않을 때 편집자로서 그 당황함이 어떻겠어요. 선생님도《어린이문예》잡지 편집자로서 혹시 그런 적은 없으신지요. 문제는 제가 사용하는 두 개의 이메일에 있었습니다. 하나는 잡지 쪽 연락을 주고받고, 다른 한쪽은 사적인 연락을 주로 해왔는데, 근래 와서 개인용 이메일만을 사용하게 되면서, 여든세 살 노인의 건망증이 주범이었던 게지요. 여하튼 이번 호에 못 들어간 선생님의 동시는 여름호에 넣을게요.

그나저나 2월이면 정년퇴임을 맞으신다고요? 갑자기 이원수 작사, 정세문 작곡인 동요 「겨울나무」가 생각나네요.

　나무야, 나무야 겨울나무야

　(……)

평생을 살아 봐도 늘 한 자리

선생님의 40여 년 교직 생활과 겹치는 사연은 없을지라도 저로서는 새파란 젊은 시절 낮엔 엿장수, 저녁에 야학 운동을 하면서 때때로 외로움에 흥얼거리던 노래거든요.

2. 감자와 양파, 등단 이야기

감자 캐는 날
가진 것 다 주고
빈 껍데기로 남은
어머니를 만났습니다.

삼월에
재를 묻혀 심은 씨감자
가진 것 다 주고
쪼그라든 씨감자

썩은 보람으로
더 많은 감자를 거두게 만든
씨감자를 보며
만난 어머니

감자 캐는 날
줄기에 주렁주렁 매달린
주먹보다 굵은 감자를 보며

철없던 나는
어머니의 눈물
가슴에 안고
돌아왔습니다.

선미 선생님!

2007년 1월 1일 자에 발표된 선생님의 부산일보 신춘문예 동시 당선
작「씨감자」맞지요? 1999년에 등단하고도 신춘문예에 대한 아쉬움이
남아 재등단했다고 알고 있습니다. 그러면 잠시 다음 글을 보셔요.

유리병에 가득 물을 담고
양파 한 통을 올려놓았다.
겨우내, 자라는 싹 잘라 먹었다.
양념간장도 만들고
떡국에도 썰어 넣고

봄이 오는데
싹은 더 이상 자라지 않았다.
그만 버리려다 보니,
양파는 빈 껍질만 남고
병 안엔 할머니 머리카락 같은
흰 뿌리만 가득

이것은 2011년 격월간《동시마중》3·4월 호에 발표된 제 동시 등단
작품 가운데 한 편인「파 뿌리」전문이랍니다.

백승자 선생님은, 선생님의 시 「씨감자」에 대하여 『한국 아동문학가 100인 작가작품론』에서 "가진 것 다 주고 쪼그라든 씨감자에서 지극한 모성애를 재발견했다."라고 말합니다. 그렇다면, 제가 쓴 「파 뿌리」는 어떤가요? 제목을 아예 「양파」라고 할 걸 그랬나요? 그러면 어머니가 생각났을까요? 여하튼 선생님과 저는 피차 상통하는 소재와 주제를 다룬 작품으로 문단에 첫발을 내디뎠네요. 비슷한 성정을 지녔기에 자주 보지 못해도 마음이 통하는 것이라 믿어요.

3. 《시와 동화》 이야기

《시와 동화》 통권 68호(2014년 여름)는 동시와 동시조 100인 특집이지요. 여기 선생님 작품 두 편이 보이는데, 그 가운데 하나가 「착한 집」입니다.

할머니 떠나신 빈집
지붕도 내려앉고
울타리는 기울어졌고
텃밭엔 잡초만 무성한데도
아궁이는 고물고물 새끼 고양이 키우고
감나무는 주렁주렁 빨간 홍시 매달아 놓았다.

저도 집을 노래한 시가 한 편 있어요. 한 번 보셔요.

혼자 사시던 할머니
요양 병원 가신 후,
엄마는 이제 외갓집은

집이 아니래

그럼
외할머니가 집이었네,
사람이 집이네

어때요?

선생님의 시는 그야말로 「착한 집」이 확실하지요? 그런데 제가 지은 「집」(『모기네 집』, 문학과지성사, 2018)은 이미 집이 아니잖아요. 아마 제 나이의 눈에 그렇게 보였나 봐요. 그러나저러나 선생님은 《시와 동화》에 남다른 관심을 가지고, 상경 시에는 단짝 백승자 선생님과 동행하여 인사동 사무실도 찾아오시고, 해마다 잊지 않고 후의도 표하시지요. 잡지를 발간하는 일은 어쩌면 시와 동화의 집을 짓는 일일지도 몰라요. 선생님의 시에서 드러난 마음이 잡지를 편집하는 일에도 도움을 줄 거라는 생각이 들어요.

4. 조선 여인

"……말끝이 살짝 올라가는 듣기 좋은 사투리 결코 과장하지 않은 몸짓과 말투—화장했을 때보다 말갛게 씻고 난 얼굴이 더 곱다—거절을 잘 못하는 여린 성품이지만 책임감도 있고, 고집도 있다—여간해서 서두르는 법이 없다—결 고운 성품 속에 꽤 단단한 심지……"

이것은 『한국 아동문학가 100인 작가 · 작품론』 가운데 선생님의 인물론 '맑고 깊다'에서 백승자 선생이 묘사한 '박선미 읽기' 중 한 대목입니다.

나는 여기에 한 자라도 빼거나 보탤 생각이 전혀 없답니다. 같은 생각이기 때문이지요. 굳이 한마디 첨언 한다면, 자주 보진 못하지만 상시 고른 치열을 엿보이며 살포시 웃는 모습이 천상 조선 여인이란 생각이 들어서예요.

5. 건필을 빌며

이제 생각하니, 2007년 제가 한국아동문학인협회 회장으로 뽑히고 난 후 가장 성대한 세미나를 개최한 해가 2009년, 선생님이 계신 부산에서였지요.

선생님은 협회 간사가 아닌데도 불구하고 부산에서 개최되는 세미나라는 점 때문에 1박 2일 동안 간사 이상으로 수고를 하고 참관기도 써 주셨어요. 선생님과 함께 동백섬과 유엔묘지를 돌며 느꼈던 선한 인상이 아직도 기억에 남아 있답니다.

끝으로 한마디.
선생님!
정년퇴임 후 혹시 한 편이라도 동화나 소설을 쓰실 생각은 없으신가요? 앞에서 '조선 여인'이란 말을 쓴 것도, 동화나 소설을 생각한 것도 선생님의 성정에 동화가 어울릴 거란 생각이 들었기 때문입니다.
말이 길어졌네요. 세 따님과 더불어 부디 행복하시기를!

맑고 밝은 나날, 강정규 올림

강정규 ● 1975년《현대문학》소설 추천, 11년《동시마중》동시 추천. 동화집『다섯 시 반에 멈춘 시계』『짱구네 집』『돌』, 동시집『목욕탕에서 선생님을 만났다』『모기네 집』『돌아온 사탕』외. 한국아동문학상, 한국기독교문학상, 대한민국문학상 등 수상.

특별한 제자, 영원히 살아남을 꽃

신헌재

　박선미 선생을 처음 만나게 된 것은 지금으로부터 26년 전인 1998년도 12월에 치른, 1999학년도 한국교원대학교 교육대학원 신입생 선발 면접 자리에서다.

　그때만 해도 우리 한국교원대학교 대학원에서 초·중등 교사들을 대상으로 방학을 이용해서 개설한 교육대학원은 그 선호도가 상당히 커서 10대 1에 육박하는 경쟁률을 보였다. 당시 교육대학원 입학시험이 있던 1998년도 12월 5일 자 내 일기를 보니 그해에도 경쟁률이 높아서 7명으로 내정된 교육대학원 초등국어교육 전공에 들어오려고 시험 본 응시생은 무려 62명이나 되었다. 그중 10%는 그날 오전에 본 집필고사를 망쳤다고 여겨선지 그냥 돌아가고, 55명만 그날 오후 3시 반까지 남아 면접을 본 것인데, 바로 거기에 박선미 선생도 끼어 있었던 것이다. 그리고 그 후 발표된 최종 합격자에도 당당히 그 이름이 올라 있었고 그 덕분에 박 선생은 나와 사제 관계를 맺게 되었다.

　이렇게 1999년도부터 한국교원대 대학원에 적을 두고 초등국어교육 전공 99학번이 된 박 선생은 또한 같은 1999년도부터 동시인으로 문단 활동도 본격적으로 시작하게 된 것이다. 박 선생은 바로 이런 연유로 인해 1999년도를 나타내는 99란 숫자를 소중히 여기는 모습이 바로 그녀의 이메일 주소를 'sunmip99@hanmail.net'이라고 자신의 이니셜 영문자 옆에 99를 붙여서 사용하는 점에서도 엿보인다.

나도 역시 1999년도를 계기로 대학원 강의 시간에 박 선생을 만나서 국어교육과정 관련 강의도 하고, 아동문학 교육에 대한 강의도 했다. 그때 박 선생이 유난히 총명스런 눈빛을 반짝이며 집중해서 강의를 듣던 모습이 지금도 눈에 선하다.

우리 교원대 교육대학원은 5학기, 곧 다섯 번에 걸친 여름과 겨울의 방학 기간에 강의를 운영한다. 그러니까 1년 중 제일 더운 8월과 제일 추운 1월 중에 한국의 중심지인 청원벌 교원대 교정에서 강의가 이뤄지는 셈이다. 우리 교육대학원생들은 다른 동료들 다 쉬는 동안 자신들은 고향과 집을 떠나 교원대 기숙사에서 2, 3주간 기숙하면서 공부하는데, 1년 중 가장 덥고, 가장 추운 기간에 객지에 와서 공부하는 대학원생들은 자신들의 그런 처지를 우스개 삼아 이렇게 말하기도 한다. 자신들은 여름에는 '교프리카'에서 땀을 흘리고 겨울에는 '교베리아'의 삭풍에 시달리며 공부하노라고……

하지만 그런 중에도 박 선생은 그 총기 어린 눈빛에 힘들다거나 지겹다거나 해서 흔들리는 기색 하나 없이 성실하면서도 꾸준히 학업에 충실했던 것으로 기억이 된다. 그리하여 대학원 4학기가 되는 2000년도 말부터 박 선생은 석사학위 취득을 위한 논문을 준비하기 시작했는데, 난 마침 그 무렵 1년 동안 미국에 방문교수로 가게 된 바람에 박 선생에게 논문에 대한 안내를 제대로 해주지 못한 아쉬움이 있다. 하지만 박선생은 자립적으로 자신의 현장성을 십분 살려서 「평가활동을 통한 초등학교 시교육방법 연구」란 석사 논문을 충실히 잘 진척해 갔던 것이다. 그렇게 해서 거의 완료된 박 선생의 논문을 나는 2001년도 말에 귀국해서야 받아가지고 살펴볼 수 있었다. 기본적인 설계가 제대로 잘 되어 있었던 덕분에 여러 번 만나지 않고도 이메일과 서신을 통해 수정하여 다듬게 해서 11월 말 논문심사에 부칠 수 있었고, 1월에 큰 무리없이 통과할 수 있었다. 그래서 2002년 2월 박 선생은 무난히 석사학위를 받고 졸업을 할 수 있었던 것이다.

대학원 졸업 후에 박 선생은 교직 생활 발전 경로 두 가지 라인—학교 운영을 담당하는 교감·교장 라인과, 아이들과 벗 삼고 초등교육 현장의 전문가로 일관할 수 있는 수석교사 라인—가운데 후자를 선호했는데 이 점도 교육자다운 박 선생의 정체성을 잘 드러낸 셈이라고 본다. 그 결과 박 선생은 2012년 초에 한국교원대에서 수석교사 연수를 받고 부산시 수석교사로서 성실히 임했던 것이다. 그리고 석사과정 이수로 얻은 초등 국어의 전문성을 십분 발휘하는 와중에 부산의 국어과 수석교사들과 연합해서 '2015 국어과 교육과정'에 새로 도입된 '한 학기 한 권 읽기'를 현장에서 운영하는데 도움이 될 『어서 와 한 학기 한 권 읽기는 처음이지?』란 가이드북을 펴내기도 하였다. 자신의 전문성을 바탕으로 초등 교단에 실질적으로 도움이 되는 일에 누구보다 앞장서는 수석교사였던 것이다. 그때 나는 박 선생으로부터 책을 낸다는 소식과 함께 기획서를 받아보고는 책의 참신한 점과 더불어 공저자 가운데 한 사람인 박 선생의 사심 없는 열정에 반해서 기꺼이 추천 글월을 짤막하게 써 보냈던 기억이 있다.

그런데 박 선생은 이렇게 초등교사로서 보인 성과만으로 만족하지 않았던 것 같다. 다름 아닌 1999년도에 등단한 동시인으로서의 활동도 그 못지않은 열정으로 이루어 간 것이다.

그 성과의 일환으로 박 선생은 2007년에 상재한 동시집 『지금은 공사중』을 시발점으로 해서 『불법주차한 내 엉덩이』, 『누워 있는 말』, 『햄버거의 마법』, 『먹구름도 환하게』, 『잃어버린 코』에 이르기까지 꾸준히 성장 발전해 가는 모습을 보여왔다. 이 중에 『지금은 공사중』 속의 표제작 「지금은 공사 중」은 7차교육과정에서 시작해서 2015 개정 교육과정의 국어 교과서까지 긴 시간 수록되었고, 연이어 『불법주차한 내 엉덩이』에 나오는 「우리 엄마」도 4학년 국어교과서에 수록되었으니 그 성과에 남모를 박수를 보냈었다.

이렇게 이뤄낸 그의 문학적 성과는 〈오늘의 동시문학상〉, 〈서덕출문학상〉, 〈이주홍문학상〉, 〈한국아동문학상〉 등의 수상자로 선정되면서 아동문단에 그의 성과를 높이며 더욱 확고히 자리 잡았음을 알 수 있다.

박 선생은 또한 부산의 배익천 선생이 주간으로 있는 유수한 아동문학 계간지 《열린아동문학》의 편집위원을 맡아서 우리 아동문단 활성화를 위해 몸을 아끼지 않으며 적극적인 봉사로 헌신하는 모습도 보여주었다. 그 덕분에 나도 박 선생을 통해 《열린아동문학》지를 한 호도 빠뜨림 없이 받아보면서 이 계간지의 애독자가 된 것이다. 뿐만 아니라 2023년에는 우리나라에서 계간으로 나오는 아동문학지에 실리는 주요 동화들을 계평할 수 있는 기회도 얻게 되어서 한 해 동안 우리나라 동화의 주요 흐름을 구체적으로 살펴볼 수 있어서 좋았다.

아무려나 이렇게 평생 아동과 함께 호흡하며 저들의 동심을 끌어올려 생동감 있는 동시로 엮어낸 참 교사이면서 멋진 동시인 박선미 선생을 내 제자로 주신 하나님께 다시 한번 감사를 드린다. 아울러 이제 퇴임 후에는 동시인 박선미의 문학 세계가 더욱 풍성하고 아름다운 빛을 드러내면서 우리나라 아동문학계에 영원히 살아남을 꽃으로 자리 잡아 가길 기원하는 바이다.

신헌재 ● 한국교원대학교 명예교수. 2006년 《아동문학평론》 평론 당선. 평론집 『아동문학의 숲을 걷다』 『아동문학 교육이 나아갈 길』 등.

애덤스의 납작해진 코

공재동

공자가 진나라에서 난을 피해 간신히 도망쳐 나와 초나라의 명신 섭공을 찾아갔을 때의 일이다. 섭공은 공자를 따라간 자로에게 공자란 도대체 어떤 분이냐고 물었다. 자로는 아무런 대답도 하지 않았다. 원래 자로가 말주변이 없는 데다가 공자를 하늘 같은 존재로만 생각했지 한번도 공자가 어떤 인물인가에 대해 객관적으로 생각해 본 적이 없었던 것이다. 공자가 나중에 이 이야기를 듣고 웃으며 자로에게 말했다.

"자네는 왜 이렇게 말하지 못했느냐. '우리 선생님은 학문을 할 때나 일을 할 때나 한 가지에 열중하면 식사도 잊고, 즐거워지면 걱정거리를 모두 잊어버린다. 또 늙어 가는데도 늙는 줄도 모르고 있다.'라고"

자로가 공자가 어떤 사람이냐는 질문에 얼른 대답하지 못한 것은 공자를 머리로 따른 것이 아니라 마음으로 따랐기 때문이 아닐까. 우리가 사람에 대해 안다는 것은 이렇게 머리로 아는 것과 마음으로 아는 것이 다를 수 있을 것이다.

내가 아는 박선미 선생님도 마음으로 아는 것이어서 객관적인 인물평이 아니라 몹시도 주관적인 견해임이 틀림없다. 내가 박선미 선생님에 대한 물음에 아무 대답도 못 한다면 박 선생님은 내게 무어라 자기 평을 할까. 공자의 발분망식(發憤忘食) 낙이망우(樂以忘憂), 박선미 선생님에게서도 이런 자평이 나옴직한데…….

  내가 아는 박선미는 아이들을 잘 가르치는 최고의 선생님이다. 어느
해던가. 수업 대회 심사위원으로 동래초등학교 박선미 선생님의 국어
수업을 참관했다. 수업 대회라는 것이 교사들의 수업 능력 향상을 위한
것이 목적이지만, 승진을 위해 점수가 필요한 교사들에게는 연구점수를
채우는 데 좋은 기회가 되기에 경쟁이 치열했다. 당연히 가산점이 필요
없는 사립학교 교사들은 대회 자체에 관심을 가지지 않았다. 동래초등
학교 사립학교 교사가 수업 대회에 참가한 것이 박선미 선생님이 처음
이어서 속으로 '참 특이한 선생님이구나' 했다. 그런데 웬걸, 나는 그
동안 현장에서 수많은 수업을 참관했었지만 그처럼 능숙하고 세련된 수
업은 처음이었던 것이다. 당시 2학년 학생들을 데리고 국어 수업을 진
행했는데 한 시간이 어떻게 지나갔는지 모를 정도로 완벽한 수업이었
다. 수업을 참관하는 내내 '교육의 비결은 학생을 존중하는 데 있다.'라
고 한 에머슨의 말이 떠올랐다. 아이들은 선생님을 믿고 선생님은 아이
들을 존중할 때 저렇게 훌륭한 수업이 가능하다는 생각 때문이었다. 그
때부터 내 머릿속에 박선미 하면 누구도 흉내 낼 수 없는 최상의 선생
님으로 각인되었던 것이다.
  한 번은 색동회가 주관하는 어머니 동화구연대회에 심사위원으로 갔
을 때였다. 그곳에서 나는 의외의 인물을 대하고 깜짝 놀랐다. 바로 박
선미 선생님이었다. 부산 색동동화구연대회는 내로라하는 전문 동화
구연가들이 참가하여 입상하면 색동회 회원 자격이 주어지는 그런 대
회인데 현직 교사로서는 유일하게 박 선생님이 참가한 것이었다. 동화
구연은 학교 교육과는 별개 분야로 생각했던 나로서는 담임도 맡지 않
는 수석교사가 색동회 회원 자격을 얻기 위해 대회에 참가하리라고는
상상할 수 없었던 일이어서 더욱 놀랐다. 한 치의 망설임도 없이 전문
동화구연가들과 실력을 겨루는 그 모습을 떠올리면 세월이 흐른 지금

도 그때 박선미 선생님이 대회에 참가한 의도가 무엇인지 궁금하기만 하다.

내가 아는 박선미는 어린이의 정서를 가장 잘 표현하는 뛰어난 동시인이다. 어느 해 부산일보 신춘문예 동시 부문 심사를 맡아 전국 각지에서 응모한 수백 편의 작품 중에서 단 한 편의 작품을 고르는 작업을 했었다. 최종적으로 가려 뽑은 동시가 「씨감자」였다. 신춘문예야말로 문학 지망생이라면 누구나 한 번쯤은 꿈꾸는 등용문이 아닌가. 동시 「씨감자」는 동심과 현실의 조화가 절묘한 작품이어서 당선작으로 선정해 놓고 가슴이 뿌듯할 만큼 완성도 높은 작품이었다. 당선작을 발표하는 데 나는 또 한 번 놀랐다. 작자가 바로 내가 최고의 선생님으로만 알고 있었던 선생님 박선미일 줄이야.

또 한 번은 부산아동문학상 심사위원으로 위촉되어 작품을 심사하는데 박선미의 동시집이 후보로 올라와 있었다. 나는 일고의 망설임도 없이 박선미의 동시집에 투표했다. 그해 박선미는 부산아동문학상을 수상했다. 그런가 하면 그해 연말 한국아동문학인협회가 주관하는 한국아동문학상 심사에서도 박선미의 동시집을 수상작으로 선정하는 데 동의했고 박선미는 그해 한국아동문학상을 수상했다.

내가 아는 박선미 선생님은 공자가 말하는 외유내강의 인자(仁者)다. 한 줌 흐트러짐이 없는 외모와 조금은 어눌하면서도 또박또박 확신에 찬 발성은 듣는 이에게 깊은 신뢰를 준다. 관리직에 모든 것을 걸고 연구대회며 각종 경연대회에 참여하여 가산점 채우기에 정신없는 교직 사회의 일면을 보면서 새삼 박선미 선생님을 생각하게 된다. 교사로 시작해 관리직의 길을 선택하지도 않으면서 각종 대회에서 받은 그 많은 교육 관련 상들을 도대체 어디에 썼을까? 생각해 보면 그 상이야말로 학생들의 수업을 위해, 수석교사로서 동료 교사나 후배들의 수업을 지도하기 위해, 우리나라 교육의 발전을 위해 진정으로 쓰이는 상이었던 것이다.

끝까지 어린이 곁을 지키며 수석교사로 정년을 맞은 박선미 선생님, 어린이의 정서에서 한 치도 어긋남이 없는 동심으로 일관한 동시인 박선미 선생님.

애덤스는 '정년 퇴임한 교육자처럼 지루한 사람은 없다.'라고 했는데, 박선미 선생님이야말로 '정년 퇴임한 교육자처럼 뛰어난 동시인은 없다'라는 새로운 격언을 만들어 애덤스의 코를 납작하게 해주길 바라면서, 정년 후 박선미 선생님의 문학 세계는 더욱 넓고 풍성해질 것으로 믿어 마지않는다.

공재동 ● 1977년 《아동문학평론》 동시 천료. 동시집 『꽃씨를 심어놓고』 『초록풀물』, 평론집 『동심의 시를 찾아서』 외. 세종아동문학상, 이주홍문학상, 최계락문학상, 방정환문학상 등 수상. 전 부산교육연수원장.

보석처럼 영롱하게 박혀 있는 울음

—《열린아동문학》과 박선미 선생

배익천

　2009년 봄호, 제40호로《열린아동문학》을 재창간하면서 부산에서 활동하는 아동문학가로는 세 사람을 모셨다. 중진급으로는 동시인 공재동 선생과 동화작가 최영희 선생이 기획위원으로 참여하고, 등단 10년 차 박선미 선생이 편집간사로 참여했다. 1970년대에 등단해 동인도 동아리도 아닌 모임을 하면서 술만 마셨던 술동무 글동무 강원희, 김병규, 소중애, 송재찬, 이규희, 이동렬, 이상교 선생이 자연스럽게 편집위원이 되고 유일하게 그림을 그리던 이영원 선생과 이 모임의 중심에 있던 방 파제 홍종관 사장은 발행인이 되고 그의 아내 박미숙 선생은 편집위원이 되었다. 이영원 선생은 표지 및 일러스트를 맡고 박미숙 선생은 원고료 장만과 필자들에게 주는 기념 서화를 맡았다. 앞서 유경환 선생이 만들 때 참여했던 백승자, 한명순 선생도 편집위원에 합류하고, 편집간사를 맡았던 김경옥, 정진 선생은 박선미 선생과 함께 편집간사를 맡았다. 편집위원으로 참여했던 김원석, 문삼석, 엄기원, 임신행, 하청호, 이상배, 이준관, 이창건 선생은 자문위원, 발행인이던 박진구 사장과 유경환 선생 아내 김은숙 선생도 자문위원으로 모셨다. 그러니까 유경환 선생이 만들 때 관여했던 분들은 모두 참여시켰던 것이다.

글 쓰고 술만 마실 줄 알았던 편집위원들은 일 년에 네 번, 봄여름가을 겨울 만나는 것이 즐거워 손꼽아 기다리기도 했지만 몇 해가 지나 60 고개를 넘어서니 몸이 무너지기 시작했다. 원래 편집위원의 소임은 훌륭한 필자를 추천하는 일과 교정이다. 석 달에 한 번, 만나서 점심 먹고 쥐꼬리만 한 시간에 교정까지 보려니 버거운 일이었다. 그래서 언제부턴가 교정은 간사의 몫이 되고, 서울에서 모이는 일이 줄어들자 부산에 있는 편집간사 박선미 선생의 일은 산더미가 되었다. 이 화려한 제작진 중에서 오직 박선미 선생만 바빴다. 불행하게도 선천적으로 컴퓨터와 담을 쌓은, 컴퓨터가 나온 이래 수십 년 직장생활을 하면서도 문서 하나 만들 줄 모르는 나 때문에 내가 해야 할 일조차 오롯이 선생의 몫이 됐다.

초창기에는 '아동문학의 오래된 샘'이라는 코너가 있어 편집위원들이 전국의 원로아동문학가들을 찾아다니며 취재했는데, 그날이 평일이 아니면 서울이든 지방이든 박선미 선생이 함께했다. 참여하는 것이 일이 아니라 대담하는 긴 시간을 일일이 기록하다가, 소형 녹음기를 사용하다가, 핸드폰에 녹음해 취재기를 만드는 일이 더 고단한 일이었다. 포항의 이영희 선생, 서울의 김종상 선생과 문삼석 선생, 대구의 최춘해 선생 등의 취재에 선생의 손길이 들어있는데, 이후 김병규 선생이 도맡아 하기 전까지는 설문을 만드는 일까지 선생의 몫이었다.

박선미 선생 고유의 일 중 하나가 필자들의 약력을 정리하는 일이다. 이 일은 편집 일의 맨 마지막 일인데 인쇄에 넘기기 직전 일이기 때문에 늘 밤새워서 해야 하는 일이었다. 완벽한 예시를 주며 약력을 부탁해도 우리나라 아동문학가들이 보내오는 약력은 천차만별이었다. 한자로 쓰는 분, 개조식으로 쓰는 분, 장황하게 문학적 업적을 나열하는 분, 출생연도나 등단 연도를 빼고 보내는 분 등 다양하지만 우리의 '철두철미한 편집위원' 박선미 선생은 밤을 새워 '열린아동문학 식의 약력'을 만든다.

여기에서 한발 더 나아가 필자 선정에도 그 성격은 여지없이 발휘된

다.《열린아동문학》은 매호 편집위원들이 각 부문에 몇 사람씩 필자를
추천하는데, 문화예술위원회의 원고료 지원을 받으면 본의 아니게 필자
수가 제한된다. 우리나라 아동문학가 수는 천 명이 넘고, 우리 책이 일
년에 수용할 수 있는 인원은 기껏 120명 남짓이다. 모두 한 번씩 실어
주려면 한 바퀴 도는 데 10년은 걸린다. 그래서 내부적으로 '한 번 게재
후 최소한 2년 이상 지나서'라는 규정을 두었다. 각 편집위원들이 추천
한 필자를 이 규정에 맞는지 확인하여 최종 결론을 내는 일도 박선미 선
생 몫이다.

'철두철미한 편집위원'의 별명은 '검색의 여왕'이다. 특히 교정을 볼
때 십분 발휘된다. 아는 길도 물어보고 돌다리도 두드려보고 건너야 하
는 박선미 선생의 검색 그물은 촘촘하게 쳐져 있어 대충 넘어가는 일이
없다.

올해로 14회를 맞는 '열린아동문학상' 배경에도 박선미 선생 그림자
는 여럿 있다. 수상자가 결정되면 각 문학단체의 카페에 소식을 올리고,
시상식 참석 신청을 받고, 참석자 이름표를 만들었다. 시상식 전날은 상
품을 정리하고, 시상식 프로그램을 만들고, 수상자 가족이 읽을 낭독 원
고도 만든다. 지난해 심사위원장이 되기 전까지는 사진까지 들어간 경
과보고 자료를 공들여 만들어 시상식 참석자들이 그동안 있었던 일을
한 번에 알 수 있도록 ppt 자료를 보여주며 경과보고를 했다. 그리고 시
상식 후 상품 협찬자들에 주는 재능기부증을 만드는 데까지 보이지 않
게 움직이는 선생의 손이 있었던 것이다.

2016년 봄호, 통권 68호부터 박선미 편집간사는 박선미 편집위원이
됐다.

—꽃샘추위 속에서도 봄은 어렴없이 우리 곁을 찾아왔다. 새봄과 함께 편집
위원이 되었다. 붓을 닮은 꽃눈이 활짝 열려 눈부시게 새하얗고 고고한 품격을
갖춘 목련을 피우듯,《열린아동문학》이 문학의 품격을 갖춘 최고의 잡지가 되

는 데 도움되는 일을 할 것이다. 이름이 바뀌어도 초심을 잃지 않고

라는 68호 편집 후기처럼 선생은 2018년 봄호부터 동화작가 신주선 선생이, 2021년 봄호부터 동화작가 황선애 선생이 편집간사로 모셔질 때까지 그동안 하던 일을 그대로 했고, 이 '초심'은 오래오래 《열린아동문학》과 함께할 것이다.

'철두철미한 편집위원' 박선미 선생은 편집위원이 주된 일이 아니라 오랫동안 아이들과 함께해온 '동시 쓰는 선생님'이다. 책 만드는 일을 보면 선생의 학교생활이나 글쓰기가 짐작되고도 남는다. 남들이 계단을 오르듯 갈 수 있는 교감, 교장의 길을 걷지 않고 '수석교사'로 교직을 마무리하는 것을 보면 평범한 가정에서 신념을 가지고 훌륭한 자식을 길러내는 강직한 어머니를 본다.

박선미 선생은 좀 늦은 나이에 동시로 등단하는데 그 이전에는 여러 해 동안 시를 쓰고 등단의 문턱에서 몇 번이나 넘어졌다. 그러나 그 '여러 해의 시'와 '몇 번의 넘어짐'이 오늘의 '박선미 동시'를 연꽃 자리에 올려놓고 있다. 해가 갈수록 속 깊고 반듯한 동시들이 모여 여섯 권의 동시집을 만들었다.

박선미 선생은 지난해부터 부산아동문학인협회 회장을 맡고 있다. 신인 무렵부터 예의 그 '철두철미함'을 보이며 재무간사 일을 맡더니, 이제 백오십여 명을 태운 큰 배의 선장이 되어서는 더 품위 있고 완성된 철두철미함으로 더 넓은 바다를 향해 든직히 키를 잡고 있다.

작품을 발표할 때마다 호평을 받고, 책을 낼 때마다 상을 받던 박선미 선생은 아무리 큰 상을 받아도 그것으로 구름 위에 앉는 일이 없고, 받아야 할 상을 못 받아도 그것 때문에 가라앉거나 서운해하거나 원망하지 않았다. 외부상을 받으면서도 몇 번이나 비켜 가던 부산아동문학상을 보며,

"섭섭하지 않으세요?"

했더니,

"상은 바라고 기다려서 받는 것이 아니라서 괜찮습니다."

하던 의연함에서 선생의 시 「먹구름도 환하게」가 떠올랐다.

실컷 울고 나면
먼 길 떠날 수 있다.

실컷 울어본 사람만이 아는 이 오묘한 진리, 박선미 선생이 이룬 모든 것의 뒤에는 이 울음이 보석처럼 영롱하게 박혀 있는 것 같다.

이제 박선미 선생은 42년간 밤잠 설치며 일에 파묻혀 걸어온 교사의 길에 조용히 초록색 커튼을 내린다. 그 길고 긴 세월 그냥 초록으로 남겨 두고 그 초록을 바탕으로 아름다운 꽃, 시의 꽃을 피울 것이다. 실컷 울고 난 뒤 숲 향기 같은 카타르시스 속에서 새로운 먼 길을 걸을 것이다. 힘찬 박수를 보내며 벌써부터 그 새로운 꽃을 기다려 본다.

배익천 ● 열린아동문학 편집주간. 1974년 한국일보 신춘문예 동화 당선. 동화집 『내가 만난 꼬깨미』 『냉이꽃의 추억』 『별을 키우는 아이』 『우는 수탉과 노래하는 암탉』외. 대한민국아동문학상, 소천아동문학상, 윤석중문학상, 박홍근문학상 등 수상.

맑고 깊다

백승자

1. 노래 잘하는 시인

지금도 조용한 성격이지만, 어린 시절의 그는 유난히 내성적이었다.

초등학생 시절, 국민교육헌장 외우기 대회에 나갈 대표를 뽑는데 맨 먼저 외우고도 부끄러워 나서지 못할 정도였다고 한다.

부모님께 피아노 배우고 싶다고 내색도 못한 채, 학원 다니는 친구의 어깨 너머로 익힌 피아노 실력이 그 친구를 넘어서서 미움을 받은 기억. 당시 인기 프로그램 〈누가누가 잘하나〉에 출연했다는 걸 보면, 부모님 속 한번 썩힌 적 없이 착하고 공부 잘하던 그의 소질은 문학보다 먼저 음악 쪽에서 드러난 셈이다.

최상의 성적임에도 망설임 없이 부산교육대학에 진학한 것도 부모님을 생각해서였다. 대학 입학 후 받은 첫 장학금으로 피아노를 배우기 시작하고, 교사의 첫 월급으로 바이올린을 구입해 레슨을 받았다니 놀라운 열정이다.

노래에도 소질이 있어 여교사 합창단 활동을 하고, 어린이 합창부를 지도해 지도교사상을 받기도 했다.

그는 먼 길 지나서 마침내 동시인이 되었지만, 작곡을 전공한 큰딸이 한편 위안이 되었으리라. 지금도 쌍둥이들이 피아노와 바이올린 등에 조예가 깊고, 막내까지 기타 연주를 즐긴다니 그 핏줄의 내력에 감탄하게 된다.

'나에게 와서 시가 되어준 세 딸'이라는 그의 표현이 아니어도 기대해 볼 만한 미래가 보인다.

1961년생 소띠, 부산 토박이 동시인 박선미.

교직 생활 34년차, 키 크고 당당한 체격에 정장 차림이 잘 어울리는 수석교사.

1999년 부산아동문학 신인상을 받고 연이어 창주문학상을 받아 등단 과정을 거쳤는데도 성에 안 찬 그는, 재도약을 위해 2007년 「씨감자」로 부산일보 신춘문예 동시 부문에 당선된다.

'가진 것 다 주고 쪼그라든 씨감자'에서 지극한 모성애를 재발견한 이 작품은 지금껏 호평을 받고 있다.

8전 9기 끝의 신춘문예 등단이 얼마나 기뻤으면, '이 세상의 모든 악조차 용서될 것 같다'고 당선 소감을 썼을까.

계단 오르듯 차곡차곡 쌓은 내공이 지금의 그를 만든 게 틀림없어 보인다.

교사로서 성실히 근무하면서도 『지금은 공사 중』(2007년), 『불법주차한 내 엉덩이』(2010년), 『누워 있는 말』(2014년) 등 세 권의 동시집을 출간했다. 그리고 첫 작품집부터 연이어 상복을 누려 오늘의 동시문학상과 서덕출문학상을 수상하는 성과를 낸 것이다.

더불어서 지난해(2014)에는 봉생문화상을 받았다.

봉생문화재단에서 수여하는 이 상은, 올해로 26회째를 맞이했으며 부산의 문화예술 창달에 이바지한 공이 큰 만 55세 이하 예술인을 대상으로 주는 큰 상인데, 문학 부문 수상자로 동시인 박선미가 선정되는 영광을 안은 것이다.

그날, 수상자로서의 그녀는 누구보다 멋지고 당당해 보였다.

시상자로 나온 현 국회의장 앞에서도 웃음 띤 얼굴로 자연스럽게 수상 소감을 피력하는 그의 장한 모습이 기억에 남는다.

2. 두고 간 마음과 남은 마음

과연 얼마만큼 알아야, 그 사람에 대해 안다고 자신할 수 있을까.

부산 토박이 그와 서울에 사는 내가 만나는 건 한 해에 많아야 두세 번쯤이다. 평소에 안부를 묻는 전화 통화나 문자 주고받는 일도 드물만큼 무심한 채 지낸다.

그럼에도 불구하고, 그동안 막연히 동시인 박선미를 좀 안다고 생각해 왔다.

"혹시……《시와 동화》여름호에 내 인물론을 써 줄 수 있나요?"

"내가 써야지 그럼! 누구한테 맡기려고?"

조심스러운 청탁에 호기 있게 큰소리를 쳐 놓고, 알긴 좀 아는데, 그에 대해 서술하기 어렵다는 한계에 부딪혔다.

자세히 돌이켜보니 그가 큰 소리로 말하거나 소리 내어 웃는 모습을 본 기억이 거의 없다. 오랜만에 만나도 그저 어깨를 한 번 안거나 소리 없는 미소뿐이다.

그런데 이상한 일이다. 과장하지 않은 몸짓과 말투에서 반가운 진심이 느껴지는 것이다. '진정성'이야말로 그의 큰 재산임을 안 건 한참 뒤의 일이다.

말없이 오래 함께 있어도 불편함이 느껴지지 않아야 좋은 친구라고 한다.

나는 그 말에 흔쾌히 동의한다. 가장 중요한 건 눈에 보이지 않는 거라는 『어린왕자』의 명언을 굳게 믿는 까닭이다.

7, 8년쯤 전이던가, 동시인 박선미를 처음 만났다.

아동문학인협회 행사로 부산에 내려갔을 때, 그가 정두리 선생님을 버스터미널까지 바래다주는 차에 편승한 게 첫 만남이었다.

그 후, 부산에서 나 혼자 서울행 심야 버스를 탈 일이 생겼었다. 터미널까지 택시로 가겠다는 나를, 그녀가 자기 차로 데려다주고 고속버스가 떠날 때까지 함께 있어 주었다.

바로 그날! 부산 수영구 민락동 '방파제'에서 고속버스 터미널까지 가는 길에, 그는 자기 삶의 전반을 내게 소설처럼 말해 주었다.

그에게 하늘은 참 무심했다. 이제 그에겐 열렬히 사랑했던 남편이 남겨 준 쌍둥이 딸 나리와 나래, 그리고 늦둥이 셋째 딸 나은이가 있었다.

생각할수록 그의 고백이 아프고 고마웠다. 그래서 한순간에 섬과 섬 사이에 다리가 놓이듯, 그를 내 가슴에 기꺼이 들여앉힐 날이 되었다.

새까만 밤길을 달려 서울로 돌아오는 버스 안에서, 나는 두고 간 마음과 남은 마음이 회오리치는 걸 감당하기 힘들었다.

3. 향기로운 숲 같은

두어 달씩 소식 없어도, 그저 멀리서 잘 지낼 줄 믿는 게 우리 무언의 약속이다. 통화하는 일조차 드물다 보니 서로의 중요한 소식도 뒤늦게 듣곤 한다.

견우직녀도 아니면서, 우리는 해마다 4월 어느 하루를 날 잡아 만난다. 그날의 아지트는 대개 경남 고성의 '동시 동화 나무의 숲'이다.

바야흐로 산빛이 연두에서 초록으로 싱그러워지는 그 무렵, 보라색 벨벳같이 우아한 으름꽃이 향기롭게 피어나고 고사리와 취나물이 지천인 철이다.

워낙 오랜만이라, 우린 만나면 하룻밤을 꼬박 새울 수밖에 없다. 그러지 않고는 묵은 속내를 털어 낼 시간이 너무 짧은 까닭이다.

한 시대에 태어나 같은 길을 동행하는 또래 친구로, 살면서 마주치는 희로애락이 두서없이 펼쳐지는 밤…… 새벽 이슥토록 그러는 게 우리 나름의 힐링인 셈이다.

인생에 대해서든 인연에 대해서든 우린 비교적 천천히 오래 가자는 쪽에 의견을 모은다. 늘 평화주의자인 그의 모습을 재발견하는 기회이기도 하다.

몇 해 전 봄에도 우리는 날 잡아 '동시 동화 나무의 숲'에서 만났다. 그날, 배익천 선생님은 잡목이 우거져 길도 없는 산속을 낫으로 헤쳐 가며 수만 평의 산길을 샅샅이 안내해 주셨다.

길을 나서기 전, 뱀이 있을지도 모른다며 그가 내게 장화 한 켤레를 내주고 자기도 신었다.

초록 장화는 내 발에 딱 맞아 편안했다. 등산화보다 장화가 더 안전하겠다는 말에 그가 빙긋이 웃기만 했다. 이끼가 미끄러운 계곡을 타고 올라가 산을 돌아 내려오는 동안, 나보다 훨씬 잘 걸을 것 같은 그의 걸음이 자꾸 더디었다.

고사리를 꺾고 취나물을 뜯을 때도 한참씩 쉬는 그녀에게 구박을 했었다.

"장화가 너무 커서 걷기 힘들었네요……."

산에서 내려온 그의 말이었다. 맙소사, 딱 한 켤레 있는 여성용 장화를 나에게 신기고 자기는 커다란 남성용 장화를 신은 채, 그 험한 산길을 돌아다닌 것이었다. 자기가 중간에 못 걷겠다고 말하면, 감탄하며 걷던 산길 중간에서 되돌아올까 봐 온 발가락이 부르트도록 미련하게 참아 낸 사람.

기뻐서 펄쩍 뛰거나 버럭 화내는 모습의 그가 상상되지 않는 건 나뿐 아닐 것이다. 어쩌면 감정 표현을 잘 드러내지 않는 그는 가끔 오해를 받을지도 모른다.

그에게 책이나 메일을 보냈는데 답이 더딜 때가 종종 있다.

하지만 가까운 문단 선후배 책이 나오면 입으로 하는 달달한 인사 대신, 몇 권이라도 사서 주위에 나눠 주는 보기 드문 성정임을 나는 안다.

지난해 '동시 동화 나무의 숲'에서 성대하게 치른 열린아동문학상 시상식 후 뒷얘기를 듣고 나 혼자 고개를 끄덕인 적이 있다.

'수십 명이 하룻밤 머물고 떠난 숙소에 들어갔더니 정리가 덜 되었더라구요. 혼자서 급하게 정리하려고 화장실 청소까지 하긴 했는데……'

때로 작은 일화 몇 개로 그 사람을 다 알게 된다.

박선미가 그런 사람이다.

4. 연필처럼

나는 남의 문학 작품을 읽고 쉽게 평을 하지 않는 편이다. 무엇보다 조심스럽기도 하고, 작품 하나를 완성해 내놓기까지 작가의 고뇌를 익히 아는 까닭이다.

그도 마찬가지다. 그는 나에게, 나도 그에게 서로의 작품에 대해 특별히 평가한 적이 없다.

그저 슬펐다거나 아름다웠다거나, 전체의 느낌 정도만 넌지시 전하고 곰삭도록 아껴 읽고 소문을 내 준다.

'쓰기는 나타냄, 읽기는 받아들임', 최근 읽던 책 속에 밑줄 그어둔 문장이다.

사람의 일상도 이렇게 단순 명쾌한 논리처럼 살 수 있다면 얼마나 편할까.

그러다 간혹 반갑게 발견하는 그의 동시 속 행간의 비밀(뜻)이라니!
공감할 때가 기쁘다. 작품은 곧 그 사람이니.

연필

틀려도 돼
고치면 되니까

실수해도 돼
지우면 되니까

제 몸이 깎여도
실수를 허락하는
향기나는 연필

우리
엄마

이 동시를 보면 박선미 자신이 바로 연필이다. 타인에 대해 꾹꾹 잘
참는 일상 속 그가 고스란히 보인다.
  감정을 잘 드러내진 않아도 진심은 언제나 그득해서 시 속에 숱한 감
정의 묘미를 발산하는 것일까.
  시에서 보이는 애틋하고 슬픈 감성은 쉽게 공감이 된다. 그런데 가끔
재치 있고 발랄해서 웃음 짓게 하는 그의 시를 보면 내가 아직 다다르
지 못한 그 가슴의 뒤꼍이 자못 궁금해진다.
  이 밖에도 내가 옮겨 적고 싶은 동시 몇 편이 따로 있지만, 필시 '박선
미 작품론'을 쓰시는 선생님이 인용하실 것 같아 지면을 아낀다.

5. 어머니, 그리고……

2010년 늦가을, 그녀의 친정어머니가 돌아가셨다.

그의 어머니는 조선 시대 영남 유학계의 큰 어른으로 추앙받던 의암 배병한 선생의 손녀로, 인물도 성품도 고운 분이었다.

책임감과 희생정신으로 자식은 물론 일가 친척에게도 사랑과 존경을 한몸에 받으며 평생을 사셨다. 특히 그의 집에서 함께 살며 살림살이와 세 명의 손녀딸을 살뜰히 보살펴 키워주신 하늘 같은 은인이셨다.

그런 어머니의 헌신 덕분에 그가 집안일에 신경 쓰지 않고 마음껏 공부하고 외부활동을 영위할 수 있었으리라.

엄마보다 할머니를 더 좋아하던 그의 세 딸들은 지금도 외할머니를 생각하면 '평화'라는 단어가 떠오를 정도라니 어머니의 인자하신 성품이 짐작되고도 남는다.

황망한 슬픔조차 가슴 밑바닥에 쟁여 놓았는지, 문상 간 내 앞에서 그는 눈물을 보이지 않았다. 인생의 가장 큰 조력자이자 절대 후원자인 엄마를 영영 떠나보낸 그는 그런 순간에도 단정했다.

오히려 내가 10여 년 전 돌아가신 내 엄마를 추억하느라 먼 길 오가는 내내 눈물 바람을 하고 말았다.

그의 동시 「비상구」에 나오는 한 문장처럼 '언제나 급하면 달려갈 수 있는 비상구'였던 어머니를 여윈 슬픔을 어찌 다스렸을까.

일부러 안부를 묻지도 않으면서 한동안 마음 아렸다.

이제 그에게 어머니의 빈 자리는 집 가까이 사는 큰 언니가 넉넉히 채워 준다. 마음 따뜻하고 요리사 못지않은 솜씨까지 겸비한 언니로 인해 그와 세 딸들은 여전히 감사하고 행복한 일상을 맞는다.

할머니와 이모들의 사랑까지 넉넉히 받으며 자라 이제 대학을 졸업한 쌍둥이 딸들은 당당히 제 몫의 일을 찾아 엄마 품을 벗어나는 중이다.

고교 시절, 산청 간디학교 전교 회장을 맡았을 만큼 당찬 막내딸 나은이는 올해 경희대 국문과에 입학했다. 모교인 간디학교 국어 선생님이 꿈인 나은이가 엄마처럼 시인이나 소설가를 겸임하는 선생님이 될지 기대해 본다.

6. 좋은 예감

이제 그도 50대 중반을 넘어 가는 나이가 되었다.

이 원고 청탁을 받은 날, 나는 작은 노트 한 권을 '박선미 인물론 메모용'으로 이름 붙여 어디든 들고 다녔다.

그리고 맨 처음 떠오른 게 '맑고 깊다'라는 짧은 한 문장이다.

"……말끝이 살짝 올라가는 듣기 좋은 사투리 결코 과장하지않은 몸짓과 말투—화장했을 때보다 말갛게 씻고 난 얼굴이 더 곱다—거절을 잘 못하는 여린 성품이지만 책임감도 있고 고집도 있다—여간해서 서두르는 법이 없다—결 고운 성품 속의 꽤 단단한 심지 ……."

이렇듯 생각나는 단어와 문장이 금세 노트 한 권을 채웠다. 그러나 한 사람에 대해 내 마음대로 서술한다는 게 얼마나 위험한 일인지 덜컥 겁이 나기도 했다.

언젠가 그에게 미래의 남은 꿈이 뭐냐고 물었더니 '사람, 시, 봉사'라고 대답했다. 이 세상 마지막 순간에 곁에 남을 사람 셋만 있으면 성공한 인생일 거라면서.

사람은 거저 생기는 게 아니고, 살아가는 동안의 오랜 '관계'에서 형성된다는 사실을 깨달았다고도 했다.

이제 보람차게 열중했던 선생님의 자리에서 물러앉아도 괜찮을 테고,

작품이든 여행이든 새로운 무언가를 시작하기에도 자유로운 위치에 서 있다.

시인으로서도 너무 빠르지도 더디지도 않게 차분하고 단단하게 잘 자리매김해 왔다.

하지만, 늘 평화로운 표정을 잃지 않는 그에게도 살아오는 동안 어찌 말 못할 슬픔과 좌절이 없었겠는가.

나도 살아보니, 슬플 일이 생겼을 때 함께 슬퍼하기는 그리 어렵지 않다. 누구에게 기쁜 일이 생겼을 때, 내 일처럼 함께 기뻐해 주기가 쉽지 않은 일이다. 그 사실을 깨달은 지 그리 오래 되지 않았다.

그에게 기쁜 일이 자꾸 생겼으면 좋겠다.

7. 그리고······ 남은 이야기

내가 평소 부르던 호칭대로 부를게요, 선미 샘!

언제든 퇴직하면 노르웨이로 여행 떠나자 약속했지요?

우리가 유년 시절부터 꿈꾸었던 나라, 그 아름답고 한가로운 이국의 작은 마을에 새처럼 깃들어 며칠 지내보자고요.

강을 따라 걷다가 풀밭에도 누워 하늘을 보면, 지나온 세월이 파노라마처럼 지나갈 거예요.

남 보기에 훌륭한 선생님이고 시인이고 엄마······. 묵묵히 그 책임을 다하느라 힘든 날 얼마나 많았을까?

아는 사람 하나 없는 곳에서 한바탕 소리 내어 울어보든가, 기쁜 노래를 미친 듯 소리쳐 부르는 건 어떨까요.

선미 샘보다 한참 먼저 엄마를 여윈 나는, 혼자 마음껏 울 자리를 찾아 차를 몰고 무작정 내달린 적이 있어요. 결국 소리 내어 울 수 있는 곳은 자동차 안뿐이었지만······.

최근에 고 정채봉 선생님의 시를 다시 읽다가 울컥 눈물 난 구절이 있네요.

"…… 하늘나라에 계신 엄마가 잠깐이라도 살아오신다면, 숨겨 놓은 세상사 중 딱 한 가지 억울했던 일을 일러바치고 엉엉 울겠다……."

어차피 다시 못 올 엄마 기다리며 쌓아 두지 말고 내게 일러바쳐요.

아, 머잖아 그대 좋아하는 산딸나무 꽃이 하얗게 피겠네…….

당연한 말이지만, 물은 산을 넘지 않아야 한다고 해요. 낮은 곳으로 물이 흐르는 이치를 따라 순리대로 살라는 격언으로 알아들었어요. 사람 사이의 인연도 그렇게 자연스러워야겠지요.

우리 크게 바라지도 서두르지도 말고, 여태 가던 길 따라 순하게 가 봅시다.

나는 믿어요. 어느 고비든 다 넘기고 마침내 봄 언덕 같은 평안을 이끌고 오는 그대 안의 숨은 힘.

《시와동화》 2015년 여름호）

백승자 ● 1988년 전국마로니에 여성백일장 아동문학부문 장원, 《아동문예》 작품상 등단. 동화집 『해리네 집』 『아빠는 방랑 요리사』 『반쪽엄마』, 청소년소설 『자꾸만 눈물이 나』 외. 한국아동문학상, 방정환문학상, 박홍근문학상, 소천아동문학상 등 수상.

그가 가는 외길에 봄꽃 흩날리소서

이승희

얼마 전 동래초를 떠난 지 30여 년 만에 YB OB 친목 행사를 위해 학교에 올랐다. 중앙정원을 지나 무심코 교사 쪽을 바라보다가 동남쪽 나들간에 시선이 닿자 그만 가슴이 철렁 내려앉았다.

퇴근 무렵 동학년이던 그의 교실에서 학교 일을 의논하다가 이런저런 이야기 끝에 집안일이 화제가 되었다. 한참을 머뭇거리던 그가 참고 참았던 아픔을 쏟아 놓았다.

얼마 전 남편의 어깨 통증이 극심하여 정밀 진단을 받은 결과 척추에 전이된 암이 통증의 주원인이었고 1년을 버티기 어렵다는 청천벽력 같은 선고를 받았다 한다. 이제 갓 입학한 쌍둥이 딸과 돌도 지나지 않은 어린 아기를 둔 새댁에게 이게 무슨 날벼락이란 말인가? 듣기만 해도 황망하여 그의 말은 귀 밖으로 흐르는 듯했다.

같은 가톨릭 신자로서

"만일 아기 아빠를 가족으로부터 거두어 가신다면 신은 당신에게 그 엄청난 어려움을 견뎌낼 능력을 이미 보셨거나 장차 부여하실 것이라고……."

그리 횡설수설하고 있는 나 자신이 얼마나 딱하게 여겨졌던지 지금도 그 생각을 할 때면 등에 식은땀이 배이곤 한다.

나는 군필 경험조차 없이 온실에서 자랐다. 부모 슬하를 잠시도 떠나본 적 없는 인생 초보자. 주변에 사별은 고사하고 부부가 헤어지는 경우도 보지 못한 철부지에겐 그냥 피하고 싶은 충격적인 상황일 수밖에 없었다.

그의 슬픈 소식을 들은 지 얼마 후 나는 전문직 시험에 합격하여 동래초를 떠났고, 전 근무지 소식을 들을 때면 그가 쓰러지지 않고 잘 버티고 있는지 그리고 막내는 잘 자라는지 궁금하여 동래 학부모와 연락이 닿으면 그의 근황부터 챙겼다.

부산교육대학 가톨릭학생회 후배인, 자신감에 차 늘 당당하던 여학생.

문학소녀로 자라 초임 교사 시절부터 학생들의 글짓기 지도로 명성을 날리던 그가 동래 사립에 문예지도 교사로 초빙 제안을 받았다며 수락해도 될지 의견을 청하던 똑똑한 후배. 그날 입은 청색 겉옷 차림이 지금도 뇌리에 남아 있다.

오래 울타리 역할을 해 주셨을 친정 모친의 손길이 그에게 큰 힘이 되었을 것이다.

모친이 도와주셨기에 학교 일에 열정을 쏟을 수 있었을 것이다. 그리고 문학 수업에 남다른 집중력과 애살스러운 노력으로 자신을 담금질하여 좋은 성과도 얻었을 것이다.

대통령 표창을 받았다는 소식, 수차례나 교과서에 작품이 수록될 만큼 적극적인 작품 활동과 전국 문단에 봉사하고 기여한 활약상, 각종 수상 소식은 같이 아동문학을 하는 아내(구옥순 동시인)에게서 수시로 들었다.

역시 그다운 노력이고 정진이었다.

동래에서 승진을 앞두고 있을 때도 맘 졸였다.

'그가 원한다면 그의 소망대로 이루게 하소서.'

그러나 신은 또 한 번의 좌절을 안기셨다. 그의 능력과는 상관없는 재단 측의 결정에 내가 느낀 실망감 또한 적지 않았다. 거듭 고통을 겪게 하는 신을 원망하기도 했다. 흔한 관리직보다 문단에서 더 크게 쓰려고 번번이 거절하셨을까?

아마 나의 횡설수설을 신은 들으신 듯하다. 그에게 내재한 지혜와 강인함 뿐만 아니라 문학에 대한 커다란 열정과 부단한 증진이 오늘까지 그를 버티어 굳건하게 해 주지 않았을까?

'주님, 당신께서도 이미 작정하고 계실 줄 압니다.

이제 그의 앞길에 새하얀 꽃잎 가득 뿌려 주십시오. 그 길에서 땀과 눈물까지 말끔히 거두시고 기쁨과 보람을 한 아름 안겨주실 차례이니까요.'

이승희 ● 전 남문초등학교 교장. 곰내마실 지기.

나를 안아준 그녀

김금래

박선미! 난 그녀가 좋다. 문학박사고 시 잘 쓰고 똑똑해서가 아니라 그냥 좋다. 보조개 들어가는 미소도 맘에 쏙 들고 말씨도 기품 있고 존재 자체로 좋다. 또한 그녀는 측은하다. 너무 치열하게 살아서 너무 바르게 살아서 안타깝다. 그녀가 남편 없이 세 딸을 키우며 혼자 살아낸 세월을 알고 운 적이 있다. 어쩌다 한 번 만나도 정이 가는 그녀. 그러나 이게 웬일인가? 막상 그녀가 글을 부탁하자 막막했다. 그녀가 뭘 좋아하는지 어디 사는지 힘든 게 무언지 수다를 떨어본 적도 없었다. 나는 왜 그녀를 좋아할까? 좋아하는 데 이유가 필요할까? 그래도 나는 그녀에 대해 쓰고 싶었다.

그녀가 날 안아준 기억이 있다. 문학 행사 때였을 것이다. 여럿이 잠을 잤는데 새벽녘에 추워하는 나를 그녀가 꼭 안아주었다. 마치 엄마처럼. 나는 가만히 품에 안겨 있었다. 짧은 순간이었지만 오래된 외로움이 녹아내렸다. 나는 유별나게 외로움을 타는 아이였다. 낳자마자 할머니 손에 자랐고 그 후에도 서울로 올라와 친척 집을 전전하며 공부하느라 늘 엄마가 그리웠다. 그래서 그런지 그녀가 안아주었을 때 아이가 된 것 같았다. 상처가 치유되는 느낌이었다. 천금을 주고도 살 수 없는 추억! 그런 선물을 준 이가 바로 그녀다.

언젠가 그녀가 남편 이야기를 해주었다. 내가 부부싸움으로 남편 흉을 보고 나서였다. 그녀는 아이 셋을 키우며 혼자 산다고 했다. 아뿔싸! 나는 아무것도 모르고 주절주절 남편 이야기를 한 것이다. 나이 서른일곱에 남편을 척추암으로 잃고 혼자 되었다는 그녀. 어디 내놓아도 부족함이 없어 보였지만 그녀는 슬픈 영화 속 주인공이었다. 내겐 참으로 뜻밖의 이야기였다. 그러나 알 수 있었다. 남편도 그녀도 후회 없는 사랑을 했다는 걸. 그녀의 목소리는 아련했다. 그녀는 남편과 싸운 기억이 없다고 했다. 그립고 애틋한 사랑만을 남겨 둔 부부가 어디 흔하겠는가? 그래서 영화는 해피엔딩이다. 그녀는 최선을 다해 딸 셋을 훌륭하게 키워냈다. 다행히 교사란 직업이 있고 강의 요청이 들어오고 친정엄마가 아이들을 보살펴 주어 오히려 감사하다고 했다. 터널 같은 외로움이나 그리움은 묻어두었다. 남편과 지지고 볶던 나는 숙연해졌다.

"참 아득한 시간이 흘러 60이 넘고 정년퇴임을 앞두고 있네요. 샘을 참 좋아했나 봐요. 깊은 이야기도 들려줬으니……."

이 원고를 부탁하며 그녀가 내게 한 말이다.

나는 건망증이 심하다. 좋아하는 노래도 제목은 모르고 갔던 여행지도 까맣게 잊어 다시 가면 새로운 곳처럼 흥분한다. 명색이 시인인데 메모장도 없이 건성건성 살고 끝까지 미워하지 못하는 것도 금세 잊어버리기 때문이리라. 나는 미안한 마음으로 그녀에게 물었다. 나에 대한 기억을 말해 달라고.

우리는 아이처럼 지나온 20년을 보물찾기했다. 그녀는 아동문학 선배로 부산에 살고 있다. 내가 2004년 부산일보 신춘문예로 등단하고 만났다. 나는 부산일보에 당선된 게 마냥 좋았다. 상금도 많았고 당선 후 3번이나 부산에 내려가 인터뷰하고 사진을 찍는 영광을 누렸기 때문이다. 당시 심사위원은 신현득 선생님, 선용 선생님, 배익천 선생님이셨는데 햇병아리였던 내게 부산 작가들과도 만남의 자리를 마련해 주셨다. 그녀도 함께했다. 나는 단번에 부산이 좋아졌다. 대대적인 환영을 받으며 쫄깃한 회를 마음껏 먹으니 꿈만 같았다.

2014년 부산 방파제에서 열렸던 '열린 한마당'에서도 밤새워 먹고 마시며 놀았다. 1박 2일로 잠까지 재워주고 아침밥에 차까지 대접해주시는《열린아동문학》측의 넘치는 은혜에 감읍한 시간, 그녀가 차를 가지고 온 것이다. 그녀는 서울 촌놈인 나를 차에 태우고 광안대교로 태종대로 자갈치를 거쳐 부산 구경을 시켜주고 생선구이까지 사주었다. 그녀도 피곤했을 텐데 참으로 고마운 일이었다.

《열린아동문학》이 고성으로 옮겨 간 후에도 먹고 마시고 노래하고 춤을 췄다. 노는 걸 좋아하는 나는 물고기가 물을 만난 셈이었다. 노래하고 춤추지 않으면 인생이 아니라고 한다. 문학한 지 20년! 그동안 꽃같이 향기로운 사람들에 기대어 나는 잘 먹고 잘 살았다.

그러나 그들이 서울 문학 행사에 오면 나는 염치없는 사람이 되고 말았다. 비싼 차비 들여 먼 길을 왔는데 재워주기는커녕 열차 시간에 쫓겨 일어서는 걸 보면 참으로 민망했다. 그래서 그녀를 우리 집에서 재우려고 했지만 말로만 끝났고 딸 집에 묵을 때도 서울 구경은커녕 식사 한 번 대접을 못 했다. 그래서 늘 미안했다.

그러나 그녀는 기억한다. 언젠가 내가 그녀 손에 꼭 쥐어 준 만 원을! 순간 친자매 같은 정을 느꼈다고. 손에 쥐어준 게 돈이 아니라 마음이었다는 걸 그녀는 알고 있었다. 서로 마음이 통했으니 찡하게 고마울 뿐이다.

사람은 남의 덕으로 산다. 2013년《열린아동문학》'이 계절에 심은 동시나무'로 선정되었을 때 누구보다 기뻐해 준 것도 그녀였고, 첫 동시집 『큰 바위 아저씨』를 재미와 감동으로 빚었다며《어린이문예》에 소개해 준 것도 그녀였다.

돌이켜 보니 아쉬운 점도 있었다. 2010년 의기투합하여 '부산일보 신춘문예 동시 당선자' 모임을 만든 적이 있었다. 그녀가 서울로 올라와 토론도 하고 원고를 모아 동인지를 내려고 출판사까지 섭외했지만 사정상 흐지부지되고 말았다. 그 일이 활성화되었다면 지금쯤 어떻게 발전했을까? 좋은 기회를 놓쳐서 참 안타깝다.

사람은 많아도 진정한 친구는 어렵다. 20년의 세월을 함께 걸어온 우리. 그녀가 아프다면 가슴이 쿵 내려앉는 걸 보면 내게 그녀는 소중한 사람이다. 이제 퇴직을 하면 시간적인 여유가 생길 것이다. 서로의 마음이 가득하고 시간도 있으니 우린 외롭지 않을 것이다.

1월 1일 북한산에 올랐다. 눈부신 태양이 산 위로 떠오를 때 나는 만세를 불렀다.

"잘 살았다, 박선미, 만세! 앞으론 더 잘 살 거다, 만만세!"

김금래 ● 2004년 부산일보 신춘문예 동시 당선. 동시집 『큰 바위 아저씨』 『꽃피는 보푸라기』 『우주보다 큰 아이』 외. 눈높이아동문학상, 창원아동문학상 등 수상.

선생님은 역시 선생님이다

박혜선

초등학교, 아니 국민학교 4학년 어느 가을날이었다. 화장실 앞에서 선생님과 딱 마주쳤다. 화장실에서 손을 막 씻고 나오는 선생님께 대뜸 말했다.

"선생님, 화장실 다녀오셨어요?"

내 말에 그게 무슨 뜻이냐는 듯 되묻는 눈빛으로 나를 빤히 보던 선생님께 나는 다시 물었다.

"선생님도 화장실 가요?"

화장실 앞 화단에 빨간 맨드라미가 가을볕에 타오르는 오후였다. 온몸에 힘이 풀리고 눈물 그렁그렁한 얼굴로 교실로 향하는 선생님을 오래오래 바라보았다.

내가 좋아하는 선생님이 화장실을 가다니. 화장실 같은 곳은 나 같은 평범한 사람들이나 가는 줄 알았다. 밥을 먹지 않아도 기운이 펄펄 나는 선생님, 날아오는 공은 귀신같이 막고 모르는 문제는 없으며 화단에 풀이나 꽃 이름도 모조리 다 아는, 최고로 똑똑하고 최고로 다정하고 최고로 신비로운 분. 내게 '선생님'은 그런 존재였다.

나의 짝사랑도 첫사랑도 선생님이었으며 커서 꼭 선생님과 결혼하고 말겠다는 꿈도, 나중에 선생님 같은 어른이 되겠다는 다짐도 다 선생님에서 비롯되었다.

나는 '선생님'을 참 좋아했다.

세상의 모든 선생님들은 선생님이어서 그런지 모르는 걸 알게 해주었다. 생각해 본 적도 없는 일을 생각하게 만들고 불가능한 것들을 꿈꾸게 하고 그러면서 나를 깨닫게 해주었다. 나는 '선생님'을 정말 좋아한다. 그래서 부모가 되고 딸 아이의 선생님을 만났을 때도 '선생님'에 대한 내 마음은 두근거리는 설렘이었다.

"무조건 선생님만 믿겠습니다. 잘 부탁드리……."

끝말은 하다 말다 잘리고 모았던 손은 머리를 긁적이며 연신 고개를 숙이고 있는 나를 봐도 그랬다.

내가 아는 선생님이 있다.

우리는 전화로 자주 만났다. 그것도 매월 마지막 주 늦은 밤에 한 시간이고 두 시간이고 시를 읽고 들으며 그렇게 꼬박 2년을 보냈다. 잊혀지지 않는 건 한 해의 마지막에도 그 선생님과 전화로 시를 읽으며 보냈다. 2022년 11월의 전화 통화도 잊을 수 없다. 그때 밤 11시가 넘었고 난 안면도로 가는 도로 위에서 첫눈을 맞이했다. 불빛에 어른거리는 눈발과 스피커폰으로 들려오는 선생님의 목소리, 시 때문이었는지 아니면 부산 사투리의 다정한 목소리 때문이었는지 눈을 볼 때마다 그날의 밤이 떠올랐다.

"이 시 보단 이 분의 다른 시를 찾아봤는데 한 번 읽어볼게요."

그렇다. 박선미 선생님과 나는 매월 마지막 주 밤마다 '이달의 동시' 선정위원들이 올린 시를 읽으며 서로 의견을 주고받았다. 어떤 날은 새벽까지 시 이야기를 하다 결론이 나지 않아 그 다음 날 아침에 다시 통화를 하기도 했다. 선정위원들이 뽑아 올린 시인들의 시를 읽으며 이 시인의 다른 더 좋은 시는 없을까? 선생님은 시집을 놓고 잡지를 놓고 수백 편의 시를 읽으며 좋은 시 찾기에 온 힘을 쏟았다. 이 일을 저렇게까지 열심히 치열하게 할 일인가? 술렁술렁 대충대충인 내겐 선생님의 이런 모습이 그저 놀랍기만 했다.

"시는 참 좋은데 계절과 좀 맞지 않는 것 같아요."

그러면서 또다시 시를 찾고 찾는데 난 그 끈질김에 혀를 내둘렀다.

"전체적으로 짧은 시가 많으니 이런 산문시 한두 편도 괜찮겠죠."

"원로, 중견, 신인이 골고루 들어갔으면 좋겠어요. 그래서 말인데."

"이분 오랜만에 시 발표하셨는데 참 좋죠? 이런 분 시를 찾아내어 참 기뻐요."

그냥 선정위원과 선생님이 결정하신 대로 실으면 되었다. 그런데도 오랫동안 읽고 또 읽으며 계절과 남녀 비율과 혹시라도 좋은 시를 발표했는데 지나친 분은 없는지 고민하고 고민하다가 심지어는 학교 쉬는 시간이라며 또 전화를 하신다.

"네네. 그 시 참 좋네요."

부끄러웠다. 그냥 의무적으로 고개를 끄덕인 적이 많았다.

하지만 선생님은 아니었다. 물론 '선정위원장'이라는 이름의 무게를 너무나도 잘 알고 있겠지만 그렇다고 다 선생님처럼 저렇게 온전히 시에 빠져 할 수는 없었다. 한결같이 시간과 노력을 보탠다는 건 보통의 사람들에겐 어려운 일이었다.

이런 선생님의 열정 덕분으로 '이달의 동시'는 많은 독자들에게 사랑받고 널리 읽혀지는, 문학회의 큰 자랑이 되었다.

솔직히 처음엔 선생님이어서 그럴 거야, 라고 생각했다. 하지만 그것으로도 설명할 수 없는 박선미 선생님은 누구보다 공정하고 누구보다 시를 사랑하는 마음이라는 걸 알게 되었다.

문득 선생님의 42년 교직 생활이 떠올랐다. 그동안 얼마나 많은 제자들을 만났을까? 그런 제자들에게도 한결같은 마음으로 공정하게, 따뜻하게, 시를 사랑하는 그 순수한 마음이었을 테니 선생님을 거쳐 간 수많은 제자들이 부럽기까지 했다.

내가 존경하는 선생님. 2년 동안 함께 전화 통화를 하며 나도 모르게 중독이 되었을까. 어느 날 괜히 뭉클해서 선생님께 전화를 걸었다.

"선생님. 매월 마지막 밤, 이제 우리 전화 못 해요? 너무 섭섭하고 허전해요."

그러면서 선생님께 말했다.

"선생님 덕분에 2년 동안 시 공부 참 많이 했습니다."

선생님과 함께 한 시간, 시를 대하는 태도부터 시를 쓴 이의 마음까지 헤아려보는 소중한 깨우침을 얻었다.

맞다. 선생님은 그 어떤 식으로든, 그 무엇이든 깨우쳐주는 분이다. 그러니 박선미 선생님이 지금까지 만난 수많은 제자들 또한 살면서 선생님이 전한 그 깨우침을 문득문득 만날 것이다. 눈을 보면 불쑥 시를 읽어주던 11월의 그 밤이 떠오르듯 그 순간, 마음 한편이 행복하고 따뜻해질 것이다. 선생님은 그런 분이다.

박혜선●1992년 새벗문학상 동시 당선, 2003년 푸른문학상에 동화 당선. 동시집 『위풍당당 박한별』『백수 삼촌을 부탁해요』『쓰레기통 잠들다』, 동화집 『저를 찾지 마세요』『신발이 열리는 나무』외. 한국아동문학상, 연필시문학상, 소천아동문학상, 열린아동문학상 등 수상.

아름다운 사람 하나

백승자

계절은 한겨울이지만 아침 해 반짝이는 창밖 풍경은 제법 온화해 보입니다.

며칠 전 눈 쌓였던 백목련 나뭇가지 끝을 자세히 보니 볼록하게 움트는 새눈이 보이네요.

우리들의 세월이 쏜살같이 빠른 것처럼, 계절도 분주하게 제 몫을 해내느라 애쓴다 싶습니다.

며칠째 저는 선생님 생각에 빠져 있었답니다. 42년의 교직생활을 마무리한 선생님께 세상 가장 멋진 인사를 건네고 싶기 때문이지요.

참으로 정성스러웠고 무척 장하고 한편 애틋하고…… 내가 아닌 이의 삶의 여정을 돌아본다는 게 희한한 경험이네요. 그럼에도 마땅히 형용할 축하 인사말은 떠오르질 않는 거예요. 다만 '아름다운 사람 하나'라는 제목만은 처음부터 써 두었습니다. 제가 흠모하는 시인의 연시집 제목이 선생님의 인생을 압축 표현하는 데 알맞았거든요.

박선미 선생님!

동심(童心)과 시심(詩心)을 간직한 교직자로서의 긴 세월이 참으로 특별하셨습니다.

누구보다 열심히 보람차게 봉사했던 그 시절을 멀리서 가까이서 지켜본 이들은 알고도 남겠지요.

문득 기억나는 어느 시인의 말이 선생님의 이미지를 소환하게 만드는군요.

〈······한평생 시를 써내는 일을 옹달샘터에 사는 처녀가 날마다 새로 샘솟는 물을 떠다 바치듯 정성을 다했다. 버들잎 한 장 띄우는 것도 잊지 않았다. 그 샘물이 세상을 조금이라도 정화시켰을까, 누군가의 발등을 촉촉이 적셨을까······ 그 생각을 하면 전신에 소름이 돋는다······.〉

'정성스러움'이라면 선생님을 당할 자 있을까요.

선생님은 일이든 사람이든 무엇 하나 허투루 대하는 법을 모르는 사람, 누가 알아주든 몰라주든 묵묵히 맡은바 이상을 이루어내는 사람이셨어요.

'참 잘했어요!' 곰돌이 도장을 쾅쾅 찍어주고 싶은 제 진심입니다.

이제 정년퇴임을 하는 선생님은 몸과 마음 바쳤던 세월이 길었던 만큼 앞으로 누릴 자유로움이 낯설지나 않을까. 괜한 생각을 해 봅니다.

자주 못 보고 살지만 그래도 우린 벗이니까 서로 알만큼은 알지요.

저는 무엇이든 한번 좋아지면 그 좋다는 마음 하나로 어쩔 줄 모르는 숙맥, 마음 내키지 않는 일(사람)은 거기에 어떤 이권이 있어도 가까이 가지 않는 옹고집쟁이······.

앞으로는 선생님도 그리되실지도 모르겠어요. 그 성격으로 얻은 은밀한 자유로움을 꼭 나누고 싶었거든요.

한 예로, 저는 어릴 적부터 올리브나무에 대한 환상이 있었나 봅니다. 어른이 되어 간신히 구한 올리브나무를 베란다에서 키웠고, 마침내 올리브 나무 군락을 보고 싶어 남프랑스에 다녀왔습니다. 고흐가 사랑한 아를 지역 사방천지에 흔하디흔한 올리브농장을 보고서야 오랜 환상을 지울 수 있었지요.

태초의 풍광이 고스란히 남아 있다는 히말라야산맥 아래 라다크에도 다녀왔고요.

그런 오지를 무슨 용기로 다녀왔느냐는 질문을 받지만, 가슴에 수놓듯이 새겨진 장면들은 꿈에서도 이따금 만납니다.

선생님은 산딸나무꽃을 좋아한다 하셨지요?

해마다 십자가 모양의 하얀 꽃이 필 때면, 그 모습 닮은 선생님을 떠올릴 거예요.

어여쁜 세 딸의 엄마, 수석교사, 문학박사, 동시인 박선미.

왜 그리 바깥일에 바쁘게 사는지, 왜 그리 여러 문학단체에서 역할을 맡아 봉사를 하는지…… 이해하지 못할 때가 있었어요.

무엇이 선생님의 한 생애를 그토록 달리게 만들었을까.

어쩌면 우리들 모두는 한두 가지씩 해결되지 않는 그리움에 목이 멘 채, 그걸 잊고자 애쓰는 게 아니었을까요.

이제는 하고 싶은 일만 골라서 하시면 어떨까요.

좋아하는 일만 하고 보고 싶은 사람만 보고 가고 싶은 데 맘껏 가시라고…… 한껏 이기적인 여생을 권유해 봅니다.

뭔가 마무리되나 싶지만 인생은 결국 시작의 연속이라던가요?

어제는 지나갔으니 없고 내일은 아직 오지 않았으니 없고, 결국 남은 것은 지금 여기뿐.

아름다운 사람 박선미 선생님!

맡은 역할마다 정성껏 살아내느라 애쓰셨습니다.

그대에게 남은 날들을 축복하고 응원합니다.

평온한 또 한 시절이 예비 되어 있을 테니 새로운 발걸음 사뿐 내딛으시기를.

백승자 ● 1988년 전국마로니에 여성백일장 아동문학부문 장원, 《아동문예》 작품상 등단. 동화집 『해리네 집』 『아빠는 방랑 요리사』 『반쪽엄마』, 청소년소설 『자꾸만 눈물이 나』 외. 한국아동문학상, 방정환문학상, 박홍근문학상, 소천아동문학상 등 수상.

데이지를 닮은 선생님

장그래

―금방 다녀올 건데 괜찮겠지?
―잠시만 세워두는데 뭐.

자기만 생각하고
학교 앞 골목길에
불법주차한 자동차
견인차가 끌고 갑니다

―금방 끝낼 건데 괜찮겠지?
―잠시만 하고 그만두는데 뭐.

나만 생각하고
학교 앞 오락실에
불법주차한 내 엉덩이
엄마가 끌고 갑니다

―「불법 주차」전문

오랜만에 동시집 『불법주차한 내 엉덩이』를 펼친다. 깜찍한 이 동시가 담긴 동시집 속지에는 "시의 소중한 벗 장경숙 시인님께, 2016년 9월 1일 가을의 첫날, 박선미 드림"이라는 작가의 사인이 있다.

그랬다. 박선미 선생님을 처음 만난 건 동아대학교 문예창작학과 대학원 박사과정 수업에서였다. 나는 2015년 《아동문예》에 동시로 등단을 했지만, 더 깊이 있는 동시를 쓰기 위해 동시 창작 수업을 가르치는 교수로 박선미 선생님을 초빙했다. 선생님은 창작 이론뿐만 아니라 좋은 시를 소개하고 자신의 경험을 아낌없이 나누어 주었으며 문단의 이런저런 사정도 들려주었다. 교수와 제자로 만났지만 선생님은 나를 같은 길을 걷는 문우로 동등하게 대해 주신 것이다. 그해 강의가 끝나고 뒤풀이 자리에서 우연히 정봉석 교수님의 제안으로 선생님은 뒤늦게 문예창작학과 박사과정을 시작했고 함께 강의를 들으며 우리는 동문이 되었다.

수석교사 업무와 잡지 일과 작가 초청 강의에다 대학원 공부까지 해내느라 선생님은 잇몸이 내려앉아 임플란트를 하고 안과수술도 하는 등 힘든 와중에서도 공부는 늦게 시작하셨지만 같이 공부한 누구보다 빨리 박사학위를 받았다.

학업을 끝내고 각자의 자리에서 동시를 쓰다가 가끔 만나면 문학 이야기를 나누었다. 그동안 나도 두 권의 동시집을 세상 밖에 내놓았다. 첫 동시집을 출간할 때 선생님은 참 많은 조언을 해주시고 동시집의 표사(表辭)도 적어주셨다.

나는 악어는 잘 몰라도 『악어책』을 쓴 시인은 잘 안다. 시와 시인이 닮았다. 이는 작품 한 편 한 편마다 시인의 정성이 꽃씨처럼 심겨져 있기 때문일 것이다.

시를 읽으며 나는 연우처럼 은지를 좋아했다가, 꽃구경을 하며 하늘나라에 계신 엄마가 보고 싶어 눈물을 훔치다가, 우리 교실에는 새로운 부족이 없나 아이들 얼굴을 자세히 들여다보다가, 플라스틱 섬과 빨대를 보며 반성도 했다.

마음이 아픈 사람, 행복해지고 싶은 사람은 이 시집을 읽어보라고 권한다. 어린이도 어른도 함께 웃고 함께 아파할 수 있는 동시집이다.

첫 동시집에서 이만큼의 성취를 보여준 장그래 시인의 다음 발걸음은 어떤 모습일까 자못 궁금해진다.

선생님이 적어준 표사의 내용이 얼마나 따뜻했던지 주위의 문우들이 부러워했던 기억이 생생하다.

언니처럼 따뜻한 품을 내어주신 선생님께서 40년 교직생활을 마무리하신다는 이야기를 전해 들었을 때 축하와 존경의 마음을 전해드릴 방법은 무엇일까 고민하고 있었는데 우리들의 이야기를 써달라고 하셨다. 반가운 마음에 쓴다고는 했지만 사실 우리의 관계에 대한 고백 같다.

박선미 선생님을 꽃으로 표현한다면 단연코 '데이지'가 떠오른다. 데이지의 꽃말은 겸손과 아름다움, 천진난만함, 순수라고 한다. 이 모든 언어가 모두 선생님이다. 데이지처럼 단단하고 야무지고 강인하면서도 따뜻한 시선을 가진 아름다운 시인 선생님. 데이지를 닮은 선생님은 아이들의 슬픔과 기쁨을 '동시'의 정원에 꽃 피우는 정원사였고, 꽃들의 언어를 번역하는 번역가였고, 백지 안으로 걸어 들어가 동시의 집을 멋지게 짓는 건축가였다. 선생님이 지은 집들은 모두 아이들이 놀 수 있는 놀이터가 되었고 이야기 마을이 되었다.

작년 여름, 문득 울산인데 얼굴 보러 올 수 있냐고 전화를 주셨다. 얼른 나갔을 때 선생님은 퇴임을 앞두고 무엇을 하며 살아야 하는가를 고민하고 계셨다. 그동안 최선을 다해 누구보다 열심히 살았으니 이젠 좀 쉬셨으면 좋겠다는 말을 하고 싶은데 그러기엔 너무 젊어서, 재능이 아까워서, 파릇한 이십 대만큼이나 넘치는 열정을 알기에, 그런 말은 애당초 접었다. 하고 싶은 것은 모두 다 해보라고, 창작은 두 배로 더 열심히 하라고, 어느 순간에도 더 멋진 그런 삶을 살아보라고 하고 싶다. 젊고 의욕이 넘치는 시기에는 알지 못하는 것들이 많다고 한다. 태양이 정오를 향해 올라갈 때는 그림자도 짧아지기 때문이다. 그림자를 볼 수 있는 시기여서 그림자가 드러나는 시기여서 어쩌면 선생님의 살아있는 이야기를 더 많이 들을 수 있을지 모르겠다는 설레임이 함께 한다. 앞으로 더 멋지고 아름다운 집들을 짓고, 더 많은 아이들을 동시의 집으로 초대할 수 있기를 바란다.

장그래● 동아대학교 한국어문학부 시간강사. 2015년 《아동문예》 동시 당선. 동시집 『악어책』 『내일의 돌멩이』.

선미야, 퇴임을 축하해!

장영우

문학적 재능이 뛰어나

학생회 문예부에서 소리 없이 맡은 일을 해내지만

작고 뽀얀 얼굴에 조화롭게 자리 잡은 이목구비가 더 눈길을 끄는 동기.

1980년 부산교육대학 입학 동기인 선미와 나는 이름과 얼굴 정도를 알 뿐, 별다른 연결고리가 없었다. 둘 다 부산서 나고 자랐지만 중·고등학교 동창도 아니었고, 흔한 동아리 활동도 함께 한 적이 없이 위에 쓴 세 문장 정도의 정보가 전부인 딱 동기일 뿐이었다. 졸업을 하고 정신없이 살아오는 동안 선미가 사립학교인 동래초로 옮겨가 구성원들로부터 인정받는 교사로 자리매김하고 있다는 소식을 간간이 들었고, 어느 해인가 부산일보 신춘문예에 당선되어 동시를 쓰는 문학가가 되었으며, 선미가 쓴 동시가 교과서에 수록되었다는 널리 알려진 정보를 아는 게 고작이었던 내가 선미와 특별한 인연을 맺게 된 것은 수석교사 자격연수를 받던 2011년 겨울 방학부터였다.

선미는 수석교사 제도의 시범운영 기간에 3년 동안 수석교사 역할을 해왔고 나는 법제화 원년에 수석교사가 되어 교원대에서 함께 자격연수를 받으면서 어색한 인사를 나누게 되었다.

"영우야, 안녕?"

"응, 선미야, 반갑다."

어렵게 말을 꺼내고 나면 이어갈 이야깃거리를 찾아내느라 서로 마음만 분주한 침묵의 시간을 보내곤 했다. 한 달 넘게 기숙사에서 지내며 연수를 받는 동안 여러 번 만나다 보니 선미는 조용한 경청가(敬聽家)임을 알게 되었다. 수석교사로 첫발을 내딛는 나와 달리 시범운영 기간 동안 활동을 해왔으니 선배로 경험담을 들려주거나 훈수를 둘 법도 한데 선미는 걱정을 늘어놓는 동료들 사이에서 그저 이야기를 듣고 수용하는 역할을 자처하고 있음을 깨달은 건 꽤 시간이 흐른 뒤였다. 여러 이야기를 듣고 있다가 모임이 끝날 무렵이면 조용한 소리로 "그래, 힘들겠지만 힘을 합치면 또 좋은 방법이 생길 거야. 함께 갈 수 있는 친구들이 있어서 참 다행이야." 정도로 대화를 마무리하곤 했다. 이후 수석교사로 자리매김을 하기 위한 노력의 방향과 내용을 의논할 때에도 쏟아져 나오는 의견을 명료하게 정리하는 역할을 마다하지 않았기에 숱한 파고를 넘기는 데 큰 도움을 주었다. 동기 수석교사로 출발해서 어려운 길을 함께 걷는 동료이자 친구가 된 지금도 선미의 경청은 변함이 없다. 살면서 느끼는 희로애락을 쉽게 소리로 뱉는 대신 마음 깊은 곳에 차곡차곡 쌓아뒀다가 꼭 필요한 순간에 정갈하고 아름다운 시어(詩語)로 살려내는 재능을 가진 선미는 참 대단한 친구이다.

선미를 정의하는 또 다른 이름은 성실함이다.

2013-14년도에 수석교사회에서 부산교육대학과 MOU를 맺고 임용시험을 앞둔 교육대학 졸업 예정자들을 대상으로 교수학습 과정안 작성과 수업 시연 컨설팅을 실시한 적이 있었다. 수업안 작성을 위한 연수는 퇴근 후에 이뤄졌는데, 강사들은 저녁을 건너뛰고 허겁지겁 달려와서 임용 준비를 하는 예비교사들에게 필요한 팁을 하나라도 더 알려주려고 무진 애를 썼다. 선미와 나는 같은 날 강의가 있었는데 기운이 하

나도 없이 교재를 들여다보고 있는 선미한테 물었다.

"선미야, 어디 아프나?"

"응, 내가 며칠 전부터 열이 좀 나네. 속도 안 편하고."

옆에 있던 동료들이 몸이 안 좋으면 대신 강의할 테니 일찍 들어가서 쉬기를 권했지만 갑자기 일정을 바꾸면 예비교사들이 혼란스럽다면서 야간 수업을 강행하더니 그날 밤 응급실을 찾았고 며칠 후 기어이 입원하고 말았다. 학기 말 업무가 집중되는 시기에 예비교사 대상의 연수와 컨설팅이 겹쳤고, 제대로·알기 쉽게·핵심을 꼭꼭 짚어서 알려줘야 한다는 책임감이 더해져 컨디션 난조를 겪던 선미는 그해 겨울 꽤 오랜 기간 병원 신세를 졌고 일상을 회복하는 데에도 긴 시간이 필요했다. 선미는 수석교사의 역할에만 성실했을까? 교원대에서 석사학위를 받고 꽤 시간이 흐른 뒤에 늦게 시작한 박사과정 공부를 할 때도 야간 수업을 빠진 적이 없었고, 누구보다 충실히 연구에 매진하여 2021년 문학박사 학위를 받기도 했다. 또, 뒤에 들은 얘기지만 두 번째 임신했을 때는 출산이 임박할 무렵까지 동료들에게 표 내지 않고 무슨 일이든 마다하지 않았다고 하니 선미의 성실함은 태생의 DNA가 아닐까 싶다.

선미는 '중(간에)꺾(이지 않는)마(음)'의 주인공이기도 하다.

교사라는 직업을 가진 직장인이면서도, 세 아이의 엄마 역할에 매 순간 충실했고(이건 아이들을 키워낸 이야기를 들어본 사람이라면 누구나 인정할 수 있는 대목이기도 하다) 가슴에 품은 문학의 꿈을 놓지 않았기에 기어이 신춘문예 당선이라는 정석의 길을 걸어 아동문학계에서 보석 같은 시인으로 빛나고 있다. 문학가로서 선미의 성취나 위상에 대해서는 이 문집 안에 분명 다른 사람의 글이 있을 터이니 나는 다만 젊은 날 품었던 꿈을 기어이 이루어 낸 선미의 강인한 의지를 얘기하고 싶다. 사람과 세상에 대한 따뜻한 사랑과 관심으로 쓰인 시를 읽으면 가람 이병기 시인이 난초를 묘사한 시어처럼 굳은 듯 보드라운 선미의 삶이 고스란히 녹아 있음을 느끼게 된다. 어렵고 소외된 이웃, 상처받은 사람들, 돌아가신 친정어머니를 향한 사랑뿐만이 아니라 코로나로 일상이 멈춘 시간을 견뎌야 하는 아이들에 대한 안타까움을 노래한 시들을 모아 끊임없이 시집을 펴내는 것을 보면 '중꺾마'란 이럴 때 쓰는 말임을 깨닫곤 한다. 선미의 꺾이지 않는 마음은 정년퇴임으로 교단을 끝까지 지킨 것을 보아도 알 수 있다. 마지막 날까지 교단에서 아이들과 함께 호흡하리라 다짐하고 시작한 교직이었건만 나를 포함한 또래 교사의 대부분은 명예 퇴임을 통해 중간에 학교를 떠나는 현실에서 교직에 대한 신념을 지키고 아이들을 향해 아낌없는 사랑을 나누어주는 교육애의 실천은 정말 값진 일이라 생각한다. 참으로 자랑스러운 친구가 아닐 수 없다.

배움의 열정이 멈추지 않는 선미는 참 부러운 친구이다.
내가 알기론 꽤 오랫동안 우쿨렐레 악기를 배웠고, 본인이 동시를 쓰는 시인이면서도 색동회에서 동화 구연을 공부하기도 했다. 학교에서의 업무와 수업 외에도 외부 강의에 아동문학인 협회의 일도 있는데 왜 그렇게 쉬지 않고 뭘 배우냐는 물음에 선미는 말갛게 웃으며 답했다. "배운다는 것 자체가 즐거운 과정이고, 아이들 가르칠 때 어떻게든 쓰임이 있을지도 모르고, 또 나중에 나이 든 후에 나의 배움을 나눌 수도 있지 않겠냐"고. 선미의 대답은 여기까지였지만 친구의 퇴임을 축하하는 글을 쓰면서 그 말에 숨겨진 의미를 생각해본다. '삶은 끝없는 배움의 과정이고, 나다움을 지키는 참 좋은 길이 아닐까?' 부디 내가 읽은 행간의 뜻이 맞기를…….

인제 곧 선미는 사십여 년이 넘는 시간 동안 봉직했던 교단을 떠나 자연인이 된다. 은퇴를 하면 선미의 삶이 달라질 거라곤 생각하지 않는다. 그녀는 여전히 세 딸의 좋은 엄마로 살아갈 것이고, 한국 아동문학의 큰 나무로 좋은 시를 차곡차곡 써 모아 시집을 엮어낼 것이고, 지금보다 더 많이, 더 자주 다정한 위로와 인사를 건네는 친구로 남을 것이다. 다만 바람이 있다면 쉼표를 갖고 조금은 천천히 현재를 즐겼으면, 가끔은 늦잠도 자고, 바깥일이 없는 날에는 종일 집안에서 뒹굴거리기도 하면서 오래오래 건강하게 지내는 것이다.

참 좋은 친구 선미야, 자랑스러운 퇴임을 축하하고 너의 헌신에 큰 박수를 보낸다. 사랑해!

장영우 ● 대학 동기. 전 부산초등수석교사회 회장.

샬롯과 윌버와 같은
소중하고 깊은 인연에 감사하며

김묘정

거미 '샬롯'과 돼지 '윌버'의 우정을 그린 유명한 동화『샬롯의 거미
줄』이라는 책이 있습니다. 샬롯와 윌버의 인연은 생애 최악의 날을 보
내고 있는 윌버에게 샬롯이 "내가 네 친구가 되어줄게."라는 말을 하면
서 시작됩니다. 그 동화 같은 장면처럼 박선미 수석님과 저의 인연이 시
작되었습니다. 2018년 동명초등학교로 전근하자마자 학교 대표로 수업
장학 공개수업을 하게 되었는데, 박선미 수석님께 자문을 구하게 되었
습니다. 수업을 준비하면서 고민이 많은 저에게 수석님은 정말 동화의
샬롯처럼 "내가 도와줄게요."라고 하시면서 컨설팅을 시작해주셨고, 그
이후 수석님께서는 동화 속의 거미줄 기적처럼 지금도 저에게 많은 도
움을 주시고 계십니다.

2018년 4월, 수업장학 공개수업 준비과정에서 제가 선택한 과목은 국
어였고, 당시 관련 교과서의 지문은 헬렌 켈러의『사흘만 볼 수 있다면』
이었습니다. 사실 당시 제가 초등교사 생활 15년 차였기 때문에 신규교
사는 아니었습니다. 하지만 막상 국어 문학 영역 수업을 깊이 있게 제대
로 해보고자 하니 어려움이 많았습니다. 그래서 정말 신규교사의 자세
와 마음으로 수석님의 컨설팅 아래, 학생들이 글쓴이의 마음을 잘 이해
하고 감정에 공감할 수 있도록 교사와 학생이 함께 헬렌켈러의『사흘만

볼 수 있다면』책을 열심히 읽었습니다. 또한 학생들이 학습 전략을 익힐 수 있도록 『행복한 청소부』라는 책으로 수석님 앞에서 적용 수업도 해보았습니다. 그 과정을 거쳐서 학생들과 저는 교사와 학생이 함께 '책을 읽는 즐거움'을 맛보았고, 수업장학 공개수업도 무사히 마치게 되었습니다.

그런데 수석님과의 인연이 4월로 끝이 난 것이 아니라, 그 해 수업연구대회를 계기로 본격적으로 이어지게 되었습니다. 수업장학 공개수업을 무사히 마치고 나니, 수업연구대회에 참가해보라는 주변의 권유가 있었습니다. 그 당시 저는 이미 사회 과목으로 수업연구대회에 나가서 부산 2등급 2회, 3등급 2회의 수상 경험이 있었습니다. 하지만 4월 수업장학 공개수업을 하면서 학생들과 함께 책 읽는 즐거움을 알게 되어 박선미 수석님의 컨설팅 아래 국어 과목으로 수업연구대회에 나가보고 싶다는 생각이 들었고 결국 수석님과의 인연은 더욱 깊게 이어지게 되었습니다.

2018년 수업연구대회 예선 제출 자료는 1학기 수업 실천사례 보고서와 2학기 교수·학습 지도안 2종이었습니다. 저는 한 학기 한 권 읽기와 연계한 국어과 독서수업을 계획하였으며, 학생들과 함께 읽을 책으로 1학기에는 『몽실언니』, 2학기에는 『샬롯의 거미줄』을 선택하였습니다. 하지만 막상 학생들과 함께 『몽실언니』 책을 읽고 다양한 독서활동을 한 사례를 바탕으로 실천사례보고서를 쓰려니 정말 어려웠습니다. 더불어 『샬롯의 거미줄』 독서를 통해 학생들의 내면적 성장까지 이끌어낼 교수·학습 계획안을 작성하려니, 정말 머리가 터질 것 같았습니다. 이것은 마치 『샬롯의 거미줄』의 돼지 월버가 크리스마스날 햄이 될 거라는 말을 들었을 때와 같은 위기 그 자체였습니다.

그때! 박선미 수석님께서 몇 차례 컨설팅을 해주시면서 제 궁금증과 어려움을 하나하나 해결해 주셨습니다. 마치 샬롯이 월버를 구하기 위해 '대단한 돼지', '근사한 돼지', '겸험한 돼지'라는 문구를 거미줄에 새

겨넣고, 결국 윌버를 최고의 돼지로 만들어서 구한 것처럼 말입니다! 결국 그해 저는 1학기 수업연구대회 예선을 통과했고, 2학기 본선 공개수업에서 학생들이 그간 깊이 있는 독서를 통해 성장한 모습을 발산하면서 수업연구대회에서 부산 1등급을 하였습니다. 그리고 그 다음해인 2019년 초등 우수수업 릴레이에서도 박선미 수석님을 컨설턴트로 모시고 공개수업을 성공적으로 해내어 참관하신 분들에게 칭찬을 들으며 마칠 수 있었습니다. 수업자보다도 더 열정이 넘치며 따스한 마음으로 응원해 주시고 언제나 기본에 충실한 한결같은 수석님의 가르침 덕분에 저는 정말로 교사로서 많이 성장했고, 학생들과 함께 잊지 못할 추억을 만들었습니다.

그런데 수석님과 저의 깊은 인연은 2023년부터 더 깊게, 또다시 이어졌습니다. 2021년부터 전문직 생활을 시작하여 3년 차가 되던 2023년에 저는 시교육청에서 독서교육 담당자가 된 것입니다. 부산아동문학인협회와 연계하여 아동문학 작가가 학교로 찾아가 학급 학생들과 함께 책에 대해 이야기 나누고 학생들이 자기 생각을 글로 써보는 '작가와 함께하는 행복한 글쓰기' 사업을 맡게 되었는데, 사업 추진을 위해 부산아동문학인협회 회장님과 논의를 하려고 성함을 확인하던 중, 세상에나 우리 박선미 수석님이 부산아동문학인협회 회장님이신 겁니다! 반가운 마음에 얼른 연락을 드렸고, 2023년 작가와 함께하는 행복한 글쓰기 사업 추진이 잘 될 수 있도록 사전 협의와 사전 연수를 거쳐 만족도 높은 사업으로 마무리를 지었습니다. 그 외에도 수석님께서는 제가 독서교육 사업을 추진하면서 작가로서, 초등 독서교육 전문지원단으로서, 수석교사로서 가진 노하우를 아낌없이 전수해주시고 독서교육을 지원해주셨습니다. 2024년에도 작가님과 함께하는 더 좋은 독서교육 사업이 활성화될 수 있도록 조언을 해주고 계셔서 정말 감사할 따름입니다.

『샬롯의 거미줄』에서 샬롯은 마지막까지, 그리고 그 이후에도 윌버의 삶에 있어 큰 존재로 자리매김했습니다. 제 생각에 박선미 수석님은 저

뿐만 아니라 교직 생활을 해오시면서 만난 모든 사람들에게 큰 존재로 자리매김하지 않았을까 하는 생각이 듭니다. 수석님께서 지은 많은 주옥같은 동시들은 학생들의 마음을 맑고 순수하게 하였고, 수석님과 함께한 교사 및 학부모님, 그 외 다양한 분들이 수석님의 전문성과 열정에 많이 느끼고 배웠을 것이라 생각합니다. 퇴임하시고도 문학활동에 매진하시면서 또 다른 곳에서 큰 존재로 자리매김하실 것이라 생각합니다.

존경하는 박선미 수석님! 지난 4월 KNN '행복한 책 읽기' 방송에 출연하시면서 말씀하신 내용이 기억납니다. '공교육의 과제는 빌 게이츠와 같은 특별한 기회를 얻지 못한 학생들에게 기회를 주는 것', '짧은 시간의 성과를 바탕으로 성공 가능성 여부를 판단하지 말고 인내할 것'이라고 하셨습니다. 이 말씀만 들어도 수석님께서 지난 40년간 교직생활을 어떻게 보내셨을지 느껴집니다. 교직 평생을 온 진심을 다해 사람을 대하시고, 연구하신 노하우를 아낌없이 나누어주심에 탄복합니다. 존경합니다.

항상 건강하십시오.

또 다른 인생의 출발을 진심으로 축하드립니다.

김묘정 ● 부산광역시교육청 장학사.

내 인생의 등대가 되어 주신
박선미 수석 선생님

황성희

"안녕하세요. 이번 학기 독서교육론을 강의하게 된 수석교사 박선미라고 합니다."

국어과의 전설이라고 소문으로만 듣던 박선미 수석님께 강의를 듣게 되다니……. 기대와 설렘이 가득했던 수석님과의 첫 만남이 떠오릅니다.

배움에 목말라 선택한 대학원에서 수석님의 강의는 마치 목마른 나무에 단비와도 같았습니다. 일주일에 한 번이지만 동기들은 수석님과 함께하는 수업에 시간 가는 줄도 모른 채 어두운 건물에 불을 밝히며 학구열을 높였습니다. 수석님은 수업 현장에서 쌓아 온 다양한 경험과 사례를 나누어 주시며 이론을 학교 현장에서 어떻게 적용해야 하는지에 대한 수업 노하우를 아낌없이 전수해 주셨습니다. 그리고 앎이 앎에서만 머물지 않고 실제로 적용해 볼 수 있도록 다양한 기회를 제공해 주셨습니다. 그리고 그 과정에서의 시행착오를 함께 공감해 주시며 더 나은 교사로 성장할 수 있도록 조언해 주셨습니다. 수석님과 함께한 한 학기는 그 어떤 것과도 비교할 수 없는 배움과 삶을 체험할 수 있었던 소중한 시간이었습니다.

이런 수석님의 모습은 어느새 제 인생의 등대가 되었고 앎을 나누고 동료 교사를 지원하는 수석님을 닮고 싶다는 생각으로 수석교사의 꿈을 꾸게 되었습니다. 그리고 이러한 저의 꿈을 아신 수석님께서는 수석으로서의 품격을 갖출 수 있도록 내적, 외적 등대가 되어 주셨습니다.

한 번은 수석님이 진행하는 연수 중 일부에 참여할 기회를 주시기도 하셨습니다. 여러 사람 앞에서의 연수가 낯선 저에게 연수의 '처음-가운데-끝'을 어떻게 효과적으로 진행해야 하는지를 세심하게 알려주셨습니다. 연수 후에는 초보 강사에게 칭찬을 통한 자신감은 물론 다음을 위한 조언까지 아낌없이 해주셨습니다.

더불어 올해 실시한 국어과 수석 선발은 저에게 무척이나 의미가 있었습니다. 바로 수석님이 그동안 공들여 쌓아 올린 국어과 수석의 길이었기 때문입니다. 존경하는 박선미 수석님의 그 자리를 부족하지만 이어가고 싶은 마음이 간절했습니다. 하지만 선발 인원이 1명이라 마음의 부담이 컸습니다. 그런 저에게 수석님께서는 남다른 클래스의 컨설팅을 해 주셨고 그 덕분에 수석 선발을 차근차근 준비할 수 있었습니다. 늘 하나라도 더 챙겨주시고 가르쳐 주시려는 수석님의 마음을 생각하며 저 역시 나눌 수 있는 사람, 필요한 사람이 되고 싶다는 생각이 들었습니다. 이러한 저의 마음을 아시기라도 하듯이 수석님은 '자랑스러운 후배, 내가 떠나는 빈자리를 잘 채워 주리라 믿어요.'라며 마음 한가득 응원해 주셨고 수석님의 응원에 힘입어 국어과 수석 선발에 합격할 수 있었습니다.

문득 그동안 달려온 시간을 되돌아봅니다. 그리고 그 시간 속에서 박선미 수석 선생님과의 만남을 떠올려 보며 수석님과의 만남이 제 삶의 중요한 터닝 포인트가 아니었나 하는 생각을 해봅니다. 그만큼 수석님은 어두운 밤바다의 항해를 돕는 등대와 같이 하루가 다르게 변화하는 교육 환경과 아이들 속에서 초심을 잃지 않고 신념 있는 교사로 살아갈 수 있도록 이끌어 주셨습니다.

아쉬운 것은 늘 에너지 넘치는 수석님께서 퇴임을 하신다는 것입니다. 아직 수석님 곁에서 배울 것이 너무나 많은데…… 그동안 수석님께

배운 많은 가르침을 마음 깊이 간직하고 실천하며 살아가는 것이 수석님이 주신 사랑에 보답하는 일이 아닌가 합니다.

수석님께 펼쳐질 제2의 황금빛 인생을 진심으로 응원하며 건강과 행복이 함께 하시기를 두 손 모아 기도해 봅니다. 더불어 소중한 인연, 저의 등대인 박선미 수석님과의 인연을 오래도록 이어가고 싶습니다. 끝으로 수석님께 진심을 다해 드리고 싶은 말씀이 있습니다.

"박선미 수석 선생님, 사랑하고 존경합니다."

황성희 ● 구덕초등학교 교사.

사랑하고 존경하는
박선미 선생님의 정년퇴임을 축하하며

한지은

사랑하는 박선미 선생님이란 말이 너무나 자연스러운 후배 한지은입니다. 선생님과 함께 있는 시간이 너무 좋고, 헤어지는 시간이 아쉬워서 다음 생에는 선생님과 함께 살고 싶다는 생각까지 해봤던 철없던 후배입니다.

왜 선생님을 그렇게 좋아했냐구요? 저도 잘 모르겠어요. 선생님과 얘기하는 동안은 시간이 어떻게 지나가는지도 모르게 한나절이면 한나절, 하루면 하루가 후딱 지나가 버리곤 했어요. 나이 차이가 제법 나는 대선배지만 친구처럼 편안하고 언니처럼 푸근해서 속에 있는 온갖 얘기들을 다 털어놓고 의논하는 시간이 자연스럽고 행복했거든요. 대화를 나누는 동안 느꼈던 선생님의 진지한 눈빛과 은은한 미소가 저를 무장해제 시키고 철없는 아이처럼 온갖 얘기들을 다 꺼내게 만들곤 했어요.

때로는 동료 교사로서, 때로는 함께 자녀들을 키우는 엄마로서, 때로는 인생 선배로서 한마디씩 해주시는 말씀들이 저에게는 따뜻한 한 잔의 커피처럼 여유와 각성의 시간이 되곤 했답니다.

하지만 선생님이 너무 일을 좋아하고 매일매일 바쁘게 생활하시는 것을 지켜본 후에는 다음 생에 같이 살기를 깔끔하게 포기했답니다. 모두

가 퇴근한 어두컴컴한 학교에 불 켜진 교실은 선생님 교실이었고, 주차장에 남겨진 몇 안 되는 차 사이에는 역시 선생님 차가 있었습니다. 늦은 퇴근이 일상이었음에도 아이들 가르치는 일이나 작가로서의 일을 모두 열심히 하시는 모습을 보면서 존경심을 느꼈습니다.

선생님의 수업 공개를 보면서 선생님 반 아이들은 얼마나 좋을까 하는 생각도 해봤고, 운이 좋게도 아들이 선생님 반이 되어 행복한 시간을 보내는 모습을 보며 저도 함께 행복했던 시간도 있었습니다. 선생님의 격려와 칭찬의 말씀이 적힌 일기장은 지금도 잘 보관되어 있습니다.

동시집이 나올 때, 상을 받으셨다는 얘기를 들을 때, 수업에 관한 얘기를 하실 때, 강의와 강연에 관해 말씀하실 때마다 저런 에너지와 집중력은 어디서 나올까 하는 궁금증과 함께 존경심이 생겨나곤 했습니다.

그 궁금증과 존경심의 꼭짓점은 박사과정을 시작하신다는 말씀을 하실 때 찍었습니다.

'선생님 동기들이나 심지어 후배들까지 명퇴를 할까 말까 고민하는 시기에 박사과정을 시작하신다고?'

'박사과정은 시작도 어렵지만 학위를 받기까지의 과정이 정말 힘들어서 젊은 사람들도 끝내기가 어렵다던데……'

하는 생각에 그 고생스러운 일을 왜 시작하시나 하는 생각과 함께 그 열정과 도전정신에 깜짝 놀랐습니다. 하지만 역시 박사학위까지 당당하게 취득하시는 모습을 보며 자신의 삶을 주도적으로 살아가는 분이라는 생각에 또 한번 존경심을 느꼈습니다.

이렇게 23년의 지켜봄과 인연 끝에 박선미 선생님을 사랑하고 존경하게 되었습니다.

끊임없이 열심히 살아오신 선생님의 은퇴 후의 삶은 더욱 기대됩니다. 작가로서의 삶은 어쩌면 이제부터 더욱 본격적으로 시작될 수 있을 거 같습니다. 우리가 모두 잠든 밤에도 타닥타닥 자판을 두드리며 혹은 사각사각 연필 소리를 내며 마음껏 작가로서의 삶을 누리고 계실 거 같습니다. 우리가 놓쳐버리고 흘려버리는 세상의 아름다움을 소리없이 찾아내고 모으고 다듬어 또 우리에게 보여주시겠지요.

그래도 우선은, 드디어 찾아온 자유의 시간을 충분히 누리시고 만끽하시기를 바랍니다. "더이상 열심히 살 수 없을 만큼 충분히 열심히" 살아오신 분이 박선미 선생님입니다. 아무것도 하지 않는 게으름도 한번 누려보시고, 마음대로 사용하는 시간의 맛도 느껴보시고, 가고 싶은 곳에 불쑥 떠나는 용기도 내어보시기를 바랍니다.

그 자유의 시간에 저도 동참해서 더 많은 추억과 기쁨을 함께 누리고 싶습니다.

한지은 ● 전 안민초등학교 교사.

삶으로 가르치는 선생님

김태환

"10년 뒤 선생님은 무엇을 하고 있을까요?"

갑작스러운 질문에 그저 임용되고, 발령받고 좋은 선생님이고자 하는 마음 하나만으로 달려온 시간을 되돌아보게 되었습니다. 정작 막연하게 좋은 선생님이 아닌 '나 스스로 바라는 것'을 구체적으로 생각해보지 않았던 그때, 박선미 선생님의 말씀 한마디가 크게 울려왔습니다.

"지금부터 차근차근히 하다 보면 10년 후엔 이루어지지 않을까요? 난 시인이 되고 싶어요."

차분하고 조용하지만 무게 실린 말씀에 문득 떠오른 생각을 약속처럼 말하게 되었습니다.

"작곡……. 하고 싶습니다."

박선미 선생님은 1997년 3월 제가 동래초등학교에 부임한 첫해 동학년 선생님으로 만났습니다. 첫날 인사를 나누고 겨우 이틀이 지나 서로에 대해 알기도 전 장례식장에서 뵈어야 했던 분이었습니다. 그래서 선뜻 다가가 무언가 말씀 나누기가 조심스럽게 느껴졌는데 상황들이 조금 정리된 후 발견한 모습은 교실 구석구석뿐만 아니라 삶에 있어서도 늘 '정돈되고 차분한' 모습이셨지요. 처음엔 어딘가 깐깐하실 듯한 어려움이 보였지만 그것은 잠시, 교단의 선배로서나 인생의 선배로서나 옆 교실에서 좌충우돌하는 저에게는 늘 '도움의 손길'이셨던 따뜻한 모습이셨습니다.

그런 분의 말씀 끝에 튀어나온 '작곡'이란 단어는 머릿속을 맴돌다 부산시 수업연구발표대회에 음악 교과로 참가할 때도 창작 영역을 선택하게 했고, 선생님은 수업 계획부터 대회 전날 선생님 학급의 어린이에게 적용 수업까지 할 수 있게 도움을 주셨습니다. 활동 순서까지 급하게 바꾸고 이것저것 선생님이 해주신 세심한 조언을 참고한 끝에 다음날 대회를 위한 수업은 성공적이었고 1등급이란 엄청난 결과까지, 선생님의 영향은 제게 아주 큰 것이었습니다.

그렇지만 머릿속에 담아두고 뭉그적거리는 저와는 달리 선생님은 차근차근 시인을 향한 걸음을 멈추지 않으셨고, 1999년 먼 거리의 대학원에 방학을 반납하면서 다니시는 중에도 시인으로 등단하시는 모습을 보며 '말로 가르치는 것보다 직접 보여주시는 모습을 통해 배우게 되는 분'이라고 생각했던 기억이 납니다.

'살아가는 모습이 아름다우신 분'

지금 돌이켜 생각해 보아도 박선미 선생님을 떠올리면 생각나는 말입니다. 한참 어린 후배에게 동등한 선생님으로 존중해 주시며 늘 의견을 들어주시고, 추켜세워 주시고, 위로해 주시고, 용기 주셨던 말씀뿐만 아니라 살아가시는 모습으로 가르치신 분.

'10년'이란 시간을 함께 보내면서 점점 무겁게 다가왔던 '작곡'이란 단어는 선생님께서 보여주시는 '살아가는 모습'을 보며 더 숙제처럼 느껴졌고, 결국 작곡 선생님을 찾아다니며 공부하게 되었습니다. 작곡 공부를 시작한 다음 해 선생님의 시 '마음 그리기'를 가사로 작곡했던 곡으로 '마산 MBC 주최 제10회 고향의 봄 창작동요제'에 참가하게 되었고 동상이라는 성과를 얻게 되었습니다.

선생님이 동래초등학교를 떠나시고 지나온 시간이 꽤 오래이지만, 심지어 얼굴 뵙고 이야기 나눈 일은 손에 꼽을 정도이지만, 선생님께서 제게 심어놓으신 '사는 모습'은 마음에 새겨져 언제든 전화 한 통으로도 서로의 마음이 전해지는 그런 선생님이십니다. 이제, 교육의 현장에서 선생님의 모습을 뵙기는 어렵겠지만 어쩐지 앞으로의 선생님의 모습도 그려지는 느낌입니다. 언제, 어디서든 누군가에게 '삶으로 가르치는 모습'이 선명하게 떠오르기 때문일 겁니다.

선생님, 건강한 마음과 생각으로 변함없이 계셔주세요.

그 모습 그대로.

김태환 ● 동래초등학교 교사.

마음 그리기

박선미 작사
김태환 작곡

누군가 마음을 그려보라면 동그랗게
그릴거예요 온 누리 사랑 나누는 해님 닮은 동그란 마
음 누군가 마음을 색칠하라면 파란색을
칠할거예요 모두를 품에 안은 바다 닮은 파아란 마
음 거기다가 활짝 열린 대문 하나 그려 넣을 거예요
어쩌다 생긴 미운 생각 쪼르르 달아나도록
그리고 그 문에다 초인종 하나 그릴거예요
예쁜 생각 놀러와서 딩동댕동 누를 수 있게

a tempo

새해엔

박선미 작사
김태환 작곡

키가 작아서 할 수 없다고 그건 약한 맘이 하는 핑계야

날씨가 추워서 할 수 없다고 그건 게으른 맘이 하는 핑계야

아스팔트 갈라진 틈 노란 민들레를 봐

좁은 땅이라고 투덜대지 않잖아

추운 겨울 이겨내는 보리 새싹들을 봐 새

하얀 눈과도 친구가 되지___

해보지도 않고 겁내지는 마 시작도 하지 않고 포기하지 마

못한다 하는 맘 던져버리고 (새해엔) 해___ 보는 거야 ___

추운 겨울 맞잡은 손처럼 든든한 선생님

옥정은

저는 학창 시절을 보내면서 존경하는 선생님을 한 번도 만난 적이 없었습니다.

그렇게 교직에 대한 아무 생각이 없던 제가 돌고 돌아 교사가 되었습니다. 그것도 지역교육청 상담실과 학교현장에서 학생들의 정신건강과 복지를 통한 인성교육을 담당하는 상담교사입니다.

고등학교에 근무하다가 처음으로 초등학교에 근무하는 상황이 낯설었는데 다행히 좋은 이웃을 만났습니다. 상담실 바로 옆에 수석교사실이 있어 만난 박선미 선생님이었습니다.

처음에는 수석교사이기도 하고 시인으로서 이미 유명한 분이라고만 전해 들어 조심스러웠는데, 선생님이 선물로 주신 시집을 읽어보고 세상을 바라보는 눈이 참 따뜻한 분이구나 생각했습니다.

우리는 바쁘게 자신이 맡은 일을 하다 점심시간이면 함께 급식을 하고 커피를 마시며 서로에 대해 알아가기 시작했습니다. 멋진 감각으로 자신을 가꾸시고 치우침 없는 생각과 세상에 대한 통찰을 가진 선생님과 20년의 나이 차이도 잊은 채 친구처럼 조잘조잘 이야기를 나누다 이제 곧 정년이라는 사실을 알고는 깜짝 놀라기도 하였습니다.

저는 학교에서 학생들을 성심껏 지도하는 여러 선생님을 만났지만, 박선미 수석선생님처럼 학생과 학교에 최선을 다하시는 분은 처음 봤습니다.

선생님의 수업을 듣고 나서 존경이 가득한 눈빛으로 인사를 하려고 다가오던 아이들이 부러워 선생님의 수업을 청강한 적도 있었지요. 수업에 서툰 저에게 전문적인 조언과 지도를 아낌없이 주셔서 이제 수업에 조금 자신감도 생겼습니다.

선생님과 함께했던 3년의 시간,
마음을 간지럽히는 봄 새싹 같은 순수함과
눈부시게 뜨거운 여름날 햇살 같은 열정을 보았습니다.
가을 들녘처럼 풍성하고 원숙한 아름다움을 간직한
선생님과 함께여서
차가운 겨울바람 속 따뜻함을 전해주는 맞잡은 손처럼 든든했습니다.

저의 학교생활에 좋은 기억을 가득 안겨주신 선생님, 감사합니다.
선생님과 함께한 모든 시간이 그리울 겁니다.
학생으로, 교사로, 그리고 수석교사로
학교에서 오랜 세월을 지낸 선생님의 기억도
그렇게 아름다운 색깔이면 좋겠습니다.
앞으로 생각하시는 일들 잘하실 수 있도록
항상 건강하시기를 바랍니다.

옥정은 ● 온천초등학교 전문상담교사.

유일한 저의 스승, 박선미 선생님

이승용

50대를 맞이하고 바쁘게 생활하는 속에서 모처럼 초등학교 은사님의 문자를 받았습니다. 초등학교 시절부터 지금까지 연락하고 지내는 유일한 선생님입니다.

선생님과 학생들 간의 불미스러운 일들이 많은 요즘 학교 현실을 보면 참다운 스승 한 분을 가지고 있다는 사실이 무척 감사하게 느껴집니다. 선생님의 전화 덕분에 그동안 잊고 살아온 저의 초등학교 시절을 잠시나마 떠올려 봅니다.

저는 1970년대 초반, 부산시 사하구 감천2동에서 태어나 감정국민학교를 졸업하였습니다. 지금은 감천문화마을이라는 지명으로 전 세계에서, 전국에서 많은 관광객이 찾는 부산의 대표적 관광 코스가 되었지만, 어린 시절 그곳은 태극도마을이라 불리는 변두리 중의 변두리 동네였습니다.

부산은 6·25 때 형성된 수많은 달동네가 있는데, 감천2동도 그중 한 곳입니다. 마을 꼭대기까지 오가는 버스도 없었기에 오롯이 그 높은 곳을 걸어 다녀야만 하는 정말 살기 어렵고, 궁핍한 동네였습니다. 나중에 선생님께 전해 들은 이야기로는, 제가 다니던 학교는 선생님들께서도 부임하기 꺼리시던 곳이라고 들었습니다. 그도 그럴 것이 대중교통편도 없고, 학생들 가정환경은 너나 할 것 없이 가난했고, 부모님들도 자녀들 교육에 신경 쓰기엔 너무나 열악한 상황이었기 때문입니다.

초등학교 4학년 개학 날이었습니다. 3학년 때까지는 나이 드신 아저 씨나 아줌마 같은 분이 담임선생님이었기에 올해는 제발 젊은 선생님 을 만났으면 좋겠다고 친구들과 수다를 떨며 설레는 마음으로 등교하 였습니다. 운동장 조회가 시작되었고 드디어 교장선생님이 담임선생님 을 발표하였습니다. 2학년, 3학년, 4학년. 1반은 보기에도 무섭게 보이 는 할아버지 선생님이었습니다. 그런데 이게 어찌 된 일입니까. 저희 4 학년 2반 담임선생님은 예쁜 여자 선생님이며 올해 교육대학을 졸업하 신 분이었습니다. 저의 간절했던 소망이 이루어진 것입니다.

꿈에도 그리던 예쁜 여자 선생님이 우리 반 담임선생님이 되어서, 저 는 날마다 학교 가는 일이 신났고, 운이 좋게도 반장에 뽑혀서 선생님과 도 가깝게 지낼 수 있어서 더 즐거웠습니다.

그러던 어느 날입니다. 방과 후에 동네에서 친구들과 놀고 있었는데, 맞은편에서 한 무리의 애들과 선생님께서 걸어가시는 것이 보였습니다. 그 시절에 있던 가정방문을 가시던 길이었습니다. 우리 동네는 유난히 계단이 가팔라서 평소에도 매우 위험했었는데, 저는 선생님을 조금이라 도 빨리 만나기 위해 급하게 뛰어가다 그만 계단에서 미끄러지고 말았 습니다. 크게 다치지는 않았지만, 앞니가 부러지게 되었습니다. 선생님 은 본인이 잘못한 것도 아닌데도 많이 미안해하셨고, 저는 한동안 앞니 가 없는 횅한 상태로 지내게 되었습니다. 물론 부모님께는 많이 혼났지 만, 덕분에 선생님과는 더 가까운 사이가 된 것 같아 크게 실망하지는 않았습니다.

당시의 선생님은 모든 일에 의욕 충만한 새내기 선생님이셨고, 지금 돌이켜 보면 매우 여리셨던 분이었습니다. 엄마의 손길이 미치지 못한 친구들의 머리를 직접 잘라주시기도 하셨고, 토요일이면 피구 시합을 한 뒤 짜장면을 사주기도 하셨고, 크리스마스 때는 직접 카드를 만들어서 우리에게 당부의 말씀을 적어주시기도 하셨습니다.

이런 선생님을 저는 믿고 따르며 좋아했지만 불만도 있었습니다. 그 시절은 초등학생도 일제고사를 치는 때였고 학급별로 결과를 비교해서 성적이 낮은 반은 담임선생님이 혼나기도 했답니다. 특히 수학은 구구단 외우기가 필수였는데 우리 반 친구 중 4학년인데도 구구단을 못 외우고, 학업 성취도가 많이 떨어지는 여학생이 있었습니다. 선생님은 반장인 제게 그 친구를 짝꿍으로 만들고 도와주라고 하셨습니다. 그리고 그 친구가 구구단을 외우지 못하거나 시험 성적이 나쁘면 저까지 혼내시곤 했습니다. 저도 이쁘고 공부도 잘하는 여학생과 짝꿍 하고 싶었는데, 제 잘못도 아니고, 저 또한 아무것도 모르는 철부지 애였는데 말이죠. 40대가 되어 선생님과 함께 떠난 여행에서 그때 억울했다는 이야기를 들은 선생님께서는 선생님도 어려서 너의 마음을 헤아리지 못했다고 미안해하셔서 웃고 넘어갔습니다.

특히 선생님께서는 남학생들이 여학생들을 괴롭히는 것을 정말 싫어하셨습니다. 여학생 치마를 들친다거나, 외모를 가지고 놀리는 등의 행동을 하면 단체로 벌을 주시거나 손바닥을 때리기도 하셨습니다. 그러고는 뒤돌아서 혼자서 우시면 친구들도 따라 울어 교실이 울음바다가 되었던 기억이 납니다. 그렇게 우실 거면서 왜 그렇게 하셨는지 지금 생각해 보면, 참 다들 너무나 순수했었던 것 같습니다.

선생님께서는 교직의 첫 시작을 가난하고 어려운 동네에서 시작했기에 지금까지 초심을 잃지 않고 교직 생활을 할 수 있었다고 너무나 고마웠다고 말씀하십니다.

어린 나이에도 가난하고 공부를 못 한다고 저희를 무시하고 노골적으로 차별하는 몇 분의 다른 선생님들을 보면서 선생님의 고마움을 어렴풋이 알았지만, 나중에야 더욱더 감사하게 느꼈습니다.

초등학교 시절의 아름다운 기억을 선생님께서 선물해 주신 덕분에, 지금도 사회생활 하면서 항상 바르게 살려고 노력하고 있습니다. 제가 비록 판, 검사나 의사 등의 소위 잘나가는 사람은 되지는 못했지만, 지금도 나중에 잘 돼서 선생님을 찾아뵙겠다는 생각은 하지 않습니다. 잘났든 못났든 저는 선생님의 첫 제자이며, 지금까지 그래왔던 선생님과 같이 늙어가는 지금이 너무 좋습니다.

예쁜 원피스를 입고 있던 새내기 선생님의 모습이 엊그제 같은데 어느새 퇴임하신다니 아쉽기만 합니다. 하지만 저에게는 아직도 여리여리했던 병아리 박선미 선생님으로만 기억됩니다.

그동안 수많은 제자를 키우셨고, 주옥 같은 시들을 남기셨습니다.

선생님 덕분에 어려운 환경 속에서도 어긋나지 않고, 밝게 클 수 있었습니다.

감사합니다. 수고하셨습니다. 사랑합니다. 유일한 저의 스승 박선미 선생님!

이승용●감정초등학교 첫 제자.

따뜻한 마음, 열정이 넘치시는 수석 선생님께

한평생 몸담았던 교직 생활에 마침표를 찍으며 이제 정년퇴임을 맞이하시는 수석 선생님! 진심으로 축하드립니다.

떠나시는 수석 선생님께 드리는 송사에 앞서 시 하나를 읽어 드리려 합니다. 이 시를 처음 읽은 날 제가 느낌 감동이 퇴임식에 참석하신 여러 선생님께도 전해지길 바랍니다. 시의 제목은 「햄버거의 마법」입니다.

햄버거의 마법

햄버거가 마법을 부린 게 틀림없어요. 깨가 개미로 변했어요. 꼬물꼬물 개미들이 햄버거 위에 올라 앉아 글자를 만들었어요. 온몸으로 한 자 한 자.

'당신을 위한 100% 소고기 햄버거'

햄버거를 만지는 아저씨 손이 떨려요. 손 끝에 햄버거가 보인대요. 환하게 보인대요. 햄버거를 한 입 베어 먹은 아저씨 입꼬리가 올라가요. 활짝 웃어요. 세상에서 제일 맛있는 햄버거를 먹고 나온 아저씨 발걸음이 가벼워요. 함께 걷는

따뜻한 마음, 열정이 넘치시는 수석 선생님께 ● 고보현_307

지팡이도 룰루랄라 신이 났어요.

남아프리카 공화국의 한 미담을 시로 지은 수석 선생님의 마음처럼, 수석 선생님의 교육 활동은 따뜻함으로 가득했습니다. 제가 처음 학교에 발령받아 학급 운영에 어려움을 겪을 때 몇 시간이든 상관하시지 않고 함께 고민해 주셨던 소중한 시간이 있었습니다. 퇴근 시간을 훌쩍 넘기도록 신규 교사의 엉성한 수업지도안을 함께 봐주셨던 시간도 있었습니다. 온천 학생들에게 독서와 문학과 시를 가르치시며 전 학년에 수업 지원을 들어와 주시던 수많은 나날이 있었습니다.

이렇게 늘 온천 한 곳을 지탱해 주시던 수석 선생님. 오지 않을 것 같았던 수석 선생님의 퇴임식이 오니. 가슴 한구석이 먹먹해 옵니다. 수석 선생님께서는 마음이 참 따뜻한 분이십니다. 학생들의 이야기도 그냥 넘기지 않고 들어주시고 아이들의 마음을 읽어주셨습니다. 또 모든 교육 활동과 학교행사를 언제나 아이들의 입장에서 생각하시고 조언을 아끼지 않으셨습니다. 교사들을 위한 나눔도 아끼지 않으셨습니다.

존경하는 수석 선생님! 이제 수석 선생님의 따뜻함과 헌신을 이어받아 남은 저희가 교단에서 그 길을 열심히 쫓아가도록 하겠습니다.

수석 선생님! 보내드리는 아쉬움이 가득하지만. 현직에서 물러나신다고 해도. 지금까지 저희에게 보여주셨던 열정 그대로, 어쩌면 더욱 당당해진 기세로 어떤 새로운 일들을 시작하실지 기대감이 앞섭니다. 수석 선생님의 정년 이후의 삶. 새로운 출발도 다가오는 봄처럼 따스하길 바랍니다. 다시 한번 수석 선생님의 정년퇴임을 축하드리며 건강하시길 기원하겠습니다.

이제 전 교직원의 마음을 담아 마지막으로 인사드립니다.
수석 선생님! 고맙습니다. 사랑합니다.

고보현 드림

고보현 ● 온천초등학교 새내기 교사.

회장님, 우리 회장님

강기화

먹구름도 환하게
박선미
실컷 울고나면
먼길

떠날 수 있다.

너무 감동이야
흑흑-

울어. 실컷 울어.
너무 해

실컷 울고 나면 너도
무지개를 가슴수
있을 거야

"동그라미 그리려다
무심코 그린 얼굴 ♪"
제가 처음 들었던
선배님 노래입니다.
뭔가, 목소리에
빗방울이 묻어 있었는데
그뒤 한번도 흐린
얼굴을 본 적이
없답니다. 늘 웃는 얼굴로
빡빡하게 일하고, 공부하고, 시 쓰는
모습이 가끔 무섭기도 했어요(ㅆ)
그러다 어느날 문득 보았습니다.
실컷 울어 본 사람만이 걸어갈수
있는 먼길을. 그 길 위에 향기춤을
꽃 한송이 놓아드립니다.

2024년
새해 새달
후배 강기화
드립니다.

강기화 ● 2010년 창주문학상 동시 당선. 동시집 『놀기 좋은 날』 『멋진 하나』 『동그라미별』 외.
부산아동문학상 수상.

제4부

박선미 자료

동시집 서문 모음
문학상 수상 소감과 심사평
신문에 소개된 주요 기사 모음
연보

동시집 서문 모음

■ 제1 동시집 『지금은 공사중』 서문

디딤돌과 의자가 되길 바라며

오래 간직했던 시를 엮어 처음으로 집을 지어주면서 독자인 나는 시인인 나에게 가만히 물어보았습니다.

'시가 어디에 쓰일 수 있을까?'

나는 내 시가 마음의 힘을 기르는데 쓰였으면 좋겠습니다.

내 시를 읽는 아이들이 운동회날 사서 기르던 병아리의 죽음에 눈물흘릴 줄 아는 마음,

나뭇가지를 꺾으면 나무도 아파할 거라고 생각하는 마음, 내가 일등을 할 때 꼴찌의 마음을 헤아릴 줄 아는 마음을 가졌으면 좋겠습니다.

그래서 이 시집이 우리 아이들의 하루하루에 작은 디딤돌이 되었으면

좋겠습니다.

　마음밭을 가꾸는 한 줌 거름이 되었으면 좋겠습니다.

　그리고 어른들에게는 지친 마음을 내려놓는 의자가 되었으면 좋겠습니다.

　아직도 많이 모자라는 작품에 예쁜 옷을 입혀주신 정두리 선생님과 이영원 선생님께 감사드리며

　세상의 모든 아이들과 아이의 마음을 가진 어른들에게 그리고 나의 어머니께 첫 시집을 드립니다.

2007년 새봄에

박선미

용감한 싸움대장을 꿈꾸며

어릴 적 두 살 터울의 언니와 싸우면 아버지는 싸움의 원인도 물어보지 않고 둥글둥글 인상 좋은 언니의 편만 들어 억울한 적이 많았지요. 아버지는 늘 나에게 '작은 고기가 가시 세다.'는 말씀을 하셨어요. 좋게 말하면 내가 야무지다는 뜻이겠지만 그때는 그 말이 얼마나 서운했는지 모릅니다.

아버지의 말씀과 달리 나는 싸움을 못 해요. 한 번도 언니를 이겨보지 못했어요. 어른이 되고 선생님이 되었어도 내 것을 빼앗아가는 사람을 만나면 부글부글 속을 끓이면서 끝내는 당하고야 말지요. 하지만 나는 싸움대장이 되었답니다.

자기보다 약한 친구들을 괴롭히는 친구
자기보다 가난한 친구를 무시하는 친구
자기보다 공부 못하는 친구를 얕보는 친구
그 어린이들 마음과 싸우는 대장이지요.

내 싸움의 무기는 총도 칼도 아닙니다. 아름다운 우리말로 빚은 시입니다. 내 싸움의 무기가 된 시들로 두 번째 집을 지어 세상에 내놓습니다.

나는 이 시집이,

밥이면 좋겠습니다.
눈물이면 좋겠습니다.
나무 그늘이면 좋겠습니다.
따스한 햇살이면 좋겠습니다.
꿈을 향해 오르는 사다리면 좋겠습니다.

나는 앞으로도 어린 독자들과 어린이의 마음이 필요한 어른들에게 시속에는 세상을 밝고 따스하게 만드는 힘이 숨어 있다는 것을 알려주는 용감한 싸움대장이 될 것입니다.

2010년 삼월
봄눈 오는 날
박선미

따스한 집을 짓는 목수를 꿈꾸며

나는 시를 쓰기도 하지만
그것보다 더 많은 날은 시를 읽는 독자가 됩니다.
며칠 전 막내가 좋아하는 김남주 시인의 시집을 읽다가 참 마음에 드
는 시 한 편을 찾았습니다.

사랑은
가을을 끝낸 들녘에 서서
사과 하나 둘로 쪼개
나눠 가질 줄 안다
너와 나와 우리가
한 별을 우러러 보며.

—김남주, 「사랑은」 일부

올해는 유난히 힘든 일이 많이 일어난 해입니다.
힘든 일이 일어난 이유를 되돌아보면 우리 모두의 마음에 사랑이 부
족해서 그렇다는 생각이 듭니다.
사과 하나, 둘로 쪼개 나눌 줄 안다면 이 세상은 얼마나 평화로울까
요?
세 번째 집을 지어 세상에 내놓으며,
나는 이 시집이 정말 집이었으면 좋겠습니다.
마음이 헐벗은 어린이들을 따스하게 안아줄 수 있는 집이면 좋겠습

니다.

　따스한 집에서 따스한 밥을 먹고 따스한 사랑을 받고 자란 어린이들은 자신을 사랑할 줄 알고, 가족을 사랑할 줄 알고, 친구도 사랑하고, 이웃도 사랑하고 자연도 사랑할 테니까요.

　새집에 예쁜 창문을 달아주신 노원호 선생님과 양미란 그림작가님. 수고 아끼지 않은 청개구리 출판사 편집팀 여러분께 고마운 마음 전합니다.

2014년 겨울
박선미

더 큰 힘 앞에서 더 많은 이익 앞에서,
옳지 못한 건 알지만 마음이 흔들릴 때
나는 책을 읽습니다.

내가 조금 손해를 보더라도 옳은 일을 해내고 나면
책은 괜찮다고 위로해주고, 잘했다고 응원도 보내주거든요.

여러분도 그럴 때가 있나요?

네 번째 집을 지어 세상에 내놓으며,
나는 이 시집이 흔들리는 마음을 바로 잡고
마음의 키가 자라는 데 쓰이길 바랍니다.

달리기를 잘하는데도 목발 짚은 아저씨를 위해 천천히 걸을 줄 아는
병철이, 고3이라도 할머니를 뵙기 위해 추석 하루쯤 공부를 양보할 수
있는 형규, 고기를 좋아하지만 우리가 사는 지구를 위해 인상 쓰면서도
채식을 할 줄 아는 기태, 아픈 친구를 위해 학원 빼먹고 병문안 갈 줄 아
는 친구들은 마음의 키가 큰 어린이들이지요.

성적은 안 좋아도
조금은 엉뚱해도
나는 이런 친구들이 참 마음에 듭니다.
그래서 이런 친구들을 위해서 다시 태어나도 시를 쓰고 싶어요.

갓 구운 따끈따끈한 동시를 먹은 친구들이 마법처럼 우리가 사는 세상을 신나게 만들어주면 참 좋겠습니다.

2017년 12월
추운 겨울이지만 마음은 따뜻한 날
박선미

사람들이 모두
착한 마음을 가지고 태어났다면

우리가 사는 세상은
늘
기쁨이 데굴데굴 굴러오고
평화가 찰랑찰랑 넘치고
사랑이 보글보글 끓어올라야 할 텐데
그렇지 못할 때도 있지요.

하얀 벽도 시간이 지나면
때가 묻어 지저분해지듯이
어릴 때 순수했던 마음도
시간이 지나면 그렇게 될 거예요.

페인트칠을 하면 벽이 다시 깨끗해지듯이
우리 마음도 새로 칠을 할 수 있을까요?

동시를 읽어 보아요.
그리고
실컷 울어도 봐요.

밉고 화나고 억울하고 답답한 마음이

가벼워져

실컷 울고 난 먹구름처럼

환하게 먼 길 떠날 수 있을 테니까요.

2020년 12월

어린이의 친구

박선미

나의 귀한 손님에게

'유 퀴즈 온 더 블록'을 즐겨 봅니다.

얼마 전 소아청소년정신과 전문의로서 자폐스펙트럼 치료 권위자인 김붕년 교수가 출연해서,

"당신의 자녀를 귀한 손님처럼 여겨라."

는 말씀을 해 주셨는데, 참 공감이 갔어요.

귀한 손님은 반갑고, 극진히 대접하고 싶지요. 그래서 내가 아닌 손님의 처지에서 손님이 좋아하고 원하는 것이 무엇인지 깊이 생각하고, 손님의 뜻을 소중히 여기고 존중해 주기 때문이지요.

부모가 자식을 귀한 손님처럼 여긴다면 서로의 관계도 좋아지고, 가정의 분위기도 화목하게 될 거예요. 우리가 살아가는 사회에서도 마찬가지입니다. 내가 아닌 가족을, 친구를, 선생님을 더 나아가 동물이나 식물도 귀한 손님으로 여기고 상대방에게 필요한 일이 무엇일지 먼저 생각하고 그 마음을 실천한다면 우리가 사는 세상은 얼마나 행복할까요.

이번 동시집에 나오는 민서, 주영이, 대형이, 건후, 선우는 상대방을 귀한 손님으로 여기고 그 마음을 실천하는 친구들입니다.

올해는 학교 사회에 유난히 슬픈 일이 많았습니다.

부모와 자식, 스승과 제자, 교사와 학부모 관계에서도 서로를 귀한 손님으로 대접하는 마음을 가졌다면 슬픈 일을 막을 수 있었을 거라고 생각합니다.

여섯 번째 시집을 내면서 독자를 귀한 손님으로 생각하고 작품을 빚는 시인이 되겠다는 다짐을 새삼스레 해 봅니다. 그런 마음이 담긴 시를

읽고 자란 어린이가 만드는 세상은 지금보다 더 따스해질 거라고 믿으니까요.

새해에는 오랫동안 머물던 학교를 떠나게 됩니다. 저에게 다가와서 시가 되어 준 어린 친구들에게 이 시집이 선물이 된다면 참 좋겠습니다.

제가 지은 시를 저보다 더 꼼꼼히 읽고 해설을 써 주신 김경흠 선생님, 짧은 시간에도 예쁜 그림으로 시를 빛내 주신 박지영 그림작가님, 수고해 주신 청개구리 출판사 편집팀 여러분께 고마운 마음 전합니다.

2023년을 마무리하며
박선미

문학상 수상 소감과 심사평

1. 부산아동문학 신인상

가. 당선 소감

온누리에 따스한 햇살을 골고루 나눠주는 해님처럼

아이들과 함께 생활한 지 어느새 16년의 세월이 흘렀다.

늘 아이들에게 글쓰기를 가르치면서도 정작 나의 글쓰기는 뒷걸음질 하는 기분이었는데 당선 소식은 어깨에 힘을 불어넣어 주었다.

내가 가르치는 아이들에게 선생님으로서, 또 나의 세 딸에게는 엄마로서 조금은 떳떳해지는 기분이다.

온누리에 따스한 햇살을 골고루 나눠주는 해님처럼 나도 이 땅의 아이들이 고운 마음을 가꾸는 데 보탬이 되는 시를 골고루 전하고 싶다. 그래서 내 시를 읽는 아이들이 이름 모를 꽃 한 송이도 소중히 여기는 마음의 밭을 일궈나갔으면 좋겠다.

내 어깨에 힘을 실어주신 심사위원님들께 감사드리며 나를 아껴주는 모든 분과 이 기쁨을 함께하고 싶다.

더 나은 작품으로 보답하는 것만이 내가 할 일이라 생각한다.

나. 심사평

어떤 사상(事象)을 시로 빚기가 쉽지 않다.

동시로 형상화하는 건 더욱 어렵다고 한다. 박선미 씨의 일련의 작품을 읽으면 정말 어렵게 쓴 걸 느끼면서도 그 내용은 전혀 어렵지 않게 가슴에 와닿는다. 이 말은 결코 동시를 힘들이지 않고 시부저기 쓴 글이란 의미가 아니다.

「술래잡기」의 "이젠 이리 나와/꽃향기 벙그는 봄/네가 술래야."로 마무리 짓는 솜씨를 보면 시를 담금질하는데 얼마만큼 고심했나를 충분히 짐작이 된다. 그러면서도 새벽 두 시의 "까만 잠이 아침으로 졸졸 흘러가고 있어요"라는 표현은 다소 안이하고 진부한 느낌이 든다.

그러나 그가 보낸 시 전부를 읽고 보니 그의 풍요로운 시적 감각이라든가 표현기법의 다양성이 감칠맛으로 느껴진다.

그가 우리 부산 아동문학 문단에 뭔가 하나 해낼 것이란 기대감으로 우리 심사위원들은 흔쾌히 그를 아동 문단에 내세운다.

심사위원 박일, 박지현

2. 창주문학상

가. 당선 소감

1,000년의 긴 시간 동안 9가 다섯 개나 들어 있는 특별한 날, 당선이 결정되었다는 전화를 받았다.

나이가 들어가며 이런 기쁨은 그저 나에게 다가옴이 아니기에 기쁨과 함께 새삼 어깨가 무거워진다. 그리고 주위의 모든 이에게 감사드리고 싶다.

이만큼의 글재주를 물려주신 부모님, 글쓰기의 선배로서 길잡이가 되어 주신 김재원 선생님, 나를 아껴주는 모든 지인들…….

돌이켜보면 슬픔도 힘이 되고 좌절도 힘이 됨을 느낀다.

실패 끝에 다가온 당선 소식은 우물 안 개구리 같았던 나의 글쓰기에 더 너른 지평을 열어주었다. 부족한 글에 날개를 달아주신 심사위원님께도 감사드린다. 아직은 모자라는 시심을 더 일깨우고 가꿔서 모든 이의 가슴속에 오래 기억될 수 있는 작품으로 보답하고 싶다.

올해로 교단에 들어선 지 17년, 때로는 선생님의 마음도 몰라주는 아이들이지만 아이들의 거짓 없는 행동 하나하나가 시를 쓰는 밑바탕이 되어주었다. 그들의 행동이 나에게로 와서 시가 되어주었듯이 나의 시도 그들에게 다가가서 마음의 텃밭을 가꾸는데 고운 거름이 될 수 있었으면 좋겠다.

나. 심사평

역사와 전통이 있는 문학상이라서 그런지 금년에도 많은 사람들이 응모했다고 한다. 예심을 거쳐 올라온 작품 가운데 정현숙, 김마리아, 김경애, 박선미 네 사람의 작품을 골랐다. 다시 논의한 끝에 정현숙의 작품은 제외되고 세 사람의 작품이 선정되었다. 김경애의 「새알 속에는 새가 있다」, 「딸기를 보며」는 사랑이 깔려 있고, 동시인이 아니면 볼 수 없는 상상의 세계가 있다. 김마리아의 「바닷가에서」, 「송아지의 빗」은 동심이 잘 녹아 있다. 참신성도 돋보인다. 특히 「바닷가에서」 끝 연 '파도는/두꺼비집을 말아서/바다 속으로 가져간다'는 대목은 매우 참신한 생각이다. 그런데 두 사람은 함께 보내온 다른 작품이 고르지 못하여 아쉽지만 다음 기회로 미루기로 했다.

마지막 남은 박선미 씨가 당선의 영광을 차지했다. 박선미의 「줄넘기」, 「내 마음의 신호등」, 「엄마만 아는 가을」, 「비오는 날」, 「신문」, 「너무 예쁜 아이들」 등은 어느 작품을 당선시켜도 괜찮겠다. 편의상 제일 앞에 있는 「줄넘기」를 당선작으로 정한다. 한 작품만 보면 너무 교훈이 드러나 있다는 생각을 하다가 다른 작품을 보면 그렇지 않다.

박선미의 동시는 작품 속의 주인공이 모두 어린이이다. 다시 말하면 어린이의 입장이 돼서 작품을 쓴 것이다. 어린이들이 하는 행동을 어른의 눈으로 바라보고 어른의 생각으로 쓴 것은 글감이 어린이일 뿐 작품은 동시가 아니다. 어린이의 입장에서 썼을 때 어려운 말도 안 쓰게 되고 난해한 작품이 되지도 않을 것이다. 어린이들과 가까워져서 어린이들이 공감하게 될 것이다.

박선미 씨는 작품 수련을 많이 했다는 걸 짐작할 수 있다. 성숙한 분을 뽑게 돼서 기쁘다.

심사위원 최춘해, 하청호

3. 부산일보 신춘문예

가. 당선 소감

"동시의 나무 잘 가꾸리"

빈 교실에서 당선을 알리는 전화를 받는 순간, 한동안 멍했다.

그리고 모든 것이 용서될 것 같았다. 이 세상의 모든 악조차도.

잡힐 듯 잡힐 듯 잡히지 않으면서 번번이 나를 술래로 만들던 신춘문예, 미련을 버리지 못하고 매달려온 지나간 시간이 헛된 것만은 아니었구나 싶어 안도한다.

길을 가면서도 시의 글감을 찾기 위해 두리번거리는 오래된 습관, 아이들 속으로 들어가기 위해 무릎을 낮춘 걸음들, 내 곁에 머물던 일상의 언어들에 시의 옷을 입히기 위해 마름질하고 다림질하던 수많은 밤들, 나와 눈 마주쳐주고 내 이야기를 들어준 나무에게 사랑의 인사를 전한다.

당선의 문턱에서 당선의 기쁨을 짐작하던 때와는 달리 담담하다. 당선은 또 다른 출발이라는 것을 잘 알기 때문이다. 결과만큼이나 소중한 과정을 잊지 않고 동시의 나무를 잘 가꾸어 알찬 열매를 맺는 것으로 보답하리라.

7전 8기도 모자라 8전 9기 끝에 긴 술래의 자리를 벗어나게 해준 부산일보사와 심사위원 선생님께 깊은 감사를 드린다. 시를 쓰는 재능을 물려주시고 살림까지 도맡아주시는 씨감자 같은 내 어머니, 나에게 와서 시가 되어 준 나의 사랑스런 딸 나리, 나래, 나은, 내 시의 텃밭 개구쟁이 3학년 2반 아이들, 내가 사랑하는 혹은 내가 살아가는 모습을 아껴주는 많은 얼굴들 모두 감사하다.

이제 동시와 좀 더 편하게 만날 수 있겠다.

나. 심사평

동시 요소 두루 갖춘 수작

최종심까지 남은 작품은 「풀씨」(김인옥), 「소꿉놀이」(정명숙), 「씨감자」(박선미) 세 편이었다. 세 편이 모두 독특한 시 세계를 가지고 있어 우열을 가리기가 쉽지 않았다. 「풀씨」는 시적 정서가 돋보이는 작품이고, 「소꿉놀이」는 재치가 뛰어났다. 「씨감자」는 교육성이 짙은 작품이었다. 동시가 지나치게 재치로 흐른다면 문학성을 잃을 염려가 있어 「소꿉놀이」를 제외시키고 남은 두 편을 두고 오랜 시간 숙고를 했다. 결국 보내온 다른 작품 모두가 고른 수준인 데다 동시가 지녀야 할 요소를 두루 갖춘 박선미 씨의 「씨감자」를 당선작으로 밀기로 했다. 「풀씨」도 아까운 작품임에 틀림없지만 함께 보낸 다른 작품의 수준이 고르지 않은 점이 영향을 미쳤다.

심사위원 공재동 동시인

4. 오늘의 동시문학상

가. 수상 소감

시의 힘을 알리는 깃발

수상자가 되었다는 전화를 받은 날은 가뭄 끝에 단비를 만난 듯 기뻤습니다. 단발머리 소녀가 청마 유치환님의 「깃발」을 처음 접하던 날의 그 벅찬 희열과 꼭 그만큼의 기쁨이 소리 없는 아우성으로 마음속을 울렸습니다. 그리고 처음 동시를 썼던 순간부터 첫 시집이 태어났던 날까지를 떠올리며 앞으로 내 시의 세계가 가야 할 방향에 대해서 오래도록 생각했습니다.

처음에는 다른 사람이 지은 시를 읽고 가르치며 내가 지은 시를 들려주고 싶다는 생각이 들어 동시를 썼습니다. 그래서 문학상에 응모하였는데 너무 쉽게 당선이 되었지요. 하지만 시인이란 이름표를 쉽게 달게 된 대가는 몇 배로 치러야만 했습니다. 시인이 되긴 쉬웠지만 오래도록 남을 수 있는 시를 빚어내는 일은 참 어려웠기 때문이지요.

10년에 가까운 시간을 시의 길을 걸으며 나의 시적 역량에 기뻐하기도 하고 때로는 절망도 하였습니다. 너무 교훈적이라는 평, 산문처럼 서술 위주로 되었다는 평, 발상이 기존의 동시와 비슷하다는 평……. 최종심에서 수없이 떨어지면서 받은 심사평들은 내 시의 거름이 되어 주었습니다. 선생님이란 직업을 잊으려 애썼습니다. 내가 쓴 시를 낭송하고 아이들에게 들려주면서 노래가 되도록 다듬었습니다. 자연이 들려주는 말에 귀 기울이고 닮으려 노력했습니다. 엘리베이터를 기다리며 비상구도 눈여겨보고 공사장도 그냥 지나치지 않았습니다.

시를 쓰는 일은 어린이를 위한 일이 됨과 동시에 시를 쓰는 나도 행복하게 만드는 일입니다. 좋은 동시는 어린이뿐만 아니라 어른들까지도 순수하게 만들고 입가에 미소가 떠오르게 만드는 힘이 있으니까요.

앞으로 선생님의 틀을 벗어나 어린이의 눈, 어린이의 목소리, 어린이의 마음이 되어 그들과 소통하며 동시를 읽는 즐거움을 안겨 주는 시인이 되겠습니다. 하지만 바른 삶의 가치를 무시하지는 않겠습니다. 죽은 듯 보이는 나뭇가지에 새 움을 틔우는 새봄처럼 시 속에 담긴 마음이 세상을 밝고 따스하게 만드는 힘이 된다는 것을 어린 독자들에게 알리는 깃발이 되겠습니다. 내가 쓴 시를 읽고 상처받은 어린이들이 잠시라도 유쾌해졌으면, 풍요와 영상 매체에 빠져 오늘을 사는 어린이들이 잠시라도 가난한 이웃들을 돌아보면 좋겠습니다.

『지금은 공사 중』은 등단을 하고 8년 만에 세상에 내놓은 첫 시집입니다. 첫 시집으로 과분한 사랑을 받았는데 상까지 받게 되니 용기가 생기면서도 두렵기도 합니다. 아직도 공사 중인 작품에 큰 상을 주신 세 분 심사위원 선생님 정말 고맙습니다. 더 좋은 시를, 머리와 손만이 아닌 따뜻한 가슴으로 쓰라는 뜻으로 주신 줄 잘 알고 있습니다. 올해 받는 '오늘의 동시문학상'은 예년과는 다른, 좀 더 특별한 의미가 담겨 있기에 상이 주는 책임감 잊지 않고 시 쓰기에 열중하여 먼 훗날 우뚝 선 건물 한 채 반듯하게 지어 보이겠습니다.

내 일상의 언덕이 되어 주는 사랑하는 가족과 내 시의 거름이 되어 준 모든 분께 고마운 마음 전하며 기쁨 함께 나누고 싶습니다.

나. 심사평

기쁨과 상상을 담뿍 담아낸 맛 다른 시 세계

김완기(동시인)

맛이란 아주 묘한 거다. 가끔 산길을 오르다 만나게 되는 바위샘을 마서 보면 담는 그릇에 따라 샘물 맛이 다르다. 그래서 일부러 초록 갈잎을 똑 따서 마시곤 한다. 동동 뜨는 갈잎 냄새가 향긋해서이다. 사물이나 현상에서 느껴지는 느낌이란 보는 눈, 생각에 따라 다른 법인데 시인에겐 더욱 그러한 것 같다.

예심을 거쳐 넘겨받은 5권의 작품집을 읽는 순간 다가오는 시적 감성(맛)이 확연히 달리 풍겨옴을 금방 감지하게 되었다. 개성이 짙은 작품들이다. 시인의 가슴으로 정답게 그려낸 담백하고 순진한 동심의 시, 연륜을 바탕으로 어린이 세계로 돌아가 꺼내보이는 맑은 시, 유아의 입장에서 얘기하는 상큼하고 재미있는 유아동시, 생태 환경을 자연스러운 메시지로 전하는 정감 있는 시, 기쁨과 상상으로 일상을 생동감 있게 표현한 시, 모두 발상과 표현에 그 색깔이 뚜렷해 가려내기가 힘들었다. 그래서인지 돌려가며 읽는 데 꽤 시간이 걸렸다.

'오늘의 동시문학상'은 외적 요건들을 다 배제하고 오직 좋은 작품을 골라 주어지는 깨끗하고 긍지 높은 상이란 기준 하나로 그 무게를 재는 데 주안점을 두었다. 그러다 보니 논의가 길어지고 선자마다의 의견도 활발했다.

결국 위 선정 관점에 따라 박선미의 동시집 『지금은 공사 중』을 수상작으로 결정하는 데 일치했다. 시를 빚는 기본 바탕이 탄탄하고 무엇보다 작품마다 동시다움이 묻어난다. 또 하나는 어린이들 세상으로 함께 들어가 생각이 옹골지고 시상이 어린이 마음이어 좋은 시구나 하는 느낌이 오는 작품들이다. 다만 일부 작품에서 절제와 간결미가 조금 더 채워졌으면 하는 생각이다. 다른 후보의 작품집에도 각기 작은 흠결이 발견되었지만, 생략할 수밖에 없다.

수상작 중 하나인 「미안해」는 작은 생명체에 대한 따뜻한 애정이다. 복수초라는 나쁜 이름 때문에 눈을 흘겼던 내가 정말 미안하다는 순박한 어린이 마음이다. 보잘것없는 작은 이웃이라도 가볍게 여기지 않으려는 의미를 독자 가슴에 건네주고 있어 감동으로 와 닿는다. 「돌의 기뺨」에선 사물을 보는 시인의 고운 생각을 만나게 된다. 서로의 몸을 포개고 서로의 몸을 기대어 하나의 탑을 만들고 담을 만드는 돌의 기쁨, 사물이 생존하는 이치다. 돌에 숨결이 있고 내일이 있음을 보여주는 작품이다.「비상구」는 안기고 싶은 어머니로 보았다. 어머니는 많이 등장하는 시의 소재이지만 다른 방식의 표현이어서 돋보인다. 언제나 급하면 달려갈 수 있는 곳이 어머니임을 자연스럽게 일러주고 있다.「지금은 공사 중」은 토라진 친구와 화해의 기다림을 알맞은 비유로 착상이 참 특이하다. 앙금으로 풀리지 않은 맘을 막힌 수도관으로, 아직 다가가지 못하는 우리의 얼룩진 벽을 예쁘게 페인트칠하는 비유가 기쁨과 상상으로 다가와 공감하게 된다. 이게 동심의 시다.「씨감자」「제자리 지키기」「두고 간 마음」「비밀 번호」에서도 이런 흐름이다.

수상을 축하하며, 맛 다른 동심 세계를 보여주는 시인이기를 기대한다.

사소한 사물의 이미지와 시적 상상력이 돋보여

노원호(동시인)

예심을 거쳐 본심위원에게 넘어 온 동시집은 모두 5권이었다. 안도현의『나무 잎사귀 뒤쪽 마을』, 박예자의『엄마는 내 맘도 모르면서』, 유희윤의『참, 엄마도 참』, 김바다의『소통 경단이 최고야』, 박선미의『지금은 공사 중』이었다. 이 가운데 시인 개인으로 봐서 첫 동시집이 되는 것이 3권이나 되었다. 물론 이미 성인 시집을 몇 권 낸 사람도 있고, 동화집을 낸 사람도 있지만 조금은 의외였다. 첫 동시집이 문학상 본심에 오르는 경우가 그렇게 많지 않기 때문이다. 그러나 그것은 괜한 걱정이었다. 문학상 심사에서 첫 동시집이면 어떻고, 몇 번째 동시집이면 어떤가, 작품이 좋으면 상관이 없다는 생각이 지배적이었다.

성인 시단에서 잘 알려진 안도현의『나무 잎사귀 뒤쪽 마을』은 시적 상상력과 사물을 보는 시각이 남달라서 호감이 갔다. 어린이의 정서와 어울리는 시적 표현이 이미지를 새롭게 만들어 주었을 뿐 아니라, 동시의 시적 감성이 상대 작품에 비하여 두드러져 보였다.

박예자의『엄마는 내 맘도 모르면서』는 유아동시의 한 전형을 보여주는 듯하여 매우 반가웠다. 유아동시라고 하면 일반적으로 쉬운 말로 쉽게만 쓰면 되는 줄 아는데, 그게 아니라는 것을 보여주고 있다. 동심이 살아 있고 시가 되어 있었다.

유희윤의『참, 엄마도 참』은 기존의 그의 동시와는 다른 모습을 보여주어서 반가웠다. 그러나 몇몇 작품에서 사물의 이미지를 더 구체적으로 형상화시키지 못한 것이 아쉬움을 주었다.

김바다의『소똥 경단이 최고야』도 표현이 새로웠다. 사물을 인식하는 태도도 남다르고, 표현 기법도 조금은 낯설게 보여 호감이 갔다. 그러나 곤충을 소재로 한 작품에서는 삽화적인 면을 지울 수 없어 조금 아쉬웠다. 마치 그림을 그리다 만 것처럼 시적 기승전결을 느낄 수 없었다는 것이다.

박선미의『지금은 공사 중』은 우리 주변에서 흔히 볼 수 있는 사소한 일들을 시적으로 형상화시킨 점이 돋보였다. 그의 시에서는 사물을 사물 그대로 그려놓는 것이 아니라, 모두 상징적으로 나타내어서 이미지를 구체화시킨 것이 두드러졌다.

이와 같이 어느 작품을 수상작으로 올려놓아도 크게 모자람이 없었다. 그러다 보니 수상작을 고르는 데 애를 먹었다. 심사위원 세 사람이 장시간 동안 의견을 나누었지만, 쉽게 의견의 일치를 보지 못했다.

결국 사소한 단점들까지 들춰 나가다 보니 상대적으로 단점이 덜 드러난 박선미의『지금은 공사 중』을 수상 작품으로 올리게 되었다. 형상화 과정에서 시적 상상력을 더 압축시켰으면 하는 아쉬움은 있었지만, 심사위원 세 사람의 의견을 모을 수 있었다.

수상 작품에서 밀려난 네 분에게는 아쉬운 마음을 전하고, 첫 동시집으로 수상하게 되는 박선미 시인은 더욱 좋은 작품으로 자기의 시 세계를 단단히 굳혀 나가기를 바란다.

어려웠던 좋은 시 고르기

정두리(동시인)

작가들이 주는 〈오늘의 동시문학상〉 심사는 쉽지 않았다. 이미 예선을 거치고, 운영위원들의 '채점표'까지 받은 후보들의 면면을 보면서 그런 절차와 요식행위도 어느 후보에게 특별히 크게 도움이 되거나 마음이 기울게 하지 않았다. 후보 다섯 사람 모두 동시에 대한 애정이 있고, 또 나름대로의 개성이 있는 시를 쓰는 분들이기 때문이다.

심사를 맡은 세 사람은 꽤 오랜 시간 숙의하였지만 명쾌한 결론을 내지 못하였다. 어찌 보면 그런 불일치는 우열을 가리기 어렵다는 뜻이기도 하지만, 확 눈길을 끄는 작품이 없다는 아쉬움을 말하는 것이 된다. 무엇보다 첫째도 둘째도 작품 위주로 하자. 후보에 오른 세 사람의 작품집이 첫 동시집임을 놓고 '첫 작품집'에 대해 너무 엄격한 잣대를 두지 말자는 데 의견을 모으고 심사 과정을 줄여나갔다. 다섯 명에 대한 짧은 소감을 피력해 본다.

박예자 『엄마는 내 맘도 모르면서』. 시인이 낸 여섯 권의 시집 중에서 필자의 개인적인 소감을 말한다면 『엄마는 내 맘도 모르면서』가 제일 돋보였다. 어린이의 눈으로 어린이와 어른에게 다가가는 시인의 눈높이가 마음에 들었다.

유희윤 『참, 엄마도 참』. 참, 열심히 시를 쓰는 분이 아닌가 한다. 그러나 이번 동시집에는 구어체의 작품이 많아 대체로 고른 수준의 시임에

도 유사한 다른 동시인의 작품과 비교해서 돋보이지 못한 점이 그런 이유가 될 것이다

안도현『나무 잎사귀 뒤쪽 마을』. 독자가 많은 기성 시인의 첫 동시집이다. 작품집 전편에 시인의 역량이 고르게 나타나 있다. 좋은 시와 동시는 다르지 않다는 것을 읽는 이에게 알려준다.

김바다『소똥 경단이 최고야』. 새로운 발상과 표현이 신선하다는 평을 심사위원 모두에게서 받았다. 거기에다 좀 더 심도 있는 의미를 부여했더라면, 아쉬움이 남았다.

박선미『지금은 공사 중』. 그의 작품에서는 사물의 실체를 시로 형상화하려는 노력이 뚜렷하다. 수상작으로 일치를 보게 된 것은 그만이 지닌 상상력과 사물에 대한 접근 방법의 성실함에 있다.

이번 심사를 통해 느낀 점은 시를 쓴다는 것, 그 시로 상을 받는다는 일은 다른 분야보다 어떤 면에서는 상당한 불리함을 감수해야 한다는 점이다. 한 편 한 편, 60편 가까운 시를 모아 시집으로 묶지만, 그 60편 모두 주옥같기가 어디 쉬운가? 시집으로 묶어내기는 또 쉬운 일인가? 그럼에도 시를 놓지 않는 시인들의 시를 심사하기도 어려움이었음을 말하고 싶다.

앞으로 시를 쓰는 동시인에게 격려가 되는, 열심히 쓰는 시인에게는 더욱 큰 기쁨과 기운을 주는 상. 이름대로 '작가들이 주는 동시문학상'이' 되기를 바란다. 상을 받는 박선미 시인과 네 분의 시인들께도 뜨거운 박수를 보낸다.

5. 서덕출문학상

가. 수상 소감

수상자가 되었다는 소식을 듣고 기쁨도 크지만 두렵기도 했습니다. 서덕출 선생님의 문학정신을 기리는 이 상의 의미와 무게를 잘 알고 있었고, 상이란 또 다른 출발이라는 것을 잘 알기 때문이지요.

그리고 강물 소리를 들었습니다. 시간의 강물 소리이지요.

서덕출 선생님이 1925년 「봄편지」를 어린이지에 발표하며 들어선 길, 어릴 때 눈오는 날이면 선생님의 노래 「눈꽃송이」를 부르던 아이가 자라서 아동문학이란 길을 함께 걷고 또 이렇게 선생님의 이름으로 만든 상을 받는다고 생각하니 들린 소리이지요. 언젠가 반구대의 암각화와 천전리 암각화를 보며 아득한 시간의 저편 그 흔적 앞에 내가 서 있다는 것이 신기하고 가슴이 저린 적이 있었는데 그때 느낀 감정과 비슷했습니다.

지난 1학기 대학에서 아동문학창작론 강의를 하며 선생님의 「봄편지」를 학생들에게 소개하였습니다. 자유롭지 못한 몸이었으나 누구보다 순수한 마음을 지니고 작품을 빚은 선생님에 대해 이야기했었지요. 그리고 '선생님 곁에 용복이가 있어 선생님의 다리가 되어주었듯이, 우리 주위의 힘든 이웃들에게 위안이 되는 작품을 써야지. 그리고 결과보다 더 소중한 과정을 잊지 않고 동시의 나무를 잘 가꾸어 알찬 열매를 맺는 것으로 선생님의 정신에 보답하리라' 하고 새삼 다짐을 했습니다.

겨우 두 번째 동시집인데 큰 상을 주신 심사위원님 고맙습니다.

상이란 또 다른 출발이라는 것을 잘 압니다. 서덕출문학상 수상자로 삶도 작품도 부끄럽지 않도록 늘 노력하겠습니다.

서덕출 선생님이 암울한 시대에 아름다운 노랫말로 희망을 전했듯이 우리 주위의 힘든 이웃들에게 위안이 되는 작품을 쓰며, 앞으로도 어린이의 눈, 어린이의 목소리, 어린이의 마음이 되어 그들과 소통하며 동시를 읽는 즐거움을 안겨 주는 시인이 되겠습니다.

서덕출 선생님을 기려 그 문학정신을 온전히 이어받고 그 정신을 실천하는 울산신문사에도 감사드리며 선생님의 몸속을 흐르던 시의 물결이 내 안에도 늘 흐르게 하겠다는 말로 인사를 대신합니다.

2. 심사평

우리는 예심을 거쳐 올라온 30권의 동시집과 동화집을 만났다. 예년에 비해 풍성한 수확이었다. 이들 작품집 앞에서 우리는 설렘과 난감함을 느꼈다. 설렘은 여러 좋은 작품을 만나는 일이고, 난감함은 이렇게 많은 작품집 중에서 하나만을 뽑아들어야 하는 것이었다.

심사란 설렘보다는 이런 난감함과 마주치는 것이 더 큰 편이다. 난감함을 벗어나기 위해선 어쩔 수 없이 기준을 정하고, 매정하게 그 기준을 적용해 하나씩 떨어뜨리는 도리밖에 없다.

기준은 이런 것들로 정했다. 다른 문학상 수상, 첫 작품집, 비순수 창작집, 등단 10년 미만의 작가 작품집은 제외하기로 했다. 전회 수상 지역의 작품집도 제외됐다. 1차로, 이런 기준에서 벗어난 작품집 중에서 심사위원이 한 권씩 추천한 결과 5권이 남았다. 이들 작품집은 공교롭게도 모두 동시집이었다. 이들 동시집을 놓고 진지하게 의견을 나누어 최종으로 박혜선의 『위풍당당 박한별』과 박선미의 『불법주차한 엉덩이』를 선정하는 데 장시간이 걸렸다.

우리는 격렬한(?) 논의를 벌였다. 박혜선의 동시 소재는 동시에서는 거의 금기시돼 다루지 않는 이혼한 가정의 어린이를 택했다는 점이 매우 과감해 눈길을 끌기에 충분하고, 소재의 폭을 넓혔다는 점에서도 바람직했다.

또 그런 가정의 어린이가 구김살없이 성장해 가는 일상이 잘 형상화

됐고, 시상의 전개가 매우 활달해 시원스럽게 읽혔다. 이런 장점에도 불구하고 수상작이 되지 못한 것은, 부모 이혼으로 인한 어린이의 내면적인 아픔이나 고통 같은 것이 왜 시에 반영되지 않았는가 하는 아쉬움과 의문 때문이다. 그 아쉬움과 의문은 작품을 미학적으로만 접근하지 않았나 하는 것이다.

수상작으로 결정된 박선미의 작품은 어린이들의 일상 속으로 깊숙이 들어가 그 이야기를 진솔하게 털어놓으며, 그들의 심리나 감정을 섬세하게 포착해내 가슴을 뭉클하게 하는 힘이 있다. 그리고 가족과 공동체라는 생활공간 안에서 이루어지는 관계성을 통해 진정한 사랑이 무엇인지를 나직하고도 따스하게 들려주며, 가족 사이의 사랑이 어떠한 것인지를 진지하게 드러내 주었다. 또 불우한 이웃에 대한 애틋한 연민과 사랑의 마음도 함께 엿보게 한다.

일찍이 서덕출 선생은 「봄편지」 등의 동요를 통해 어린이들에게 민족정신을 심어 주고, 이들이 자라 빼앗긴 국권을 회복해 주기를 바랐다. 이 정신은 박선미의 동시가 어린이들에게 사랑과 서정의 옷을 입혀 얼룩진 오늘의 생활환경에 오염되지 않고 멍들지 않게 하려는 배려로 이어지고 있으며, 이는 서덕출 선생의 어린이 사랑과 그 궤를 같이하고 있다. 이것이 박선미 동시집 『불법주차한 내 엉덩이』를 수상작으로 결정한 가장 큰 이유이다.

수상을 축하하며 더 높은 동시의 탑을 쌓기 바란다.

심사위원장: 박두순(동시인)

6. 봉생문화상

가. 수상 소감

봉생문화상 문학 부문 수상자로 선정됐다는 연락을 받았을 때 기쁘면서도 한편으로는 어깨가 무거웠다. 문학상이 아닌 문화상을 받는다는 일은 개인의 역할을 넘어 사회에 기여해야 한다는 막중한 책임감이 들었기 때문이다.

부산문화의 텃밭을 일군 눈부신 업적으로 이 상을 먼저 수상하신 선배님들을 생각하면 책임감의 무게는 더해지는데, 26회를 이어오며 아동문학 분야의 첫 수상자란 사실은 송구스럽기까지 한 일이었다.

다행히 작가로서의 삶과, 작품을 읽은 독자들에게 친절한 길잡이가 될 수 있는 교사로서의 삶을 담금질할 마음은 늘 준비되어 있다.

봉생문화상의 수상자란 이력에 부끄럽지 않도록 더 깊고, 따뜻한 작품을 쓰며, 생명을 존중하고 받든다는 봉생의 의미를 실천하는 삶을 살겠다고 다짐해 본다.

새로운 삶을 생각하고 도약하도록 어깨 두드려 주신 봉생문화재단과 심사위원들께 깊은 감사를 드린다.

나. 심사평

올해는 처음으로 아동문학 분야에서 본상 수상자를 뽑았다. 박선미 시인은 1999년 첫 등단 이후 부산일보 신춘문예로 주목을 받기 시작, 첫 동시집으로는 제7회 오늘의 동시문학상을, 두 번째 동시집으로는 제4회 서덕출문학상을 받는 등 작품집마다 전국적인 관심을 받은 우리나라 중견 동시인이다.

어린이 눈높이에서 일상의 체험을 진솔하게 들려주는 그의 시는 현행

초등학교 4학년, 6학년 국어 교과서에 수록되어 진가를 발휘하고 있거니와, 계간 《열린아동문학》의 편집위원으로 아동문학의 수준을 한걸음 높이는 일에도 열중하고 있다. 우리나라 아동문학의 튼실한 나무가 되리라는 믿음에서 전원 합의 수상자로 선정, 그의 쉬지 않는 도전을 격려하기로 한다.

심사위원: 강기홍(아동문학가), 강현호(아동문학가)

김정자(문학평론가), 신진(시인), 최화수(소설가)

7. 이주홍문학상

가. 수상 소감

시의 생명을 떠올리며

이주홍문학상 수상자로 선정됐다는 연락을 받았을 때 내 마음속은 기쁨과 설렘 그리고 걱정으로 뒤섞인 소리 없는 아우성이 가득 찼습니다. 오랜 전통과 명성을 가진 이 상의 수상자로서 무게가 짐작되었기 때문입니다.

지난 시간을 돌이켜보면 아동문학을 시작하는 첫 발걸음은 이주홍 선생의 『누구나 글을 잘 지을 수 있는 책, 글짓기 선생』이었습니다. 1982년 새내기 교사가 문예부 지도를 맡아 아이들을 가르치기 위해 읽은 선생의 책이 아동문학의 길을 걷는 길잡이가 되어주었기 때문이지요. 앞선 세상을 산 선생의 숭고한 뜻이 오랜 세월이 지나 후학의 마음에 살아있다는 생각을 들자 상을 받는 일이 새삼 소중하게 다가왔습니다.

모자라는 작품에 상을 주신 심사위원 선생님 고맙습니다. 앞으로 더좋은 시를 머리와 손만이 아닌 따뜻한 가슴으로 쓰라는 뜻으로 여기겠습니다. 나의 동시는 현재진행형이고 변화를 모색하며 관습의 늪에 빠지지 않으려 노력하겠지만 변하지 않을 일은 약자에 대한 사랑과 불의에 맞설 줄 아는 어린이들이 가득한 세상을 위해 시를 쓰겠다는 것입니다. 거기다 이주홍 문학상 수상자란 이력에 부끄럽지 않은 시를 쓰겠다는 다짐을 보탭니다.

내 시의 거름이 되어주신 분들이 참 많습니다. 사랑하는 가족, 제자들, 그리고 격려와 질책을 아끼지 않던 선배, 동료 문우들……. 모두 모두 똑같은 크기로 감사의 인사 올립니다. 참 고맙습니다.

나. 심사평

천사의 눈으로 내다본 맑고 깨끗한 세상

이주홍문학상 아동문학 부문 수상작으로 박선미의 동시집 『햄버거의 마법』이 선정되었다. 박선미는 부산아동문학 신인상 출신으로 이 상을 받는 첫 번째 작가다. 박선미는 초등학교 수석교사로 어린이 사랑을 몸으로 실천해 온 뛰어난 교육자이기도 하지만, 부산아동문학 신인상 이후 창주문학상, 부산일보 신춘문예 등을 거치면서 동시 하나에 지성을 다한 진정한 동시인으로 〈오늘의 동시문학상〉, 〈서덕출문학상〉, 〈봉생문화상〉을 수상했다.

작가의 네 번째 동시집인 『햄버거의 마법』에는 「오해」와 「병철이를 좋아하는 이유」 등 천진난만한 아이들 이야기와 「오리야 미안해」, 「자존심」, 「노란 발자국」 등 천사의 눈으로 바라본 티 없이 맑고 깨끗한 세상 풍경이 우리의 지친 마음을 위로해 준다.

'더 큰 힘 앞에서, 더 많은 이익 앞에서, 옳지 못한 건 알지만 마음이 흔들릴 때 책을 읽습니다. 조금 손해를 보더라도 옳은 일을 해내고 나면 책은 괜찮다고 위로해주고 잘했다고 응원도 보내주거든요.' 책머리에 실린 작가의 말처럼 이 동시집을 읽으면 바로 그런 마음이 들 것이다.

심사위원 : 박지현(아동문학가) 공재동(아동문학가)

소민호(동화작가)

8. 부산아동문학상

가. 수상 소감

동시의 역할을 생각하며

1999년 부산아동문학 신인상을 받으며 아동문학과 인연을 맺은 지 22년이라는 시간이 흘렀습니다.

22년의 시간 동안 5권의 동시집을 출간하며 좋은 일이 많았지만, 그 성장의 밑바탕에는 '부산 아동문학'이라는 디딤돌이 있었습니다. 훌륭하신 선배님들의 문학적 성취를 보며 나도 후배들의 본보기가 되어야겠다는 생각이 더 좋은 작품을 빚는 원동력이 되었기 때문입니다.

올해 60이 되었습니다. 삶과 문학에 있어서 쉼표를 찍고, 새로운 모색을 꿈꾸던 차에 들려온 수상 소식은 실컷 울고 난 먹구름처럼 저에게도 환하게 먼 길 떠날 수 있는 큰 선물이 되었습니다.

상을 받게 된 『먹구름도 환하게』는 여러 가지로 힘든 과정을 겪으며 탄생한 시집입니다. 시를 쓰는 기간 동안 역사상 유례없는 무서운 바이러스인 코로나19가 창궐해 우리의 일상을 멈추게 만들었으며, 개인적으로는 여러 번의 수술을 하는 고난을 겪기도 하였습니다. 다행히 시를 바탕으로 한 창작론으로 학위를 받을 수 있었고, 이는 그동안의 창작과정을 돌아보는 전환점을 마련해 주었습니다.

동시가 나아갈 지향점을 생각해 봅니다.

최근 우리 사회는 물질적 풍요를 이루었지만, 그 대신 정신은 황폐해져 타자의 아픔에 공감하고 안타까워하는 인간 본연의 순수한 마음인 동심을 잃어가고 있습니다. 이지(李贄)는 '동심을 잃게 되면 진심이 없어지게 되고, 진심이 없어지면 진실한 인간성도 잃어버리게 된다. 사람이라도 진실하지 않으면 최초의 본 마음을 다시는 회복할 수 없다'고 했습니다. 저의 동시가 인간의 본연인 측은지심과 수오지심, 사양지심, 시비지심을 일깨우는 역할을 할 수 있으면 좋겠습니다.

모자라는 작품에 큰상을 주신 공재동, 구옥순, 오선자 세 분 심사위원님 정말 고맙습니다. 앞으로 더 좋은 시를 써서 부산아동문학의 명예를 높이라는 뜻으로 여기겠습니다.

내 일상의 언덕이 되어주는 사랑하는 가족과 문학의 길을 함께 걷는 부산아동문학인 협회 여러 회원님들, 내가 좋아하는 나무와 새들과 어린이들과 수상의 기쁨 함께 나누고 싶습니다. 고맙습니다.

나. 심사평

제43회 부산아동문학상 동시 부문 수상자로 박선미를 선정했다.

1999년 제2회 부산아동문학 신인상으로 등단 후 그동안 오늘의 동시문학상, 서덕출문학상, 봉생문화상, 이주홍문학상 등을 수상하며 활발히 활동을 해온 박선미는 이번 다섯 번째 동시집 『먹구름도 환하게』를 통해 시적 변환을 시도하고 있다.

어둡고 불안한 현실을 포용하고, 이들 현실을 어루만지고 위로하려는 시적 의도가 뚜렷해지면서 조금씩 간결해지고 메시지는 한결 강해졌다. 작가의 시선이 소년적 일상에서 보다 높은 단계로 확장되면서 시적 고뇌는 깊어진 느낌이다.

그런 의미에서 이번 상이 비록 늦긴 했지만, 새로운 박선미에겐 상 이상의 의미가 있어 큰 격려가 되리라 생각된다.

심사위원 : 공재동, 구옥순, 오선자

9. 한국아동문학상

1. 수상 소감

은행나무를 보며

은행나무 숲을 찾아 경주로 가는 길에 수상 소식이 날아왔습니다. 천년의 역사가 수상을 함께 기뻐하는 듯했습니다.

은행나무는 할아버지가 심어놓으면 손자 대에 가서 열매가 열린다고 하여, 공손수(公孫樹)라고도 불립니다. 그래서 은행나무를 심는 것은 단순히 나무를 심는 것이 아니라 후손을 위한 사랑과 희망을 심는 일입니다.

은행나무를 보며 제 시가 어린이를 위한 사랑과 희망이 되었나 돌이켜 보았습니다. 시 쓰기에 온전하게 전부를 바치지 못한 자신이 부끄러웠습니다.

100년 후의 희망을 심는 은행나무처럼 시를 쓰겠다는 다짐을 새롭게 해 봅니다. 『먹구름도 환하게』가 추구하는 마음처럼 앞으로도 제 시가 인간의 본심인 동심을 지키는 파수꾼이 되면 참 좋겠습니다. 오랜 역사를 지닌 '한국아동문학상' 수상은 그 길을 걷는 데 든든한 언덕이 될 것입니다.

모자라는 작품에 큰 상을 주신 공재동, 구옥순 심사위원님과 문학의 길을 함께 걷는 여러 선후배 선생님들 정말 고맙습니다. 앞으로 더 좋은 시를 써서 아동문학의 뜰을 넓히라는 뜻으로 여기겠습니다.

내 삶의 의미가 되어주는 사랑하는 가족과 내가 좋아하는 나무와 꽃들과 어린이들과 수상의 기쁨을 함께 나누겠습니다. 고맙습니다.

2. 심사평

박선미의 동시집 『먹구름도 환하게』를 제31회 한국아동문학상 동시

부문 수상작으로 선정했다. 꽤 오랜 시일을 두고 예심을 통해 올라온 10권의 동시집을 읽고 또 읽었다. 어떠한 목적을 가지고 읽든지 간에 텍스트 자체의 의미를 정확하게 파악하는 일이야말로 무엇보다도 선행되어야 할 과제라는 점에서 결선에 올라온 작품집을 사전에 보내주는 등 심사과정에서 보여 준 집행부의 세심한 배려에 먼저 감사를 드린다.

시는 자체의 원리와 질서를 가진 자율적인 존재이지만, 그 기반은 일상적이고 경험적인 현실에 두고 있는다는 점에서 일종의 사회적 소산이다. 시인은 현실의 제약을 감수하면서도 자유로운 상상력으로 자신이 의도하는 시적 완성을 기해야 한다.

이런 의미에서 10권의 작품집을 면밀하게 분석한 결과 세 권으로 압축할 수 있었다. 이 세 권의 동시집을 두고 최종적으로 시의 기능을 염두에 두고 다시 읽었다. 지극히 원론적이지만 정서적으로 즐거움을 주는가, 어린이에게 유익한 교훈을 주는가. 이렇게 해서 최종적으로 선정된 것이 박선미의 동시집이었다.

무서운 바이러스 때문에

3월 2일에서
3월 9일로
3월 9일에서 3월 23일로
자꾸 연기되던 입학식

이제는
화상으로 대신한다고 했다.

고모가 사준 구두
이모가 사준 원피스

할머니가 사준 책가방도
저녁 뉴스를 들었나 보다.

시무룩해졌다.
나은이처럼

—「입학식」 전문

　이렇게 시작한 박선미의 작품집 『먹구름도 환하게』는 어둡고 불안한 현실을 폭넓게 포용하고, 이들 현실을 어루만지고 위로하려는 시적 의도가 뚜렷해지면서 조금씩 간결해지고 메시지는 한결 강해진다. 작가의 시선이 소년적 일상에서 보다 높은 단계로 확장되면서 시적 고뇌는 깊어진다. 현대 동시가 어떤 방향으로 가고 있는가 하는 것에 대해서는 성급한 판단을 할 수는 없다. 그러나 급속도로 진행되는 사회 변화를 동시가 어떻게 수용하는가 하는 문제와 관련하여 우리의 동시는 자체의 반성은 지속적으로 이루어지리라 생각하면서, 박선미의 이번 동시집은 시사하는 바 크다.

　상이란 받는 것이 아니라 주어지는 것이어야 한다고 했다. 한국아동문학인협회가 주관하는 한국아동문학상이 어언 31번째가 되었다. 이번의 심사 과정을 보면서 왜 이 상이 31년이란 세월을 거치면서도 잡음 한번 없이 한국아동문학을 대표하는 상으로 자리 잡았는지를 알게 되었다.

　한 해 동안 발표된 수많은 작품집을 대상으로 회원들의 추천을 받아 예심을 거치고 본심을 거쳐 최종 선정되기까지의 과정이 엄격하게 관리되고 있음을 보고 심사의 공정성이 얼마나 중요한가를 새삼 깨달았다.

　다시 한번 한국아동문학인협회 회장님을 비롯한 집행부 여러분의 노고와 정성에 깊은 감사를 드린다.

심사위원 : 동시인 공재동, 구옥순

신문에 소개된 주요 기사 모음

학교생활에서 건져 올린 동시
—『지금은 공사 중』

시가 가지는 여러 즐거움 중 하나는 그 속에 숨어 있는 발랄하고 기발한 상상력이 아닐까 싶다. 짧은 글 속에 많은 이야기를 담기 위해 요리조리 비틀고 꼬아놓은 시어들은 생기를 품고 톡톡 튄다.

『지금은 공사 중』은 60편의 동시를 담은 동시집이다. 각 동시에는 저자의 평범한 사물에 대한 기발한 상상력이 묻어난다.

현직 초등학교 교사로 있는 저자는 학교생활 속 체험을 동시로 옮겨왔다. 입학식 전날의 설렘, 새 학년의 마음가짐처럼 아이들의 심리상태를 그려낸 동시에서는 천진난만한 아이들의 모습이 오버랩된다.

책 속에서 체험과 함께 또 하나의 기둥을 이루는 소재는 어머니.

하지만 모성애를 그린 동시들은 오히려 얌전하다. 감정을 흠뻑 머금은 시어들을 쏟아내기 보다는 어머니에 대한 고마움과 안타까움을 삼켜 되새김질한다. 저자는 가진 것 다 주고 쪼그라든 씨감자에서 뭐든지 주고 싶어하는 어머니의 모습을 찾았으며, 긴급한 일이 생기면 찾게 되는 비상구에서 어머니의 듬직한 모습을 연상한다.

이와 함께 저자는 괭이밥, 목련, 민들레, 앵초, 복수초 등 자연 속 갖가지 소재를 끌어와 평범한 일상을 평범하지 않게 이야기한다.

하송이 기자 (《국제신문》 2007. 04. 23.)

박선미 첫 동시집 아이들 마음 어루만지는 눈길 '따뜻'

늘 엘리베이터만 타고 다녀 비상구의 존재는 까마득히 잊고 살았다. 도통 쓸모도 없을 성싶은 비상구를 시의 글감으로 삼은 동시인은 직감적으로 어머니를 떠올렸다.

바깥에선 열리지 않아도/안쪽에선 언제나/쉽게 열려야 한다지/즉시/알 수 있어야 한다지//어두운 곳에서/환하게 불을 켜고 있는 비상구//아무리 큰 잘못을 저질렀어도/너그럽게 용서해주지/아무리 투정부려도/따스하게 안아주지/얼굴빛만 보아도/무슨 일이 있나 금방 알아차리지//언제나 급하면/달려갈 수 있는 비상구//우리/ 어머니'. (「비상구」 전문)

평소에는 그다지 소중한지도 모르다가 사고라도 났을 땐 가장 먼저 찾게 되는 곳. 그곳이 비상구요 어머니다. 왜 그렇잖은가? 위급한 순간이면 가장 먼저 터지는 외침, 바로 "엄마" 아니던가?

비상구를 포근한 엄마의 품과 겹친 이는 2007년 부산일보 신춘문예 동시 당선자 박선미 씨. 1999년 부산아동문학 신인상으로 등단한 뒤 8년 동안 써 놓았던 것들을 가려내 첫 동시집을 냈다(『지금은 공사 중』21문학과 문화).

표제작으로 내세운 「지금은 공사 중」이란 시에서도 사물에 대한 기발하면서도 따뜻한 시선이 엿보인다.

어제는 정말 미안해/별것 아닌 일로/너한테 화를 내고/심술부렸지?//조금

만 기다려 줘/지금 내 마음은/공사 중이야.'(「지금은 공사 중」 중에서)

길거리에서 봤던 무덤덤한 '공사 중' 팻말에서 마음을 고치는 공사를 끌어낸 착상이란! 토라졌던 아이가 마음을 다잡고 있는 중인 모양이다. 공사가 끝난 뒤 이전보다 훨씬 더 아름다운 공간으로 탈바꿈하듯 아이의 마음도 이전보다 한결 곱고 성숙해질 테다. 그렇게 마음 다잡을 시간을 기다려 달라는데, 누가 그걸 마다하겠는가?

시집에선 주변에서 쉽게 볼 수 있는 사물에서 소재를 딴 것들이 많다. 헌 옷 수거함은 따스한 마음이 쌓이는 곳으로, 현관문 비밀번호는 닫힌 친구 마음을 열 비밀번호로 재해석됐다. 익숙한 소재들이지만 시에선 착한 언어의 옷으로 갈아입었다.

"시를 통해 아이들 마음을 치료해 주고 싶다"는 현직 초등학교 선생님이라 교훈적 색채를 많이 띠고 있지만, 그만큼 그의 언어는 상처에 바르는 연고처럼 직방으로 스며든다.

이상헌 기자 (《부산일보》 2007. 04. 25.)

엉덩이가 오락실 의자에 '불법주차' 했어요

박선미 동시인 두 번째 동시집 『불법주차한 내 엉덩이』 펴내
아이들 특유의 시선과 기발함 간결하고 담백하게 담아내

어른들은 '불법주차'란 낱말에서 뭐부터 떠올릴까? 벌금, 견인, 다툼, 조마조마……. 아마 이런 쪽일 테다. 동시인은 이런 시선을 이렇게 뒤집는다.

—금방 다녀올 건데 괜찮겠지?/—잠시만 세워두는데 뭐.//자기만 생각하고/학교 앞 골목길에/불법주차한 자동차/견인차가 끌고 갑니다.//—금방 끝낼 건

데 괜찮겠지?/—잠시만 하고 그만두는데 뭐.//나만 생각하고/학교 앞 오락실
에/불법주차한 내 엉덩이/엄마가 끌고 갑니다.'(「불법주차」 전문)

오락실에 잠깐 앉은 '내 엉덩이'를 '불법주차'에 빗댄 동심어린 눈길
에 그만 웃음이 터지고 만다. 박선미 동시인이 펴낸 두 번째 동시집『불
법주차한 내 엉덩이』(아이들판)는 어린이들의 실제 생활이 있고, 아이들
특유의 시선과 마음을 간결하게 담아내는 특유의 필치가 느껴진다. '이
동시를 읽고 또 새로운 동시를 쓸 사람은 바로 어린이'라는 마음을 담
백하게 담았다.

1961년생으로 현재 부산 금정초등학교에서 아이들을 가르치는 박 동
시인은 올해가 교직 생활 29년째다. "태극도 마을이 있는 부산 감천동
감정초등학교가 첫 발령지였어요." 그때가 1982년이었다. "그때만 해도
그 지역에 저소득층 가정이 많아 아이들 씻기고 먹여 가면서 새내기 교
사 시절을 보냈죠." 이어 부민초 다대초 하단초 등 서·사하 지역 공립 초
등학교에서 12년을 보낸 뒤 사립학교인 동래초등학교로 옮겨 14년을
근무했다.

"그때나 지금이나 아이들과 부대끼면서 시와 국어와 문학을 함께 하
는 건 변함이 없다"고 그는 말했다. 박 동시인은 1999년 부산아동문학
상 신인상을 받으면서 동시인의 길에 들어섰고, 2007년에는 부산일보
신춘문예 동시 부문에 당선됐다. "신춘문예에 당선되기까지 결선에만
14번을 올라갔죠. 결선에서 떨어질 때마다 속상했지만 지금 생각해보
면 그런 체험이 스스로 반성하게 해주고 또 저의 동시를 더 다듬게 해
준 것 같아요."

그는 책 읽기, 글쓰기, 동시 읽고 쓰기를 가르치느라 바쁜 생활을 해
왔다. 대구의 동화사가 내던 창의학습동화 시리즈를 통해 26권의 아동
문학 관련 간행물에 공저자로 참가했고, 창작반 강의 등도 오래 했다.
현재는 부산 시내 교사들에게 교수법 등에 대해 상담하고 정보도 제공

하는 수석교사로 뛰고 있다.(수석교사제는 교육과학기술부가 전문성을 갖춘 현장 교사의 체험과 실력을 현장에서 활용하기 위해 시범 시행 중인 제도) 그는 "아이들에게 사다리가 되고, 나무 그늘이 되고, 햇살이 될 수 있는 동시를 계속 쓰고 싶다"고 말했다.

조봉권 기자 (《국제신문》 2010. 04. 12.)

"우리 선생님은 싸움대장"

길을 사이에 두고/마주 보고 있는/두 건물//1층 영어 학원/2층 수학 학원/3층 피아노 학원//엄마가 좋아하는/종합선물세트/길을 사이에 두고/마주 보고 서 있는/두 건물//1층 오락실/2층 피자집/3층 태권도 체육관//내가 좋아하는/종합선물세트.'(「종합선물세트」)

박선미 시인의 동시는 착한 동심만 그리는, 예쁘고 아름답기만 한 동시가 아니다. "아이들을 천사로 만들고 싶어 하지만 아이들의 세계 역시 어른들과 다를 바 없어요. 자기만 생각하는 아이, 남의 아픔을 모르는 아이, 마음의 상처를 짓밟는 아이, 그런 못된 아이들도 있어요."

초등학교 교사 28년째. 박 시인은 하루하루를 아이들과 '지지고 볶는다'. 그런 생활과 일상이 그대로 시가 된다. "자기들 이야기가 나오니까 너무 좋아하고, 선생님이 시인이라는 걸 신기해해요."

쏟아지는 동시집들을 일일이 다 읽고 골라낸 뒤 아이들은 물론 동료 교사들에게도 소개하는 박 시인은 학교에서 '시의 안내자'로 불린다. "시를 낭송하고 노래로도 부르고, 연주까지 하다 보면, 아이들이 시 속의 주인공과 동화됩니다." 시의 이런 재미와 즐거움에서 삶의 의미들을 깨닫게 하는 방식이 그의 수업이다.

시는 또한 치유의 역할도 한다. 개구쟁이로 소문난 아이, 꼴통반으로 여겨졌던 반을 시인이 맡자 유순해지고 부드러워졌다고 한다.

울보대장 미영이도(⋯)/고집쟁이 상진이도(⋯)/주먹부터 휘두르던 정현이
도/모두모두 이겼다/3학년 일 년이 지나는 동안 우리선생님 싸움대장이 되었
다.(「싸움대장」)

박 시인의 두 번째 동시집 『불법주차한 내 엉덩이』(아이들판)는 이 '용
감한 싸움대장' 선생님 시인이 손수 엮은 동시 보따리다. 그는 말한다.
"물론 싸움의 무기는 총칼이 아니라 아름다운 우리말로 빚은 시입니다.
이 시집이 밥이고, 눈물이고, 나무 그늘이고, 따스한 햇살이고, 꿈을 향
해 오르는 사다리면 좋겠습니다."

박 시인은 2007년 부산일보 신춘문예 출신. 그는 "올 초 부산일보 신
춘문예 출신 동시인들이 온라인카페 '내일의 씨앗'을 만들었다"고 전했
다. 지금 문단에서 맹활약 중인 이들 동시인은 더 큰 역량을 끌어내기
위해 서로 힘을 모으기로 했단다.

김건수 기자 (《부산일보》 2010. 04. 14.)

점자 보도블록이 누워서 말을 건네다

지하철 승강장 입구에/학교 앞 횡단보도에/엘리베이터 앞에/말이 누워 있다
/—지하철 승강장이니 조심하세요/—오른쪽으로 가면 길을 건널 수 있답니다
/—엘리베이터를 타려면 여기로 오세요/노란색/따스한 말이/올록볼록 누워 있
다/까만 안경 낀 아저씨/지팡이 끝으로/말을 듣고 있다.'(「누워 있는 말」)

때로 우리는 이 '누워있는 말'을 무심하게 밟고 지나간다. 이 '올록볼
록 한 말'이 시각장애인들에겐 절대 놓쳐선 안 될 '따뜻하고 소중한 말'

이란 걸 잊은 채.박선미 동시인이 이런 무심함을 일깨우는 따뜻한 동시 집 『누워 있는 말』(청개구리)을 내놨다. 시인은 "세 번째 집을 지어 세상에 내놓는데, 이 시집이 정말 '마음이 헐벗은 어린이들을 따스하게 안아 줄 수 있는 집'이면 좋겠다"고 했다.시인의 따뜻한 눈길은 조손 가정 어린이의 외롭고 고단한 마음(「얼음」「처음 알았다」「화산」)에도, 로드킬 당한 아기 너구리에게도 짠하게 머문다.

우리 가족/즐겁게 여행 가는데/고속도로 한가운데/너구리 한 마리/납작하게 엎드려 있었다/…(중략)/아기 너구리 찾아 울고 있을/너구리 엄마가 떠올라/(…길 건너는 아기 너구리를 치고 달아난 뺑소니 자동차 보신 분을 찾습니다)/너구리 엄마 대신/현수막 걸어 주고 싶다.(「목격자를 찾습니다」 중)

나만 생각하는 삶이 아닌 '더불어 함께 하는 삶'을 지향하는 시인의 고민과 반성은 동시 하나하나에 담겨 있다.어린이의 눈으로 세월호 참사에 대한 분노도 전한다.

우리 반은/감정 일기쓰기가 숙제이다/…(중략)/2014년 4월 16일 이후/내 일기 제목은/놀라다/걱정스럽다/안타깝다/답답하다/슬프다/불쌍하다/비참하다/어이없다/괘씸하다/원망스럽다/미안하다/./././하늘은 맑고/햇살은 따뜻한 데도/내 일기 제목은/아직도/흐리다.(「아직도 흐림」)

노원호 동시인은 박 시인의 이 시집에 대해 '사람이 해야 할 도리가 무엇이며 참된 삶이 어떤 것인지를 시로 명쾌하게 보여준다'고 했다.

할머니 손때 묻은/장롱을 내보내고/바닥에 남아 있는/자국을 보았다/시간이/서 있던 자리/돋아나는 그리움(「빈방」)

어린이들을 위한 동시집이지만 어쩐지 어른들에게 더 큰 위안을 준다. 알고 보면 '모든 도리는 하나'이고, 진심은 통하기 때문일 것이다. 박 시인은 1999년 부산아동문학 신인상으로 등단했고, 2007년 부산일보 신춘문예에 동시가 당선됐다. 그의 동시 「지금은 공사 중」(6학년 1학기) 「우리 엄마」(4학년 2학기)는 초등학교 국어 교과서에 실려 있다.

강승아 선임기자 (《부산일보》 2015. 02. 02.)

따스하게 읽어낸 아이들의 마음
　　—박선미 동시집 『햄버거의 마법』

—교사 생활하며 정성스레 관찰
—엉뚱한 모습들 재치있게 담아

머릿속이 복잡하고 마음이 불안하다면 괜찮은 처방 약이 있다. 동시를 읽는 것이다. 동시의 시선은 순진하지만, 간결하고 재치 넘치는 촌철살인의 카타르시스가 있다. 아이의 마음을 읽을 줄 아는 탁월한 작가의 작품이라면 약효는 말할 것도 없다. 이번에 나온 박선미 시인의 시집 『햄버거의 마법』(섬아이 펴냄)에도 그런 효과가 있다.

박선미 동시인은 초등학교 교사다. 그의 동시 '지금은 공사 중'은 6학년 교과서에, '우리 엄마'는 4학년 교과서에 실렸다. 아이들과 어울려 웃고 울고 화내면서 정성스러운 눈으로 관찰하면 아이들의 생각을 읽는 마법을 갖게 되는 걸까.

나머지공부 안 하고/날마다 도망갔던 동현이//오늘은 남아서/수학문제 풀었다.//남아서 공부하면/피자 사준다는 말 듣고//우리 선생님 꾸중도/동현이 어머니 한숨도/피자한테/졌다.(「힘센 피자」 전문)

말썽꾸러기를 꾸중하고 걱정하다 피자 한 판으로 해결되는 모습에 웃음을 터뜨리고 마는 어른의 시선이 따뜻하다.작은 가슴이지만 이성에 대한 사랑이 조금씩 피어난다는 걸 어른들은 알는지. 단지 표현이 어른처럼 화려하지 않을 뿐이다.

쉬는 시간 운동장/아무리 시끄러워도/기태 목소리/금방 찾을 수 있지//좋아하니까(「좋아하니까」 중)

학원 가느라, 공부하느라, 친구들과 어울려 놀지 못하는 아이들은 카톡에서 만나 논다. 그나마 엄마가 부르면 현실로 '소환'돼 책상에 앉는다. 마음이 짠하다.

발 대신/엄지손가락으로 논다/공차는 대신/문자를 찬다//-공부 잘되고 있니?/엄마 목소리에/놀러 나갔던/진짜 내가 돌아와/얼른 책상 앞에 앉는다.(「카톡 놀이터」 중)

달리기를 잘해도 목발 짚은 아저씨를 위해 천천히 걸을 줄 아는 병철이, 추석 하루쯤 공부 안 하고 할머니를 위해 보낼 수 있는 고3 형규, 아픈 지구를 위해 고기 대신 싫어하는 채소도 으적으적 먹을 수 있는 기태 등 자신의 동시 속 친구들을 언급하며 박선미 시인은 "엉뚱해도, 공부 못해도 이런 친구들이 참 좋다. 이들을 위해 다시 태어나도 시를 쓰고 싶다"고 시집을 낸 소감을 밝혔다.

신귀영 기자 (《국제신문》 2018. 02. 01.)

박선미 시인 동시집 『햄버거의 마법』

아이의 시선으로 본 세상 이야기

"마법처럼 신나는 세상 펼쳐지길"

나머지공부 안 하고/날마다 도망갔던 동현이/오늘은 남아서/수학문제 풀었다//남아서 공부하면/피자 사준다는 말 듣고//우리 선생님 꾸중도/동현이 어머니 한숨도/피자한테/졌다.(박선미 시「힘센 피자」전문)

박선미 시인이 엉뚱하고 발랄한 아이들의 시선으로 바라 본 세상이야기를 담은 동시집『햄버거의 마법』을 펴냈다.

책은 1부 '병철이를 좋아하는 까닭', 2부 '오리야, 미안해', 3부 '노란 발자국', 4부 '지구를 위하여' 등 총 4부로 구성해 50여 편의 시를 소개한다.동시집 속에는 때로는 말썽을 부리기도 하지만 마음은 누구보다 따스한 주인공들이 등장한다.

박 시인은 "동시집을 통해 사람답게 사는 것이 무엇인지를 깨닫고, 도움이 되는 일이라면 싫은 일도 참을 줄 아는 사람이 돼 주기를 바란다"며 "갓 구운 따끈따끈한 동시를 먹은 친구들이 마법처럼 우리가 사는 세상을 신나게 만들어 주면 좋겠다"고 밝혔다.

박선미 작가는 부산아동문학 신인상과 창주문학상을 수상하며 작품 활동을 시작했다.부산일보 신춘문예에 동시 부문에 당선됐으며, 제4회 서덕출문학상, 오늘의 동시문학상, 봉생문화상 등을 수상했다. 동시집으로『지금은 공사 중』,『불법주차한 내 엉덩이 』,『누워 있는 말』등을 펴냈고 현재는 초등학교에서 수석교사로 재직하며 작품 활동을 이어가고 있다.

강현주 기자 (《울산신문》 2018. 01. 17.)

박선미 연보

1961년 12월 8일(음) 부산에서 아버지 박유용, 어머니 배순이의 셋째 딸로 태어남

1974년 부산 토성초등학교 졸업

1977년 부산 동주여자중학교 졸업

1980년 부산여자고등학교 졸업

1982년 부산교육대학교 졸업(교지《한새벌》펴냄)

1982년 초등학교 교사 발령

1982년~1984년 감정초등학교 근무

1984~1989년 부민초등학교 근무

1987년 한국방송통신대학 초등교육과 졸업(학사)

1988년 학습지도 유공교원 표창 서부교육청 교육장상

1989~1992년 다대초등학교 근무

1992~1994년 하단초등학교 근무

1993년 특활지도 유공교원 표창 서부교육청 교육장상

1982~2007년 문예부 지도교사로 활동(지도교사상 다수 받음)

1994~2008년 사학법인 동래초등학교 근무

1997년 제15회 한새문학상(부산교육대학교 주최) 동시 당선

1998년 제28회 영남여성백일장(부산일보 주최) 시 부문 장원

1999년 제2회 부산아동문학 신인상 동시 「술래잡기」 당선

　　　　제27회 창주문학상 동시 「줄넘기」 당선

　　　　교수학습방법 유공교원 표창 동래교육청 교육장상

2000년 부산어린이 글잔치 지도교사상 부산시 교육감상

　　　　열린교육실천사례연구발표대회 2등급 부산시 교육감상

2001~2008년 부산시교육청 산하 동래영재원 창작반 지도

2001년 전국현장교육연구대회 1등급 푸른기장증

2002년 한국교원대학교 교육대학원 국어교육과 졸업(석사)

창의학습동화 58-82(24권) 발간(동화사) 공저

2002년 독서교육 유공표창 부산시 교육감상

수업연구발표대회 1등급 부산시 교육감상

2003년 스승의 날 유공교원 표창 부총리 겸 교육인적자원부장관상

독서교육실천사례연구발표대회 3등급 부산시 교육감상

2004년 학급경영의 이론연구실제(교육과학사) 발간(공저)

수업연구발표대회 1등급 부산시 교육감상

2006년 국제신문 '아하! 책 읽기' 독서칼럼 연재

부산 MBC《어린이문예》'문화의 바다' 연재

《오늘의동시문학》가을호 '이 동시인을 주목한다' 선정

2007년 부산일보 신춘문예 동시 「씨감자」 당선

부산시 문예진흥기금 수혜

동시집 『지금은 공사 중』(21문학과 문화) 발간

'2007 좋은 동시집' 『지금은 공사 중』(오늘의동시문학 주관) 선정

올해의 좋은 동시집 『지금은 공사 중』(한국동시문학회 주관) 선정

한국문화예술위원회 주관 문예지 게재(2분기) 우수 동시 「나이테」 선정

'2007년의 좋은 동시'(오늘의동시문학) 「나이테」 선정

2008~2012년 금정초등학교 근무

(수석교사제 시범운영 기간 수석교사로 선발)

2008년 제7회 오늘의동시문학상 수상(동시집 『지금은 공사 중』)

한국문화예술위원회 문예진흥기금 수혜

부산일보 '열려라 동시' 연재 집필

2009년 '2009년의 좋은 동시'(오늘의동시문학) 「택배」 선정

《열린아동문학》'이 계절에 심은 동시나무' 선정

2009~2012년 동의대학교 문예창작과 강사 역임

2010년 동시집 『불법주차한 내 엉덩이』(아이들판) 발간

《오늘의동시문학》'2010 좋은 동시집' 『불법주차한 내 엉덩이』 선정

제4회 서덕출문학상 수상(동시집 『불법주차한 내 엉덩이』)

학교컨설팅 유공 표창 부산시 교육감상

2010~2011년 어린이 좋은 생각《웃음꽃》「동시가 도르르」 심사

2011년 초등학교 국어교과서 6학년 1학기 「지금은 공사 중」 수록

　　　『기다리는 부모가 아이를 꿈꾸게 한다』(와이즈베리 출판사)에 「비상구」

　　　수록

2012년 『내가 하고 싶은 얘기는……』(웅진다책)에 「엄마없는 날」 수록

　　　『스무 살엔 스무 살의 인생이 있다』(RHK출판사)에 「지금은 공사

　　　중」 수록

　　　제20회 눈높이아동문학대전 어린이 창작 동시 부문 예심 심사

　　　경상일보 신춘문예 동시 부문 예심 심사

　　　수석교사제 법제화 원년 부산시교육청 수석교사 임용

2012~2016년 연산초등학교 수석교사로 근무

　　　학교독서교육 대상(연산초등학교) 대통령상 수상

2013년 『2013 오늘의 동시』(푸른사상) 「참 다른 말」 수록

　　　'2013년 좋은 동시 20편'(오늘의동시문학) 「용서」 선정

2014년 『2014 오늘의 동시』(푸른사상) 「용서」 수록

　　　초등학교 국어교과서 4학년 2학기 「우리 엄마」 수록

　　　동시와 동시조 100인 선정(《시와동화》 68호)

　　　제8회 서덕출문학상 심사

　　　부산문화재단 창작지원금 수혜

　　　제26회 봉생문화상(문학 부문) 수상

　　　동시집 『누워 있는 말』(청개구리) 발간

2015년 초등학교 국어교과서 6학년 1학기 「지금은 공사 중」 재수록

　　　초등학교 국어 교사용지도서 6학년 1학기 「비상구」 수록

　　　『2015 오늘의 동시』(푸른사상) 「할머니 제삿날」 수록

　　　《새싹문학》 화제의 책 『누워 있는 말』 선정

　　　제9회 서덕출문학상 심사

2016년 부산일보 '열려라 동시' 연재

　　　2015개정교육과정 초등학교 국어교과서 집필위원

　　　동아대학교 대학원 문예창작학과 강사 역임

　　　동시집 『지금은 공사 중』 개정판(청개구리) 발간

2016~2020년 남문초등학교 수석교사로 근무

부산시교육청 초등 토의 · 토론 수업 지원단
2017년 부산문화재단 창작지원금 수혜
　　　　동시집『햄버거의 마법』(섬아이) 발간
2018년 제38회 이주홍문학상 수상(동시집『햄버거의 마법』)
　　　　올해의 좋은 동시집『햄버거의 마법』(한국동시문학회 주관) 선정
　　　　『2018 오늘의 동시』(푸른사상)「노란 발자국」수록
　　　　『햄버거의 마법』문학나눔 도서 선정
　　　　《아동문학평론》'아평이 만난 작가' 선정
　　　　제9회 천강문학상 예심 심사
　　　　교과서 재구성 연구회(부산초등국어) 우수연구회 선정 교육부장관 표창
　　　　『어서 와, 한 학기 한 권 읽기는 처음이지?』(정인출판사) 발간(공저)
2019년 《새싹문학》화제의 책『햄버거의 마법』선정
　　　　제38회 스승의 날 유공교원 정부 포상 대통령상
　　　　제14회 한새스승상(부산교육대학교 총동창회 주관) 수상
　　　　부산교육대학교 및 교육대학원 강사 역임
　　　　창비 청소년 시선 19『나를 키우는 시』「먹구름도 환하게」수록
2020년 부산문화재단 창작지원금 수혜
　　　　부산일보 신춘문예 심사
　　　　동시집『먹구름도 환하게』(아이들판) 발간
　　　　제14회 서덕출문학상 심사
2020~2024년 온천초등학교 수석교사로 근무
2021년 부산일보 신춘문예 심사
　　　　제43회 부산아동문학상 수상(동시집『먹구름도 환하게』)
　　　　올해의 좋은 동시집『먹구름도 환하게』(한국동시문학회 주관) 선정
　　　　《도서관이야기》'동시로 여는 세상' 연재 집필
　　　　동아대학교 일반대학원 문예창작학과 졸업(문학박사)
　　　　부산시교육청 독서교육 내비게이터
2022년 제31회 한국아동문학상 수상(동시집『먹구름도 환하게』)
　　　　《아동문학사조》5호 '만나고 싶은 작가 · 시인' 선정
　　　　2022 경남 지역문화예술육성지원사업 심사

2023년 부산문화재단 창작지원금 수혜

부산시교육청 초등독서교육전문지원단

KNN '행복한 책 읽기' 출연

『2023 오늘의 동시』(푸른사상) 「안해」 수록

《아동문예》 '책 속의 작은 시집' 선정

동시집 『잃어버린 코』(청개구리) 발간

2024년 정년퇴임 교원 정부 포상 황조근정훈장

현재   《열린아동문학》 편집위원

《어린이문예》 편집주간

한국아동문학인협회 이사

한국동시문학회 부회장

부산아동문학인협회 회장

찾아보기

ㄱ

「가끔은 고마운 감기」 22
「가을」 212
「가족」 67
「가지치기」 110
「개기일식」 195
「기쁨 두 배」 27, 153
「까치발」 20, 32
「꾸벅꾸벅」 97

ㄴ

「나무들도」 85
「나이테」 50
「나팔꽃」 129, 137
「누워 있는 말」 70, 116, 204, 356
『누워 있는 말』 22, 26, 36, 44, 61, 176, 189, 203, 222, 318, 357
「눈사람」 196

ㄷ

「다 되었다」 58
「도마 위」 123
「돌의 기쁨」 147, 157
「두고 간 마음」 163
「들꽃 학습원」 56
「또 다른 말」 76
「뜨개질」 155, 226

ㄹ

릴케 189

ㅁ

「마음 그리기」 42, 150, 152

「마음 투자」 82
「마음이 콕콕 찔려」 154
「먹구름도 환하게」 32, 94, 201, 211
『먹구름도 환하게』 93, 202, 209, 322, 347, 348
「목격자를 찾습니다」 19, 357
「무료 백화점」 30
「무서운 말」 59
「문」 190
「물구나무서기」 31, 150, 207
「미안해」 136

ㅂ

「바다」 66
「바쁜 전봇대」 122
「바위」 19
「반성문」 25, 209, 220
「병철이를 좋아하는 까닭」 76
「보름달 1」 119
「보물찾기」 43, 152
「복」 114
「봄눈」 30
「봄비」 71, 191
봉생문화상 342
「부끄러운 13살」 80
부산아동문학상 346
부산아동문학 신인상 326
부산일보 신춘문예 330
「불법주차」 166, 186, 354
『불법주차한 내 엉덩이』 43, 48, 185, 316, 340, 353, 356
「비밀번호」 143
「비상구」 29, 130, 141, 156, 183, 224, 352
비유 187

「빈방」347
「빈자리」56
「빨리빨리」121
「뿔」102

ㅅ

「사고다발지역」36, 38
「새 봄」150
「새 학년」158 새하얀 아침」29
「새 학년」158
「새해맞이」81
서덕출문학상 339
「선생님처럼」158, 172, 183
「소문」102
「소와 낙타와 줍교와 할머니」199
「소원」84
「손전등」32
「술래잡기」327
「숨바꼭질」135, 184
「쉬는 시간」91
「슬픈 입학식」95
「시력」44
「싸움대장」356
「씨감자」19, 140, 170, 331
「씨앗 한 알」118

ㅇ

「아주 특별한 동생」56
「아직도 흐림」23, 357
「아픈 웃음」116
「양심은 살아있다」64, 177
「어떤 어른이 사는 마을」87
「어린이 보호 구역」185
「얼음」19, 68
「엄마 없는 날」132, 141
「여름잠」200
「연필」166
『영웅전』184
오늘의 동시문학상 332
「오해(海)」45

「왕따 체험」104, 210
「용서」63
「용용 죽겠지」40, 214
「우리 엄마」19, 30
「우리 집 거북이」216
「우리 할머니」204
「60점짜리」165
「은행나무의 반성」72
「이름을 불렀을 때」136
이주홍문학상 344
「일어나세요」22, 144
『잃어버린 코』107, 324
「입학식」350

ㅈ

「작은 집」98
『젊은 시인에게 보내는 편지』189
「정정당당」24, 88, 218
「종합선물세트」355
「좋아하니까」359
「줄넘기」329
「지구는 둥글다」197
「지구를 위하여」90
「지금은 공사 중」20, 41, 133, 143, 150, 151,
        162, 181, 208, 353
『지금은 공사 중』19, 35, 48, 135, 149, 161,
        170, 181, 224, 226, 314, 334, 336, 338, 351
「지우개」150
「진짜 스위치」166
「징검다리」42, 150

ㅊ

「착한 일 영수증」159
창주문학상 328
「채송화 편지」138
「처음 알았다」21, 222
「초대합니다」57, 189
「최신형 자가용」84

ㅋ

「카톡 놀이터」 22, 359

「코이」 174

「큰 공부」 79

ㅌ

「택배」 53, 169

ㅍ

「파도의 힘」 201

페터 빅셀 197

플루타르크 184

ㅎ

「하굿둑의 반성문」 22

「하정아, 그 말 취소야」 52

한국아동문학상 348

「할머니 귀」 54

「할머니 방」 113

「할머니 제삿날」 66, 178

「해님, 어디 갔다 오셨어요?」 145

「햄버거의 마법」 77

『햄버거의 마법』 25, 36, 45, 74, 194, 320, 345,
    358, 360

「향기」 139

「헌 옷 수거함」 33

「혀의 경고」 110

「혼밥」 121

「환하다」 27

「휴지심」 112

「힘센 피자」 358, 360